KB274039

覇君 패군

설봉 新무협 판타지 소설

FANTASTIC ORIENTAL HEROES

패군 7

설봉 新무협 판타지 소설

초판 1쇄 찍은 날 § 2010년 1월 22일
초판 1쇄 펴낸 날 § 2010년 1월 29일

지은이 § 설봉
펴낸이 § 서경석

편집장 § 문혜영
편집 § 주소영

펴낸곳 § 도서출판 청어람
등록번호 § 제1081-1-89호
등록일자 § 1999. 5. 31
어람번호 § 제2-1878호

주소 § 경기도 부천시 원미구 심곡2동 163-2 서경B/D 3F (우) 420-822
전화 § 032-656-4452 팩스 § 032-656-4453
http://www.chungeoram.com
E-mail § eoram99@chollian.net

ⓒ 설봉, 2009

ISBN 978-89-251-2070-6 04810
ISBN 978-89-251-1840-6 (세트)

FANTASTIC ORIENTAL HEROES
설봉 新무협 판타지 소설
패군
7
자개아(自佲兒)
처람

目次

第四十三章
독전(毒戰)

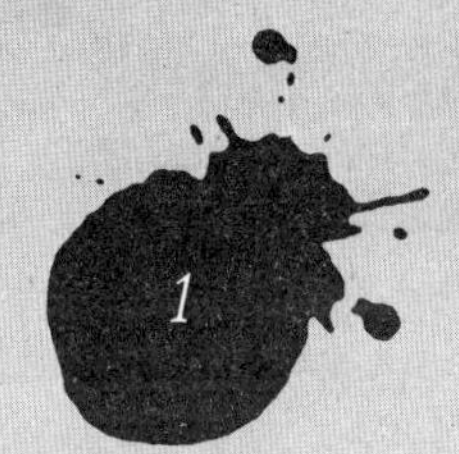

"여기가 맞나?"

"맞는 것 같아. 저기 꼬물거리는 것들이 모두 전갈이잖아."

"뭐라고? 저, 저게 모두 전갈? 난 모래인 줄 알았는데. 웬 검은 모래사장이 참 멋있구나 하고……."

"병을 고치기는커녕 발도 디뎌보지 못하고 죽겠네."

"그래도 저기만 들어가면 말끔히 병이 낫는다는데 어떻게 방법을 찾아야 되는 거 아냐?"

여기저기서 수군수군했다.

동정호에 있는 배란 배는 모두 몰려든 것 같다.

예상대로다. 괴노독은 비궁에 천충이 있다는 사실을 세상에 알렸다. 꼭 그녀가 아닐 수도 있다. 그녀가 안선에 보고를 하면, 안선이 필요에 따라서 소문을 내기도 하고 숨기기도 한다.

이번에는 소문을 냈다.

비궁을 만천하에 드러내겠다는 심산이다.

사약란은 당연히 반겼다.

안선은 형체를 잡을 수 없는 조직이다. 무총을 비롯하여 개방, 하오문, 소림, 무당 등등 온갖 문파에서 별별 수단을 다 부려봤지만 점(點)에 불과한 한두 명을 척살하는 게 고작이었다.

땅속 깊숙이 묻혀 있는 조직인 것이다.

각 문파에서 취한 행동은 땅을 파는 것이었고, 안선은 그럴수록 더욱더 깊은 곳으로 숨어들었다.

하면 어떻게 해야 하나.

간단하다. 쫓아갈 게 아니라 그들 스스로 기어나오게 하면 된다. 적당한 미끼를 주든 방심을 유도해 내든 어떠한 이유로든 그들이 먼저 움직여야 한다.

무총과 인연을 끊은 사약란.

이것처럼 좋은 먹잇감은 없다.

그렇다고 덥석 미끼를 물지는 않는다. 바보 멍청이라도 그런 짓은 안 한다. 시간을 두고 천천히 지켜본다. 가끔 진짜인지 아닌지 입질도 해본다. 이리 찔러보고 저리 찔러봐서 이제는 꿀꺽 삼켜도 된다는 확신이 설 때 흙을 헤집고 기어올라 온다.

안선의 움직임이 많으면 많을수록 그들의 존재가 더 확실하게 드러난다.

무서운 것은 움직이는 게 아니다. 조용히 숨죽이고 움직이지 않는 것이다.

사색신녀와 오목이 남쪽과 동쪽을 맡고, 사사표풍과 일력광겸이 북쪽과 서쪽을 맡았다.

사색신녀 같은 경우에는 그야말로 길에서 주운 보옥이다.

사실 그녀가 이토록 크게 쓰일 것이라고는 사약란조차 생각하지 못했다.

사색신녀는 유마심안을 쓰는 여자다. 지금 당장 죽여도 칭송을 받을 만큼 악행이 쌓였다.

그래서 편하게 쓰고 버릴 생각으로 끌고 왔다.

버리든 버리지 않든 상관없다. 그녀가 사약란과 얼굴을 마주한 그 시점부터 그녀는 죽은 목숨이다. 사약란이 죽이지 않더라도 누군가의 손에는 죽는다.

유마심안을 쓴다는 것이 강호에 알려지면 요행을 바랄 수 없다.

다행히도 그녀는 자신의 운명을 읽었다. 그래서 가라고 편히 놓아주었는데도 가지 않고 있다.

한데 그녀가 참 많은 도움을 준다.

할아버지가 손수 지도한 무혼만큼이나 제 몫을 해내고 있다. 비궁 사 방위 중 일각을 당당히 지킨다.

"배가 몇 척이나 되죠?"

사약란은 오목과 함께 동정호를 쳐다보며 말했다.

"고기 반 물 반이라는 말이 있잖습니까. 이건 고기 반이 아니고 배 반이에요. 아무리 물에 뜨는 게 배라지만 저 많은 배가 어떻게 한꺼번에 떠 있는지 궁금해요."

오목의 말대로 동정호는 크고 작은 배들로 가득했다.

처음에는 한두 척이 다가왔다. 하루 정도 지난 후에는 이십여 척으로 늘었고, 지금은 헤아릴 수조차 없이 많다.

동정호에 있는 배란 배는 모두 모였다.

어부들이 멀리 나가지 않고 호숫가를 맴돌며 그물질할 때 쓰는 허름한 어선이 가장 많다. 탈 만한 배가 동나 버려서 아무 배나 빌려 타고 온 모양이다.

"상륙할 모양인데… 정말 죽도록 내버려 둘 겁니까?"

"할 수 없어요."

"애꿎은 목숨이……."

"여긴 비궁이에요. 아무나 들어올 수 있다면 비궁이 아니죠."

오목은 입을 다물었다.

사약란의 말에 절대 복종, 그녀가 하나를 하고자 하면 하나를 더 헤아려 두 개를 해라.

계야부가 섬을 떠나며 남긴 말이다.

제일진에 독충을 풀어놓은 것 자체가 범인은 들어서지 말라는 경고다. 독충들을 이겨낼 만한 능력이 없으면 아예 발을 딛지 말라는 뜻이다.

독충을 숨겨놓지도 않았다.

섬 주변에 빼곡히 널려져 있으니 정말 목숨이 두렵지 않은 자만 올라설 것이고, 그래도 죽는다면 그것은 순전히 본인 탓이다.

절대로 비궁을 원망해서는 안 된다.

"누구도 발을 들여놔서는 안 돼요. 여긴 신비의 금역(禁域)이 되어야 해요. 모든 병을 낫게 해주는 곳, 하지만 들어설 수 없는 곳. 그 정도는 되어야 안선이 치고 싶죠."

사약란은 스스로에게 말하듯 작게 중얼거렸다.

작은 어선 한 척이 쾌속하게 다가섰다.

배에는 노인이 타고 있었다. 사공은 없고 노인이 직접 노를 젓는데, 한 번 팔을 움직일 때마다 배가 일 장씩 쑥쑥 나아간다.

드디어 움직인다!

섬에 올라서는 최초의 일인이 나타났다!

동요가 일어나지 않을 수 없다.

대부분의 사람들이 호기심이 깃든 눈으로 어선을 지켜봤다.

섬에는 아무나 오를 수 없다. 몇몇 사람이 겁없이 올랐다가 독충들의 밥이 되고 말았다.

호숫가에 그들의 뼈가 나뒹군다.

살과 피와 내장은 남김없이 뜯어 먹고 하얀 뼈만 남겨놨다. 아니, 그 뼈에조차 무엇인가가 달라붙어서 골수를 파먹는다.

이 섬에서는 사람이 죽으면 머리카락밖에 남지 않는다.

어선을 몰고 있는 노인은 독문(毒門)에서 온 고수일 것이다.

그렇지 않고서야 저토록 당당하게 나아갈 리 없다.

저 노인을 뒤따라가? 어림도 없다. 독문 사람에게는 항상 횡액이 뒤쫓아 다닌다. 그들이 무슨 짓을 해도 죽고, 아무 짓을 하지 않아도 죽는다.

독문 사람과는 가급적 거리를 두는 게 장수하는 길이다.

궁금하기는 하다. 어디서 온 누구인지 모르지만 독충들이 우글거리는 독밭을 지나갈 수 있을까? 그가 독충들을 싹 죽여 버린다면 자신들도 들어갈 수 있지 않을까?

끼익! 끼이익……!

노인이 힘차게 노를 저었다.

노인의 뒤를 쫓아 몇 척의 배가 뒤따랐다.

일부는 정말 절박한 병자를 태운 배다. 또 일부는 장사치다. 독충은 사람을 죽이지만 그 자체로 상당한 돈이 된다. 잡아서 독문에 팔아도 되고, 의원에게 팔아도 된다.

독이 아주 강한 독충은 없어서 못 판다.

노인이 배를 댔다.

그때 모두 두 눈으로 직접 보고도 믿지 못할 일이 벌어졌다.

스스스슷!

독충들이 일제히 달려든다 싶더니 무엇에 놀랐는지 화들짝 놀라서 도주하기에 급급했다.

독충들이 쫙 갈라지며 길을 열었다.

갈색…… 독충들이 뒤덮고 있던 땅 색깔은 갈색이었다.

"아악!"

"아아악! 살려줘! 살려줘어!"

처참한 비명 소리가 잔잔한 물결을 일깨웠다.

독충들은 노인 한 명에 한해서 길을 열어주었다. 그가 지나가자마자 길은 다시 막혀 버렸다.

난감해진 것은 노인을 쫓아 배에서 내린 두 명의 장한이다.

그들은 사색이 되어 배로 돌아가려고 했지만 독충들의 습격을 피하지는 못했다.

두 사람은 만인에게 경종을 울리려는 듯 온몸이 생으로 뜯겨 나가는 모습을 보여주며 죽어갔다.

"어서 오세요!"

사약란이 반갑게 맞이했다.

"십장고독에서 벗어났는데 놀라시지 않는 걸 보니 군사의 소식통이 어지간히 빠른 모양이군. 끌끌!"

독심독의가 히죽 웃으며 말했다.

"그나저나 여긴 아직 그대로네."

"영감, 떠난 지 얼마나 지났다고 그래? 한 십 년 지났어? 하하하! 늙은이 냄새를 맡지 않아서 좋았는데, 이젠 꼼짝없이 쉰내를 맡게 생겼잖아! 하하! 잘 왔어! 잘 왔다고!"

탕!

일력광겸이 땅을 힘껏 치며 솟구쳤다.

독심독의는 재빨리 옆으로 물러났다. 그러지 않았다면 곰처럼 우람한 팔에 꼭 껴안기고 말았으리라.

"이놈아! 사내끼리 무슨 재미로 껴안나! 발광 좀 그만 해라. 끌끌!"

"저놈의 영감탱이가! 오랜만에 쉰내 좀 맡아주려고 했더니!"

"안 맡아도 된다, 이놈아! 그건 그렇고… 오면서 보니까 유황(硫黃)을 준비하는 인간들이 보이던데……."

독심독의가 말끝을 흐렸다.

그가 '아직 그대로'라고 말한 것은 그런 의미였다. 비궁 제일진에 독충을 배치한 것은 접근을 차단한다는 측면에서는 뛰어난 발상이지만 반면에 오히려 접근을 유도하기도 한다.

우선 독인이라면 사족을 못 쓰고 달려온다.

둘째로, 독인처럼 독으로 독을 제압하는 방식은 아니지만 어떤 방법이든 독충을 다룰 수 있다면 망설일 이유가 없다.

숨겨진 위험은 두려움을 준다. 하나 환히 드러나 있는 위험은 요리조리 피해가기만 하면 된다. 돌파 방법을 알고 있는 위험은 위험이 아닌 것이다.

유황도 그중에 하나다. 유황을 뿌리고 불을 지르면 독충들은 물러선다.

독의 상극은 불이다.

화공(火攻)을 준비하는 사람들이 있다고 해서 놀라울 건 없다.

사약란이 말했다.

“화공을 쓴다면 아주 큰 실수를 하는 거예요. 그건 화공을 쓴 다음에 알게 되겠죠. 그리고 저 같으면 화공을 쓰기 전에 독문 고수부터 초빙할 것 같아요.”

“초빙이라면… 당문?”

일력광겸이 말했다.

“당문은 아닐 거예요. 이곳은 당문 전대 문주님과 밀접한 관계가 있죠. 특히 저 독충들은 그분이 직접 기르신 거나 마찬가지예요.”

“끌끌! 당문은 당문이 풀어놓은 독이나 진은 해독하지 않는다는 문규(門規)가 있지.”

“당문이 아니라면 어딜까?”

독심독의는 일력광겸의 말에 대답했지만 말하는 상대는 그가 아니라 사약란이었다.

“끌끌! 아마도 묘강에서 온 친구가 아닐까 싶네.”

“묘강이라면… 설마 월야사신이 직접 왔을라고요.”

사약란도 월야사신을 알고 있었다.

계야부가 화향호리를 습격한 것은 물론이고, 대망 사건도 알고 있다는 뜻이다.

현재 그녀의 정보망은 지통밖에 없다.

무총은 고사하고 그녀가 군사로 몸담았던 서지단에서조차도 조그만 도움도 주지 않는다. 그녀와의 모든 관계를 무 베듯이 싹둑 잘라냈다고 생각하면 된다.

지통이란 자, 정말 대단한 자다.

한 가지 분명한 것은 그의 몸이 열 개가 아닌 이상 세상의 모든 정보를 혼자서 다 알아내지는 못한다는 것이다.

지통에게는 알지 못하는 조력자가 있다. 한꺼번에 서너 군데는 감시할 수 있는 비밀스럽고 세밀한 눈이다.

독심독의는 감탄을 숨기며 말했다.

"월야사신이 직접 왔을 가능성이 높지. 안선이 지금 벌인 일은 비중이 무척 커. 다른 건 제외하고라도… 육교사가 죽었다는 것만 놓고 봐도…… 육교사에 비하면 월야사신은 아무것도 아니지."

"그럴까요?"

"그럴 거야."

"월야사신이 직접 왔다면 제일진이 무력화되는 건 시간문제겠네요?"

"아무래도……."

"거봐요. 그럼 유황 공격은 필요없잖아요."

사약란이 방긋 웃었다.

독심독의는 뭔가에 걸려든 듯한 느낌이 들었다. 사약란은 이미 월야사신이 올 것까지 예측하고 있지 않은가.

사약란이 물방울 하나 튀어 오르지 않는 해자를 보며 말했다.

"독의께서는 중앙을 맡아줘요. 한바탕 싸움을 피할 수 없게 되었네요. 제일진을 순순히 내준다는 뜻은 아니지만… 우리의 진짜 싸움은 제이진, 해자에서부터 시작될 거예요."

독을 모르는 사람은 없다. 또한 독을 아는 사람은 극히 몇 사람뿐이다.

검은 모래밭에 발을 디뎌놓을 수 없다는 것은 모르는 사람이 없지만, 독충들을 물리칠 수 있는 사람은 좀처럼 찾기 힘들다.

사람들은 멀거니 지켜보기만 했다.

그러던 차에 노인이 독충들을 헤치고 안으로 들어갔다.

그는 죽었나, 살았나?

독림 안으로 들어간 노인은 두 번 다시 모습을 비추지 않았다.

하지만 그는 한 가지 사실을 일깨워 주었다. 검은 모래밭이 영원히 뚫리지 않을 철옹성은 아니라는 것이다. 충분히 사람이 뚫고 들어갈 수 있다.

희망과 확신은 종종 무모한 행동을 불러온다.

독을 소멸시키는 방법은 많다.

그중에 가장 강력한 방법이 이독제독(以毒制毒)이다. 이독제독만큼이나 강력한 방법이 또 있다. 분독이화(焚毒以火)다.

몇몇 사람이 본격적으로 행동을 개시했다.

"한낱 미물들이!"

검은 모래를 향해 기름이 부어졌다.

독충들은 본능적으로 위기를 느끼고 몸을 피했지만 그러기에는 수가 너무 많았다.

"됐어! 이놈의 새끼들!"

불이 확 당겨졌다.

화악!

불길은 쏟아진 기름에 생명을 불어넣었다.

뜨거운 불길과 살을 태우는 매캐한 냄새가 검은 모래밭을 아비규환(阿鼻叫喚)으로 만들었다. 독충들은 앞선 놈을 짓밟으며 서로 먼저 도망가려고 발버둥쳤다.

"됐어! 이놈들이 타들어간다. 두 번 다시 얼씬거리지 못하도록 기름을 더 부어! 이놈의 새끼들, 아예 바싹 구워버리자고! 하하하!"

그들은 신이 나서 기름을 부었다.

독충들이 타들어가며 길을 열었지만 안심하지 못했다. 노인을 뒤따라 들어간 사내 두 명이 어떻게 죽었는지 똑똑히 보았기 때문에 섣부른 행동은 하기 싫었다.

가급적이면 독림 전체를 불태워 버리고 싶다. 그것이 안 되면 호숫가에 펼쳐져 있는 검은 모래밭이라도 거두고 싶다. 그것까지도 안 된다면 걸어갈 수 있는 길이라도 안전을 확보하고 싶다.

화아아악!

기름은 연신 부어졌고, 검은 연기는 하늘 높은 줄 모르고 치솟았다.

독충을 태우는 냄새 때문에 인상이 찡그려진다. 처음에는 북어를 구울 때처럼 고소했는데, 시간이 지날수록 고소함은 약해지고 살 타는 냄새는 강해진다.

"엄청 고약하군."

"한두 마리라야지. 우리가 태워 죽인 게 얼마야. 못 잡아도 기천 마리는 될걸."

"이게 다 돈인데."

"예끼, 이 사람아! 돈 좋아하다가는 황천 가."

"말이라도 꼭 재수없게 해야겠냐? 그러잖아도 저놈들 타 죽는 걸 보니까 등골에 소름이 돋는데."

그 말이 맞았다. 처음에는 통쾌했는데, 타 죽는 독충이 많아질수록 께름칙함을 떨쳐 버릴 수 없었다. 그러던 중,

"헉! 꺼억! 꺼어억! 꺼어어억!"

불길에 기름을 쏟아붓던 사내가 갑자기 목을 움켜잡고 컥컥거렸다. 숨을 쉴 수 없는 듯 눈동자를 희번덕거리면서 여간 고통스러워하는 게 아니다.

"이, 이봐! 왜 그…… 컥! 꺼꺼꺽!"

또 한 명이 목을 움켜잡으며 쓰러졌다.

잔인한 죽음을 알리는 피의 제전은 이렇게 시작되었다.

"독이다! 연기 속에 독이 스며 있다! 배를 빼! 어서…… 커억! 나, 나 좀…… 꺼억!"

독충들이 벌였던 아비규환이 인간들에게 옮겨졌다.

들어갈 수 없는 땅인 걸 알면서도 비궁을 주시하던 사람들은 황급히 배를 뺐다.

그것이 더 큰 참사를 불러왔다.

"이, 이봐! 배를 이리 붙이면 어떡해!"

콰앙!

여기저기서 배와 배가 부딪치며 전복 사태를 불러왔다.

하늘에서는 죽음의 그림자, 독 연기가 화산재처럼 흩뿌려졌다. 물에서는 배끼리 부딪치면서 가라앉았고, 혹시나 하는 기대에 달려왔던 병자들은 배 안에서 죽어갔다.

비명이 속출했다.

우왕좌왕, 좌충우돌…… 그야말로 어찌할 바를 몰라 했다.

이때, 무인들이 나섰다.

"뒤에 있는 배부터 빼!"

누가 한 말인지 모르지만 엄청난 공력이 실려 있어서 모든 사람의 귀에 똑똑히 전해졌다.

"항마후(降魔吼)!"

누군가가 음공(音功)을 알아보고 말했다.

아미파(峨嵋派)의 독문절예가 나타났다. 아미파 고수가 사람들을 죽음에서 구해내고자 한다.

사람들은 항마후를 따르면 살 것이라는 희망의 빛을 보았다.

스으으읏! 스으으읏!

맨 뒤에 있던 배들이 일제히 뒤로 물러났다.

사실 그들은 움직일 필요가 없었다. 섬 근처에서는 아비규환이 일어나고 있지만 엄밀히 말하면 남의 일이었다. 뒤쪽에는 독 가루 피해가 없으니 굳이 움직일 이유가 없었다.

무엇보다도 앞쪽에 있는 배들에게 좋지 않은 감정을 가지고 있었다. 조금씩만 양보해서 앞으로 좀 들어가자고 할 때, 그토록 매몰차게 거절하더니 잘됐지 뭔가. 앞이 비면 자신들이 들어갈 수 있는데 뭐 하러 물러서나.

그러나 항마후를 접하고는 사태가 보통 심각하지 않다는 것을 알았고, 서둘러 물러났다.

비로소 앞쪽 배들도 물러날 수 있는 공간이 보였다.

"천천히! 옆으로 돌리지 말고 뒤로 빼시오!"

또다시 항마후가 터져 나왔다.

"독을 이용해서 양민을 살상하다니! 병에 걸려 치료받을 수 있는 땅을 찾아왔거늘, 그런 사람을 독으로 죽이다니! 이게 어디 사람이 할 짓인가!"

일부 무인은 대로(大怒)했다.

"안에 독심환마가 있으렷다! 그놈을 죽이지 않고는 한 발도 물러서지 않을 것이다!"

"쯧! 천하의 정의가 땅에 떨어지려니 이러는 수도 있구나! 사약란이라는 계집은 엊그제까지만 해도 무총 서지단 군사였거늘, 이제 독심환마라는 놈에게 미쳐서 양민을 벌레처럼 여길 줄이야! 내 무총에 단단히 따질 것이다!"

현실적으로 행동에 옮긴 사람도 있다.

큰 불상사를 몰고 왔지만 화공을 펼친 덕분에 앞으로 나갈 수 있는 생로(生路)가 열렸다.

피독(避毒) 효능이 있는 물건을 지닌 사람들, 그리고 독을 방비할 수 있는 가전비약(家傳秘藥)이 있는 사람들이 한군데로 모였다.

"뚫고 나갈 수 있겠지?"

"가봅시다! 저 정도면 충분하오!"

그들은 물에 적신 면을 입에 대고, 우비를 걸친 채 상륙했다.

호숫가에는 독충들의 모습이 잘 조각된 조각물처럼 널브러져 있었다. 새까맣게 타서 재가 되어버렸지만 생생한 모습만은 생전의 맹위를 여실히 느끼게 만들었다.

숯덩이가 되어버린 독충들의 잔해가 공포심을 불러왔다. 사실 많은 사람들이 이런 독 가루를 흡입하고 숨이 막혀 죽었다. 결코 경시할 수 없다.

그들은 조심스럽게 질주하여 독림 안으로 뛰어들었다.

"축하드려요. 제일진을 뚫으셨군요. 여기선 소녀의 술 한잔을 받으셔야 되는데, 그럴 용기가 있으세요?"

여인은 아름다웠다. 눈부시게 아름다웠다. 독림의 우중충함이 그녀가 나타남으로써 말끔히 씻기는 것 같았다.

'요망한 계집!'

제일 먼저 떠오른 말이다. 하나 그녀의 아름다움이, 옥구슬 굴러가는 것 같은 음성이 이성적인 판단을 마비시켰다.

"소, 소저는… 뉘… 신지?"

"제이진을 지키는 몸이지요. 부끄럽지만 술 한잔만 받아주시면……. 이 술… 독주(毒酒)랍니다. 마시면 장기가 녹아버리는 아주 무서운 독을 탔지요."

"하하하! 소저가 주는 독주라면 천 잔인들 못 마시겠소."

무인은 거침없이 술 한 잔을 받아서 들이켰다.

그는 멀쩡했다.

"하하하! 이럴 줄 알았지. 소저처럼 아름다운 여인이 독주를 먹일 리가 있나."

"하하! 소저, 나도 한 잔 주시겠소? 독 가루를 마신 것 같아서 목이 칼칼했는데……."

사내들은 앞 다투어 술을 받아 마셨다.

그리고 정확히 일다경이 지났을 무렵, 일제히 배를 움켜쥐고 쓰러졌다.

그들은 비명을 지르지도 못했다.

"유마심안이 무섭긴 무섭군."

오목이 시신을 호숫가에 내놓으며 말했다.

"비웃는 것 같은데, 정말로 당해볼래?"

"아니. 됐어. 그리고… 잊지 않았으면 좋겠어. 내가 바로 하늘같은 서방이란 거."

"서방? 호호호! 배 맞댔다고 서방이면 내 서방이 백은 넘겠다."

"배 맞댔다고 해서 서방이란 게 아냐. 널 진심으로 사랑하니까 서방이라는 거야."

"너 정말 죽을래?"

"그건 됐다니까. 넌 왜 죽고 싶지 않다는 사람을 자꾸 죽이려고 그러냐! 그거 말고 다른 거나 줘. 마음을 줘도 좋고 몸을 줘도 좋고. 그런 거라면……."

쒜엑!

오목은 날아오는 일장을 피해 시신을 들고 황급히 독림 밖으로 빠져나갔다.

무림인들의 시신을 모든 사람들이 볼 수 있도록 호숫가에 내놓아야 한다.

물론 무림은 분노할 것이다. 비궁을 쳐 없애기 위해 머리를 맞댈 것이다.

그것을 원한다.

비궁을 모르는 무인이 없도록 만들어야 한다.

사약란은 겨우 다섯 명만 데리고 있다. 무공도 천하제일과는 거리가 멀다. 솔직히 말해서 그만한 인원으로는 대문파 하나조차도 상대하지 못한다.

작은 전력으로 큰 효과를 낼 수 있는 일, 그녀는 무림 공분을 선택했다.

2

분독이화는 뛰어난 방법이나 비궁에는 쓸 수 없다. 비궁처

럼 수많은 독이 산재해 있을 경우에는 모든 위험에 대해 대비
책을 세워놓아야 한다.

　단정적으로 말하면 독으로 인해 벌어질 수 있는 모든 일을
염두에 둬야 한다.

　그래서 선택한 것이 화공이다.

　분독이화와는 다르다. 멀리서 대포로 화탄을 쏜다. 비궁 전
체를 쑥대밭으로 만들어 버린다. 그런 후에 불을 놓았다면 오
늘 같은 참상은 없었을 것이다.

　비궁을 뚫을 수 있는 방법은 아주 간단하다.

　군인들이 사용하는 대포를 쓰면 된다.

　"이거 유황 아닌가?"

　낯선 사내가 짚더미를 들춰보며 말했다.

　"뭐 하는 놈이야!"

　"놈? 하! 내가 또 '놈' 소리 듣고는 그냥 못 가지."

　"이거 수상한 놈이로군."

　"수상하기는. 사람 보는 눈이 그렇게 없어서야 어디 오래 살
겠나. 나 같으면 수상하다고 말하지 않고 위험하다고 말하겠
어. 검을 가진 자는 항시 위험하거든."

　사내는 정말 위험했다. 그는 유황을 싣던 사내들에게 미처
경각심을 돋울 여유도 주지 않았다.

　찰칵! 쒜엑! 쒜에엑!

　평온하던 하루가 깨졌다.

느닷없이 불어닥친 검풍이 눈 깜빡할 순간에 다섯 사내의
목숨을 취해갔다.
사내는 자신의 검을 철저히 믿는 듯 쓰러진 자들을 확인하
지 않았다. 시신을 치울 생각도 하지 않았다. 대신 어른 머리
만 한 돌을 들어 힘껏 배에 구멍을 뚫었다.
콸콸콸!
배에 물이 차기 시작했다.

또 다른 움직임도 있었다.
유선(遊船) 한 척이 조용히 호심을 가로질렀다.
배에 탄 사람들은 모두 가죽옷을 입었다. 부력(浮力)을 높여
주고 체온을 유지시켜 주기 때문에 물질을 하는 사람들에게는
없어서는 안 될 필수 장비다.
그들은 맡은 일이 정해져 있는 듯 질서정연하게 움직였다.
그러나 그들의 민첩하기 이를 데 없던 움직임은 많은 배들
과 섞이는 순간 감쪽같이 사라졌다.
그들은 가죽옷 위에 허름한 무명옷을 걸쳐 입었다. 머리에
는 더러운 무명 끈을 질끈 묶었다.
영락없는 어부의 모습이다.
유선은 비궁을 노려보는 많은 배들 중 하나가 되었다.

그 시각, 또 다른 유선 한 척이 검은 모래밭을 향해 다가갔
다.

보통 키에 바짝 마른 사내는 호피(虎皮) 의자에 몸을 묻고 눈을 지그시 감았다.

그는 주위에 여섯 명의 여인을 데리고 다닌다.

좌우에 둘, 앞에 둘, 뒤에 둘……. 좌우에 있는 두 명은 일각이고 이각이고 그가 움직일 때까지 깨끗한 물로 손을 씻긴다. 앞의 두 명은 쪼그리고 앉아서 발을 씻기며, 뒤의 두 명은 각기 어깨 하나씩을 맡아 하루 종일 주무른다.

그녀들은 온종일 똑같은 일을 반복하면서도 불평 한마디 늘어놓지 않는다. 아니, 아예 입도 벙긋거리지 않는다. 입이 없는 사람처럼 말을 하지 않는다.

실제로도 그렇다. 그녀들은 혀가 없다. 그래서 말을 하지 못한다. 청력도 없다. 그래서 천둥이 울려도 티끌만 한 동요조차 일으키지 않는다.

그는 그런 점을 좋아한다.

조그만 일이 있어도 괜히 호들갑스럽게 소리치고 요란을 떠는 모습은 딱 질색이다.

조용한 것이 좋다. 깨끗한 것이 좋다.

"흠! 좋아!"

그는 코를 벌름거리며 공기 속에 포함된 독향(毒香)을 음미했다.

강한 독은 천 리 밖에서도 향기를 풍긴다. 마치 영혼의 속삭임이라도 되는 것처럼 마구마구 끌어당긴다.

피유우웅! 펑!

멀리서 폭죽이 솟구쳤다.

붉은색 불꽃이 우산처럼 쏟아진다.

"방해꾼은 모두 정리했소이다."

유선 한쪽에 앉아 조용히 술잔을 기울이던 사내가 말했다.

그는 눈을 떴다.

"근데 저것 좀 어떻게 할 수 없나? 저 신호는 영 거슬려. 너무 시끄럽단 말이야. 아! 넌 상관없지? 오늘 저녁이면 꽥해 있을 테니까."

그는 말하면서 손을 들어 자신의 목을 그었다.

"내기를 말하는 것이라면… 능력을 먼저 입증하는 게 순서겠지요. 내기를 말하시는 건 그다음에."

"후후후! 능력? 입증하지, 입증해. 하하하!"

그는 입을 크게 벌리고 웃었다.

여섯 여인이 간편한 경장으로 갈아입었다.

그녀들은 온몸에 크고 작은 목함을 매고 있었다.

그녀들이 입고 있는 경장은 목함을 달아맬 수 있도록 특별히 제작된 것이다.

그는 앞에 선 두 여인의 등을 툭 쳤다.

여인들이 앞을 향해 걸었다. 검은 모래밭이 꿈틀거리고 있지만 공포심 같은 감정은 보이지 않았다. 오히려 익숙한 애완동물을 본 듯 안광을 번뜩이며 내려섰다.

스읏!

여인의 첫 발자국이 검은 모래에 닿았다. 그러자,

츠츠츳!

독충들이 마치 천적이라도 만난 듯 꽁무니를 뺐다.

뱀, 전갈, 지네, 거미, 나방…… 어떤 것도 그녀들의 앞을 가로막지 못했다.

"된 것 같지 않아?"

그가 뒤를 돌아보며 말했다.

술잔을 기울이던 사내는 대꾸할 필요를 못 느낀 듯 묵묵히 호로병을 들어 술잔에 술을 따랐다.

"후후후! 끝까지 버팅기기는. 이놈들만 치워주면 네 목은 내 거야. 술을 담가야겠어. 추운 겨울에 한 잔씩. 네가 지금 마시는 술맛도 섞여 있겠지?"

"이놈 모가지쯤이야 언제든 떼어드릴 수 있지요. 무총의 비궁이라는 이곳만 뚫을 수 있다면 무언들 못 드리겠습니까? 끝까지 지켜보겠습니다."

"아! 내기는 분명히 하자고. 난 비궁을 뚫는다고 안 했어. 이곳에 있는 독물들만 처리한다고 했지."

"저도 그렇게 들었습니다. 억지는 부리지 않을 테니, 안심하고 능력을 보이시지요."

"억지 부려도 필요없어. 후후후! 네가 아직까지 살아 있는 건 안선의 입장을 배려해서야. 그런 게 없었다면 넌 벌써 죽었지 아직까지 살아 있을 것 같아?"

"그것도 능력을 보이신 다음에."

사내는 술잔을 입에 넣고 천천히 마셨다.

월야사신, 그에게 독충들이란 아주 귀여운 애완동물이다.
어떤 독충도 그를 막지 못한다. 어떤 독물도 그를 물지 못한
다. 세상에 존재하는 최극상의 독도 그의 신체는 범하지 못한
다. 태어나면서부터 독에 길들여진 삶을 살아본 사람만이 얻
는 축복이다.
"호오! 이놈도 여기 있었군."
그는 여인들이 활짝 열어놓은 길을 걷다가 검은 모래밭을
향해 손을 내밀었다.
머리에 뿔이 두 개 달린 도롱뇽이 어기적거리며 기어왔다.
다른 독물들은 썰물 빠지듯 쑥 물러나는데 오직 도롱뇽만이
손바닥을 향해 다가섰다.
그는 도롱뇽이 손바닥 위에 올라설 때까지 기다렸다.
"이놈은 묘강에도 몇 마리 없는 놈인데, 용케 이곳에 있네.
하하하! 잘 있었냐? 귀여운 놈."
그는 애정 어린 손길로 도롱뇽을 쓰다듬다가 통째로 입에
넣고 으적으적 씹었다.
"흠! 그래, 이 맛이야. 한동안 잊고 있었는데 여기서 맛보는
군. 정말 고소해."
그는 도롱뇽 한 마리를 게 눈 감추듯 해치웠다.
"한 마리 더 먹을까? 이번엔 뭐로 먹는다? 그래, 네가 좋겠
구나. 하하! 넌 내장 터지는 맛이 일품이지."

그는 또 손바닥을 위로 한 채 손을 땅에 올려놓았다.

독거미 한 마리가 자석에 이끌리 듯 질질 끌려왔다.

"이놈아, 그렇게 살고 싶었어? 원래 삶과 죽음은 하나인 것이야. 하하! 그런 이치를 알았다면 인간으로 태어났을 거야. 그렇지? 다음에는 꼭 인간으로 태어나. 알았지?"

손바닥 위로 올라선 못 박힌 듯 꼼짝하지 못했다.

그는 독거미를 입에 넣고 촉감을 음미하듯 혀로 이리저리 굴렸다.

독거미는 반항하지 못했다. 자신의 운명을 예감했는지 저항을 포기하고 다리를 잔뜩 오그려 몸에 붙였다.

그는 거미를 어금니 아래 놓고 으적 깨물었다.

단단한 껍질이 석류처럼 으깨지며 내장이 확 쏟아졌다.

능히 백 명은 죽일 수 있는 독액이다.

"그래, 그래. 이 맛이야, 이 맛. 흠! 여긴 정말 지상낙원이군. 없는 게 없어. 하하하! 애들아, 이곳으로 터를 옮길까?"

여인들은 침묵했다.

귀가 들리지 않으니 무슨 말인지 알아들을 수 없고, 눈치로 무슨 말인가 했다는 것을 알아도 혀가 없으니 말을 하지 못한다. 그래서 그녀들은 어떠한 물음에도 늘 묵묵부답이다.

"두 놈을 단숨에 해치웠더니 배가 든든하구나. 요기는 이 정도면 됐고…… 이제부터는 본격적으로 운동 좀 해볼까?"

그는 고개를 크게 한 바퀴 돌렸다.

뚜득!

목 관절에서 시원한 소리가 울렸다.

월야사신은 독향을 마음껏 음미하며 독림을 걸었다.

산보도 이런 산보가 없다. 온몸에 활력을 가득 불어넣어 주니 이보다 더 좋은 산보가 어디 있는가.

"흠! 좋아, 좋아. 내가 이런 맛에 이놈들을 좋아한다니까."

그는 귀여운 장난감을 어루만지듯 독물들을 만졌다.

사납기 이를 데 없는 독물들도 그의 손에서는 말 잘 듣는 강아지가 되었다.

저항은 생각하지도 못하고 처분만 바라는 모습이다.

백유(白油)의 약효 때문이다.

백유에는 두 가지 성분이 혼합되어 있다.

하나는 발정기에 내뿜는 격소(激素:호르몬)다.

격소는 개체마다 성분이 모두 다르다. 지네의 격소가 다르고 뱀의 격소가 다르다. 암컷의 격소와 수컷의 격소는 개체 간의 차이만큼이나 큰 차이가 있다.

그는 이 모든 격소를 하나로 묶는 데 성공했다.

하얀 물방울 속에 모두 녹여 넣었다.

백유 한 방울만 뿌려놓으면 세상에 존재하는 모든 동물이 자석에 이끌린 듯 꼬이게 된다.

그렇다. 백유는 세상의 모든 동물을 끌어들인다.

호랑이나 곰, 사슴이나 멧돼지도 코를 킁킁거리며 달려온다.

다만 맹수들이 모습을 드러내지 않는 것은 그들보다 먼저 독충들이 달려들기 때문이다.

맹수는 독충들 때문에 다가오지 못한다. 하지만 격소에 홀린 상태라 발정은 해소해야 한다.

다행히 같은 개체의 암컷과 수컷이 만나면 교미가 이루어진다. 그것이 용이치 않을 때는 난폭함으로 이어져서 아무 이유 없이 타 개체를 죽인다.

월야사신이 지나가는 곳에는 항상 죽음이 일어난다.

사람도 횡포의 대상이 된다. 맹수가 사람이라고 봐줄 리는 없다. 애꿎게 걸려들면 찢어발기던가 먹어치운다. 그때만큼은 사람을 해치지 않던 맹수도 앞뒤 가리지 않고 설친다.

그럼 이 격소가 사람에게는 어떤 영향을 미치나.

별로 큰 영향을 미치지 않는다. 사람은 격소를 맡는 기능이 퇴화되어서 격소 냄새를 맡지 못한다. 그렇지 않았다면 그는 만인의 왕으로 군림했을 게다.

백유에 들어 있는 또 다른 성분은 주검의 그림자다.

독충들은 냄새로 천적을 알아낸다. 시각이나 청각은 생각지 않는다. 동물의 습성을 알려는 것이 아니니까. 그는 오직 냄새에만 주력했다. 그 결과 특정한 냄새가 뇌를 자극하여 공포심을 이끌어낸다는 사실을 알아냈다.

이 두 가지를 하나로 묶는 데 십 년 세월이 소요되었다.

독충들은 번식에 대한 본능과 죽음에 대한 공포를 동시에 느낀다. 상식적으로 생각하면 죽음이 느껴지면 일단 피하고 보는 게 본능인데, 그래도 독충들은 달려든다.

번식에 대한 본능이 죽음에 대한 공포보다 앞선 것이다.

단, 모두 그렇지는 않다. 소위 말해서 별 볼일 없는 놈들, 어디서나 흔히 볼 수 있는 놈들은 죽음의 공포를 이겨내지 못하고 멀리 달아나 버린다.

그에게 다가오는 것은 맹독을 지닌 독물이거나 흔히 볼 수 없는 희귀종뿐이다. 자신이 있기 때문에 설마 죽을까 하는 심사로 다가오는 것일까?

어쨌든 번식에 강한 욕구를 지닌 놈들만 죽음을 이겨내고 가까이 온다.

그는 시간이 날 때마다 백유를 손과 발에 바른다.

단지 피부에 묻히는 것만으로는 아무런 효과가 없다. 진기를 운용하여 체내로 빨아들여야 한다.

백유를 만지는 정도로 따지면 여자 노예들이 그보다 훨씬 많은 양을 만진다. 그녀들이 씻겨주기 때문에 아무래도 자신의 살갗보다는 그녀들의 살갗에 더 많은 백유가 닿게 된다.

그럼 그녀들이 절정독인인가?

아니다. 그는 그런 것을 나눠 가질 정도로 후덕하지 않다.

그녀들의 몸에 묻은 백유는 두 가지 성분 중에서 한 가지를 잃는다. 격소 성분이다. 백유를 만질 때는 살갗에 배이지만 한 시진 정도만 지나면 공기 중에 흩어지고 죽음의 성분만 남는다.

진기로 흡수하지 않은 백유는 강력한 피독 성분밖에 남지 않는다.

그래서 그녀들이 가는 곳에는 독충이 모여들지 않는다. 한 걸음 떼어놓으면 한 걸음만큼 물러간다.

그녀들은 밀어내는 자석이다.

끌어들이는 자석은 그만이 할 수 있다.

아무리 사나운 독물이라도 손아귀에만 들어오면 얌전한 강아지가 되니 더할 나위 없이 좋다. 독물을 잡기가 편하니 독공 연마도 탄력을 받는다.

그 결과 그는 일약 월야사신이 되었다.

"여긴 정말 좋은 곳이군. 한 일 년쯤 거주하면 딱 좋겠어. 그렇지 않니, 애들아?"

여인들은 말이 없었다.

"월야사신의 독술은 어느 정도예요?"

거침없이 독림을 뚫고 들어서는 월야사신의 모습은 굉장히 인상적이었다.

"하늘은 이 땅에 오독(五毒)을 주셨는데……."

"삼독은 짐작하겠군요. 독의와 괴노독, 그리고 저 사람, 월야사신이군요."

"끌끌! 다른 두 명도 짐작할 수 있을 거네. 현 당문 문주가 그중 한 명이고, 죽은 사사귀 중 독곡의 곡주인 타사웅묘가 오독 중 한 명이었네. 이제 이독이 절명하고 삼독만 남은 게지."

"틀렸어요."

"응?"

"할아버지의 독공은 오독에 못지않아요."

"끄응! 그건 그렇지."

"제가 알기로는 안선에도 할아버지만 한 고수가 있어요."

"안… 선에? 그자가 저자 아냐?"

"아니에요. 또 다른 자예요."

사약란은 자세한 말을 하지 않았다.

또 다른 자, 서인과 갈오공의 인과관계를 알아낸 자. 그자는 무시하지 못할 독공의 고수이리라.

그는 계야부가 짓밟아 버린 서인을 회수했다.

살은 뭉개지고, 수분은 짓이겨져서 흙과 뒤범벅이 됐다.

그는 그런 서인을 회수해 갔다.

지통이 직접 두 눈으로 목격한 사실이니 믿고 싶지 않아도 믿어야 한다.

그는 그것으로 무엇을 할까?

안선이 계야부를 노리고 있다는 것만은 분명한 사실이고, 그 위험은 아직도 지속되고 있다.

그자, 정말 조심해야 할 자다.

"저 사람, 생포할 수 있겠어요?"

사약란이 뜬금없이 툭 말했다.

"월… 야사신을?"

"생포해 주세요."

"……."

독심독의는 대답하지 못했다.

월야사신이 사로잡고 싶다고 사로잡힐 위인인가? 묘강의 신으로 군림하는 독왕을 어떻게 산 채로 잡는단 말인가.

월야사신과 독심독의는 평수(平手)다. 누가 낫다 못하다 말할 수 있는 관계가 아니다.

독심독의가 천하제일의 독공 고수라고 해도 불가능하다.

사약란이 일어나 탁자로 걸어갔다.

사박! 사박!

옷자락 끌리는 소리가 고요한 정적을 일깨웠다.

해자 밖에서는 수많은 죽음이 일어나고 있건만 난석환류진 안은 태평스럽기 그지없다.

독심독의는 내심 혀를 내둘렀다.

사약란이란 여자는 조용했다. 단정했고, 다정했다.

지금 그녀의 모습에서는 옛 모습이 읽히지를 않는다. 다정함 대신에 비정함이 자리 잡은 것뿐인데 전혀 다른 사람처럼 느껴진다. 뭐라고 할까? 냉혹한 승부사 같다고나 할까?

그러고 보니 이런 느낌, 전에도 받은 적이 있다.

누굴까? 누구에게서 이런 느낌을 받았을까?

'계야부!'

사박! 사박……!

옷자락 끌리는 소리가 가까이 다가왔다.

사약란의 손에는 작은 목함 하나가 들려 있었다.

그녀는 목함을 서슴없이 내밀었다.

"이게 뭔가?"

독심독의는 받아 들기만 했을 뿐 열어볼 생각을 하지 않았다. 대신 사약란을 쳐다보며 설명을 요구했다.

"안에는 금각오공(金角蜈蚣)이 들어 있어요. 모두 다섯 마리예요."

"금각오공?"

독심독의는 그제야 목함을 열어봤다.

딸각!

경쾌한 소리와 함께 뚜껑이 열렸다.

안에는 정말로 그녀가 말한 것처럼 색이 노란 지네 다섯 마리가 들어 있었다. 등껍질에 생선 지느러미처럼 곧추세워진 비늘이 뿔처럼 박혀 있다.

어느 지네와는 확연히 구분되는 특이한 지네다.

물론 독심독의는 금각오공을 안다. 독액 한 방울로 수십 명을 죽일 수 있는 맹독성 독물이다.

하지만 이 정도의 독은 독심독의도 가지고 있다. 이 시점에서 왜 금각오공을 주는 걸까?

사약란을 쳐다보는 독심독의의 눈길에는 궁금증이 가득했다.

"특별할 게 없나요?"

사약란이 되물었다.

독심독의는 다시 한 번 금각오공을 쳐다봤다. 사약란이 다시 물을 때는 반드시 이유가 있다. 뭔가 다른 게 있으니까 다시 한 번 물은 것이다.

하나 그는 다른 점을 찾을 수 없었다.

"내 눈에는 별다른 게……."

"그럼 됐어요. 독의께서 이상을 찾지 못했다면 월야사신도 찾지 못할 거예요."

"……?"

"그건 저기 독림에서 큰 게 아녜요. 이곳 지하 밀실에서 특별히 키워진 거예요."

"밀실이… 있었나?"

"그 금각오공의 주인은 당문 전대 문주인 일수천탈 당소 어른이에요. 그분이 직접 개량한 보물 중의 보물이죠."

'개량!'

독심독의의 눈길이 자연스럽게 금각오공에게 쏠렸다.

특별한 점이 전혀 없는데, 어디를 개량했다는 걸까? 비늘, 다리, 금각, 수염 어느 한 군데 다른 점이 없다.

"아무 독이나 한번 써보세요. 금각오공에게요."

순간, 독심독의의 눈가에 기광이 번쩍 떠올랐다.

'설마!'

그는 즉시 품에서 깨알만 한 적록색 독단을 꺼내 잘게 부순 후 금각오공에게 먹였다.

금각오공의 색깔이 변했다. 노란 빛에서 녹색으로 물들었다.

'이, 이게 정말…… 이런 게 정말 있었어?'

그는 자신의 눈을 믿지 못해서 다른 독을 꺼내 먹였다.

옆에서 보기에는 흑분(黑粉)일 뿐이지만 바람에 날리면 능히 천 명을 죽일 수 있는 맹독이다.

금각오공의 색깔이 붉은색으로 변했다.

심장을 마비시켜 죽이는 독, 심장에 영향을 주는 독은 붉은색으로 변한다.

금각오공은 독을 먹고 자란다.

지네는 귀뚜라미나 각종 벌레를 잡아먹고 산다. 금각오공도 마찬가지다. 생긴 게 다르다고 먹이까지 다르지는 않다.

한데 먹이가 바뀌었다.

이놈, 일수천탈이 수천 번의 실패 끝에 탄생시켰을 이놈은 벌레를 잡아먹지 않고 독을 먹는다. 그리고 먹이의 종류에 따라서 안악석(安樂蜥:카멜레온)처럼 등껍질 색깔이 바뀐다.

신경을 마비시키는 먹이를 맛보면 푸른색으로 바뀌고, 심장에 관련된 독은 적색을 띤다.

지금은 두 가지만 확인했지만 독성분에 따라서 천차만별 수십 가지 색으로 변화할 것이다.

일수천탈은 엄청난 일을 해냈다.

무형의 독을 감지할 수 있을 뿐만 아니라 어떤 독인지 종류까지 알 수 있다면 절반은 이기고 들어간 것이나 다름없다.

“내가… 내가 이걸 써도 될지 모르겠네.”

“방금 말했잖아요. 금각오공의 주인은 일수천탈이라고요. 그 물음은 제게 하지 마시고 일수천탈께 하세요. 지금 물어보세요. 독의께서 금각오공을 쓸 일이 있다고 달라고 하시면 그분이 주실까요, 안 주실까요?"

"……."

"안심하고 주실 거예요. 독의가 안 쓰면 누가 쓰겠냐면서. 그러니 안심하고 쓰세요."

"고맙네."

독심독의는 진심으로 고마워했다.

금각오공이 그의 손에 쥐어졌다는 것은 검법을 수련한 무인에게 모든 쇠를 잘라 버릴 수 있는 보검을 준 것이나 다름없다.

3

월야사신이 걸음을 멈췄다.

작고 추레한 늙은이가 독충들을 장난감처럼 만지고 있다. 삶은 닭을 가져와서 조금씩 찢어 지네에게 먹인다.

노인이 만지는 지네가 또 범상치 않다.

보통 지네는 갈색이나 검은색인데 놈은 노란색이다.

딱딱한 등껍질에는 물고기 지느러미처럼 날카로운 가시 비늘이 곤두서 있다.

'금각오공(金脚蜈蚣).'

그가 지네를 못 알아볼 리 없다.

노인의 정체도 짐작된다. 십장고독에 당해서 괴노독에게 끌려갔다던 독심독의다.

'이자가…….'

월야사신은 재빨리 머리를 굴렸다.

독심독의가 왜 이곳에 있나? 좋다. 어찌 된 영문인지는 모르겠지만 여기에 있는 건 사실이다.

하면 그자가 실패했다.

화향호리쯤은 가볍게 해결할 줄 알았는데…… 어딘가 빈틈이 있었다. 만변천자 일행이 어찌 되었는지는 모르지만 그가 여기 있는 것으로 보아서 괴노독은 죽었을 공산이 크다.

만변천자는? 화향호리는? 아니, 다 귀찮다. 자신의 애물단지인 대망이 어찌 되었는지만 알면 된다. 괴노독처럼 대망 역시 변괴가 발생했다는 것은 어렵지 않게 짐작된다만…….

독심독의는 월야사신을 쳐다봤다.

자신만만한 태도, 여유있는 웃음…… 천하를 독공으로 굽어보는 제일인자의 넉넉함이 묻어 있다.

그는 두말할 것도 없이 강자다.

비록 금각오공이 있어서 그가 펼친 독을 모두 알아본다고 해도 그는 여전히 만만치 않은 강자다.

그를 죽이라면 가능할 것 같은데…… 생포라면 힘에 부친다.

'군사의 지략이 얼마나 통할지…….'

"하하! 처음 뵙지요. 월야사신이라고 합니다."

월야사신이 먼저 말을 걸었다.

그는 제일 먼저 대망이 어찌 되었는지 묻고 싶었다. 한데 독심독의가 먼저 성질을 건드렸다.

"끌끌끌! 그 백유라는 것, 정말 쓸모 많구먼. 나도 이놈들과 같이 있을 때는 긴장을 늦추지 못하는데, 네놈은 기방에 있는 것처럼 편안해 보이는구나."

"거참 예의 하고는……. 그래도 나잇값을 생각해서 존칭해 줬더니 다짜고짜 이놈 저놈 하는 건 뭐야?"

"이놈아, 할 만하니 하는 게다."

"그러신가, 영감. 그럼 나도 한마디 하지. 죽고 싶으신 겐가, 아니면 꺼지실 텐가?"

"오랜만에 무림에 나와서 그런가? 이 늙은이를 죽인다는 사람이 왜 이리 많누."

두 사람이 말을 나누는 동안 곳곳에서 사단이 일어났다.

독물들이 배를 뒤집고 나뒹굴었다. 끓는 기름 솥에 던져진 것처럼 꿈틀거리다가 바르르 경련을 일으켰다.

싸움은 벌써 시작되었다.

서로가 상대를 향해 절독을 뿜어내기 시작했다.

하독(下毒)과 동시에 해독(解毒)을 해야만 한다. 해독만 하다가는 끝없이 밀려오는 독기에 결국 당하고 만다. 하독만 해서도 안 된다. 두 사람 정도 되는 고수라면 죽음의 순간에서도 독을 떨쳐 낼 수 있기 때문이다.

"각!"

"가각!"

두 여인이 괴이한 소리를 흘리며 쓰러졌다.

월야사신의 발을 닦아주던 여인들이다. 그녀들은 유사시에는 이렇게 방패막이 역할을 한다. 월야사신이 미처 파악하지 못한 독도 그녀들이 죽으면서 흘려낸 현상을 보고 알아낼 수 있다.

두 여인은 전간(癲癇:간질)에 걸린 사람처럼 사지를 비비 꼬면서 입에 거품을 쏟아내고 있다.

틀렸다. 독심독의가 쓰는 독 중에 이런 증세를 나타내는 건 흑곡선분(黑蚰蟮粉)이다.

검은 지렁이 가루는 치명적이지만 주로 허독(虛毒)에 쓰인다. 실독(實毒)은 따로 있다는 소리다.

'흠!'

그는 코를 끙끙거리며 냄새를 맡았다.

풀썩!

오른쪽에 있던 여자 노예가 실 끊어진 연처럼 푹 나가떨어졌다.

그녀는 아무런 증세도 보이지 않는다. 다만 미간에 작은 홍점 한 개가 눈에 띌 뿐이다.

'독이 아니라 독침이었나?'

기가 막힌 노릇이지만, 그는 독침이 날아오는 걸 보지 못했다. 그렇다면 그녀를 죽인 방법은 오직 하나!

그는 고개를 들어 위를 쳐다봤다.

스르르륵……!

방금 살인을 마친 이각지주(二角蜘蛛)가 거미줄을 타고 기어 올라 가는 모습이 보였다.

이각지주는 크기가 깨알만 해서 웬만한 주의력으로는 접근하는 것을 알아채지 못한다. 해서 독문 사람들은 주로 암살용으로 쓰곤 하는데, 이번에 정확하게 쓰였다.

완벽하게 당했다. 허독에 실독으로 공격할 줄 알았는데 오로지 실독만 썼다.

목표가 자신이 아니었던 게다. 여자들을 죽이고 있는 게다.

"하하! 그것참 취미도 고상하네. 애꿎은 애들을 죽일 건 뭐야? 혹시 이런 애들을 죽이면서 성적인…… 그 뭐랄까, 변태적인 쾌감이라도 느끼는 건가?"

말은 편하게 했지만 그는 크게 놀라고 있었다.

여인들은 백유를 처발랐다. 어떠한 독충도 가까이 다가오지 못한다. 영물이나 다름없던 대망도 여인들 곁에는 얼씬거리지 않았다. 그녀들이 오면 슬그머니 자리를 피하곤 했다.

독심독의의 이각지주는 죽음의 공포를 무릅쓰고 여인을 깨물었다.

얼마나, 어떤 식으로 훈련을 시켰기에 한낱 미물이 죽음을 두려워하지 않게 된 것인가.

또 하나 놀라운 점은 독심독의가 손을 쓰는 동안 자신도 손을 썼다는 거다. 한데 자신의 독이 전혀 먹히지 않는다. 독심독의는 물론이고 그가 닭을 먹이고 있는 금각오공조차 어찌하지 못했다.

완전한 패배다. 확실히 독심독의가 한 수 위다.

"휴우! 이 사람아, 심지를 제압당한 삶은 사는 게 아니라네. 어쩌자고 그런 짓을 했나. 자네 같은 사람이 그러니 독문 사람들이 욕을 먹는 게 아닌가."

"뭐, 뭐라고! 우하하하하! 듣자 하니 말이 참 그러네. 지금 저 밖에 떠 있는 수많은 배들이 누굴 원망하고 있을까? 나를 원망할까, 아니면 여기 있는 독물들을 원망할까? 거 똥 묻은 개가 겨 묻은 개 나무라는 짓거리 좀 하지 마라. 듣기 거북하다."

파팟! 파파파팟!

독심독의의 손끝이 푸른색으로 변색되더니 이내 평범한 손으로 돌아왔다.

벌써 하독을 끝냈다.

월야사신은 뒤에 서 있던 두 여인의 몸에서 목함 하나씩을 뜯어냈다. 손아귀에 꽉 잡히는 작은 목함엔 누구도 막을 수 없는 절대 독이 들어 있다.

그때, 독심독의가 말했다.

"그건 쓰지 말게."

"뭐라고! 하! 목숨을 걸고 싸우는 마당에 뭐? 그건 쓰지 말게?"

"그걸 쓰면 난 자네를 죽이겠네. 하지만 쓰지 않는다면 저

아이들을 죽이는 것으로 그치지. 저 아이들…… 육신은 있으
나 영혼이 없으니 짐승보다도 못한 삶. 이제 그만 놓아주게.”

독심독의의 말뜻은 확실했다.

노예들만 죽이고 자신은 살려준다는 것이다.

한데 그는 한 가지를 모르고 있다. 이 독림을 뚫지 못하면
어차피 죽는다는 거다. 밖에 있는 놈과 내기를 했으니 죽든 살
든 뚫고 나가는 수밖에 없다.

“거억!”

옆에 있던 여인이 피그르르 쓰러졌다.

하독하는 것을 봤는데 해독하지 못했다. 냄새도 없었고, 형
태도 없었다. 바람도 역풍(逆風)이다. 이쪽에서는 손을 펼치기
만 하면 독분이 날아가는데, 독심독의 쪽에서는 힘껏 내던져
도 다시 자신에게 되돌아간다.

그의 하독 솜씨는 자연의 힘을 넘어선다.

지금까지 어떤 독인도 그런 경지에 오른 자가 없다. 얼마나
자연을 잘 이용하느냐에 따라서 절대 강자가 되는 게 이 세계
다.

자신의 백유 또한 자연의 섭리에서 벗어나지 못한다.

인위적으로 격소를 발동시키고 죽음을 끌어내지만 이 역시
자연을 이용한 것에 지나지 않는다.

독심독의가 쓴 독분은 역풍을 거슬러 올라왔다.

독심독의가 이토록 무서운 자였나?

괴노독은 안다. 그녀보다는 자신이 낫다고 자부한다. 한데

그녀에게 잡혔던 자가 자신을 이토록 핍박하다니. 이게 어찌
된 일이지? 왜 당하는 거지?

'이걸 쓰면 이 자리에서 죽고, 안 쓰면 나중에 뒈지고……
이걸 써서 죽일 수만 있다면 쓰겠는데…….'

잠시 결단을 내릴 시간이 필요하다.

"이 애들…… 이 애들은 죽이지 마시오. 난 이 애들이 없으
면 못사니까, 이 애들을 모두 죽여 버리면 다른 애들을 또 구할
거요. 기왕이면 수고 하나 덥시다."

독심독의가 손가락을 튕기려다 멈칫거렸다.

'어떻게 한다……. 써, 말아?

그는 목함을 움켜쥔 채 식은땀을 쏟아냈다.

결국 월야사신은 목함을 내려놓았다.

그는 자신이 어떻게 해서 이토록 허무하게 무너졌는지 아직
도 모르고 있다.

독심독의는 월야사신이 펼친 독을 모두 해독했다.

해독할 수밖에 없다. 신경을 마비시키는 독은 호흡기를 통
해서 투입된다. 금각오공의 등 색깔이 푸른빛으로 변하는 순
간에 오공(五孔)을 틀어막는다.

해독약을 복용할 필요도 없다. 진기를 움직이는 것만으로도
그 정도는 충분히 해낸다.

여인을 공격한 것은 사약란의 지시다.

그녀는 이렇게 변했다. 옛날에는 아무리 절박해도 여인을

공격하는 명령 같은 건 내리지 않았다. 한데 이제는 아무런 가책도 느끼지 않고 스스럼없이 내린다.

독심독의가 월야사신을 생포하기란 무척 어렵다.

실력이 비등한 사람끼리 겨뤘는데, 아무런 상처도 없이 일방적으로 한쪽을 사로잡을 수는 없다.

사약란은 비책 두 가지를 썼는데, 그중의 하나가 여인을 공격하는 거였다.

독심독의는 여인들을 죽였다.

사는 것보다 죽는 게 더 낫다는 이유로 깨끗한 죽음을 선물했다.

물론 거짓이다.

인간의 목숨이란 가벼운 것이 없다. 개똥밭에 굴러도 저승보다 이승이 낫다고, 어떤 삶이든 죽는 것보다는 낫다. 괴롭게 사는 것보다 차라리 죽는 게 낫다는 말은 누구도 할 수 없다.

하물며 인간이 인간을 죽일 권리는 없다.

"월야사신이 가장 자랑하는 독은 뭐죠?"

"혈경흘조(血硬蛇蚤)네."

"흘조라면 벼룩 아닌가요?"

"맞네. 벼룩이긴 하지만 보통 벼룩이 아니지. 그래 봬도 묘강제일독을 자랑하는 놈이지. 흘조의 입이 피각을 찌르는 순간, 천하거한이라도 돌처럼 굳어지고 말아. 흘조가 입으로 피를 딱딱하게 굳혀 버리는 성분을 토해내기 때문이야."

"안 되겠군요. 잔인하더라도…… 극단적인 방법을 써야겠어요."

　사약란이 말한 잔인한 방법은 '마음에 담은 자를 죽인다'는 복수의 철칙과도 맥을 같이했다.
　정말로 월야사신은 여인의 죽음에 동요했다.
　그 자신, 노예로 생각하며 마음껏 혹사해 온 여인들이지만 마음 한편으로는 정을 주고 있었다.
　그게 사람이다.
　항상 같이 붙어 있으면 정이 가지 않을 수 없다.
　정인군자이든 개망나니든 늘 같이 붙어 다니다 보면 미운 정, 고운 정이 드는 법이다.
　사약란은 그 맹점을 찔렀다.
　과연 월야사신은 남은 두 명이라도 살리고 싶어서 먼저 휴전을 제의했다.
　본인 스스로는 다른 핑계를 댔으리라. 어떠한 핑계인지는 그만이 알겠지만 실상은 여인들을 살리고 싶었던 것이다. 그가 목함을 들고 망설였던 진짜 이유는 그것이었다.
　두 번째 비책은 독림에 있다.
　독림에는 길이 있다. 비록 미로(迷路)처럼 찾기 힘들지만, 독인이 아니라도 오고 갈 수 있는 통로가 있다.
　오목이 그 길로 다닌다. 사색신녀가 그 길에서 무인들을 맞이했다. 시각랑들도 그 길을 통해서 비궁으로 들어섰고, 떠나갔다.

그 길은 누구나 다닐 수 있다.

그곳에 오목과 사색신녀가 몸을 감췄다. 그리고 바람이 부는 쪽으로 독분(毒粉)을 날렸다.

독심독의는 손톱에만 살짝 독 가루를 찍었을 뿐이다. 그는 오로지 방어만 했다. 해독만 했다. 공격은 오목과 사색신녀가 했다.

그런 점을 속이기 위해 이각지주를 쓰기는 했지만 그것도 나무 위에 미리 숨겨놓았다.

월야사신은 철저한 합공에 무너졌다.

그가 들고 있던 목함에는 흘조(�蚤:벼룩)가 수만 마리씩 들어 있다.

그가 목함을 깨뜨렸다면 그를 제외한 모든 사람이 절명했을 게다. 그리고 독림은 그야말로 인간의 접근을 불허하는 죽음의 땅이 되었을 것이다.

물론 혈경흘조는 해자를 넘어서지 못한다. 그리고 사약란을 비롯해 난석환류진 안에 있는 사람들도 밖으로 나오지 못한다.

이것은 월야사신도 어쩌지 못한다.

혈경흘조를 풀어놓을 수는 있지만 다시 거둬들일 수는 없다.

그의 몸에서는 백유가 뿜어져 나온다.

그가 혈경흘조를 잡을 수 있었던 것도 백유 덕분이다.

하면 흘조를 뿌려서 독심독의를 죽인 후에 다시 거둬들이면 되지 않는가.

안 된다. 몇 마리, 몇십 마리 정도는 거둬들일 수 있지만 대부분은 그가 거둬들이기 전에 백유의 영향이 미치지 않는 곳으로 튀어가 버린다.

흘조는 그야말로 톡톡 튄다. 어디로 튈지 모른다.

흘조는 독림에 있는 독충을 모두 죽일 것이다. 그러면서 끊임없이 번식할 것이다.

그는 그런 막대한 병기를 포기했다.

독심독의에게는 혈경흘조조차 통하지 않을 것이라고 지레짐작했기 때문이다. 또 그렇게 되기까지는 오목과 사색신녀의 은밀한 협공이 절대적인 영향을 끼쳤다.

독심독의는 월야사신에게서 목함을 건네받은 후에야 속으로 큰 한숨을 불어 쉬었다.

'휘우!'

"배에 있는 사람이 누구죠?"

사약란은 단도직입적으로 물었다.

"누군지는 모르지만 꽤나 도도한 자지. 소저만큼 도도하다고나 할까? 사람을 봤으면 말이지, 인사부터 해야 하는 것 아닌가? 적어도 나는 누구요, 하고 자신부터 소개해야지? 이게 뭐 하는 짓이야. 다짜고짜 질문부터 던지고 말이야. 기분 나쁘게."

사약란은 그를 보며 방실 웃었다.

그는 지금에서야 뭔가 잘못됐다는 것을 깨달았다.

아마도 마음속으로는 다시 한 번 독심독의와 맞붙고 싶은 생각이 간절할 게다.

그는 살아 있는 생물은 무서워하지 않는다. 백유가 그를 독충들의 왕으로 만들었다. 그렇기 때문에 그를 독으로 제압하려면 독분이나 독단을 써야 한다.

사약란은 다른 방법을 썼다.

"일력광겸. 한 손으로 다리 하나 떼어낼 수 있겠어요? 이 사람…… 아직 자기가 어떤 처지인지 모른 것 같네요."

순간, 월야사신의 안색이 싹 변했다.

일력광겸의 모습은 누가 봐도 무식하다. 저런 자에게 명령을 내리면 무슨 짓이든 수행하고 말 자다. 다리를 찢으라는 명령은 약과, 목을 떼어내라는 명령도 수행할 놈이다.

"에이! 말 좀 심하게 했다고 금방 그렇게 말하면 어쩌나. 내가 원래 말본새가 이런 걸 어쩌라고. 그러니까 뭐야…… 저자 안선의 무슨 안선주(眼線紬)라고 했는데……."

월야사신이 말끝을 흐렸다.

안선주라면 십교사 휘하에 있던 자들이다.

현재 안선주는 십교사가 척살당한 후부터 사교사가 인계받아 운영하고 있다.

그들 일부가 자신의 납치에도 간여했다.

십일 안선주였던 위지패문, 그리고 십삼 안선주였던 장원

주인이 계야부에게 편리를 제공했다.

그녀는 즉시 사사표풍을 쳐다봤다.

"그자, 자살했어요. 몸에 기름을 끼얹고 불을 붙이더군요."

"엉? 그자가 뒈져?"

월야사신이 어처구니없다는 듯 눈을 동그랗게 뜨고 되물었다. 그러나 그는 곧 입을 다시 틀어막았다. 일력광겸이 눈을 부라린다. 곰 발바닥처럼 무지막지한 손을 들어 올린다.

'뭐 이런 곰 같은 자식이 다 있어?'

주위에는 눈을 파버려도 좋을 만큼 빼어난 여인이 셋이나 있다.

반면에 사내는 늙은이 하나에 사지 중 삼지가 없는 병신 한 명에 키라고는 난쟁이 똥자루만 한 어린놈 하나가 있다.

이토록 조화롭지 못한 집단도 있나.

월야사신은 억지로라도 붙들어 오고 싶은 생각이 들었다.

이 여인들… 괜찮지 않나. 옆에 거느리고 살려면 성질머리부터 뜯어고쳐야 하는데…… 시간을 두고 천천히 하지, 뭐.

그는 자신있었다.

백유는 이성을 끌어당긴다. 인간이 비록 격소가 퇴화되었고는 하지만 대부분의 여자들이 자신만 보면 뭐가 그리 좋은지 입을 헤벌쭉 벌리고 달려든다.

미미하지만 백유의 영향이 미치고 있는 게다.

사약란이 앵두 같은 입술을 오물거리며 말했다.

"안선주가 여기 와서 뭘 하라고 하던가요?"

'저 입…… 조만간 삼켜 버리겠어.'

"독림하고 해자만 뚫어달라던데."

"방금 해자라고 했나요?"

"해자에 식인 물고기가 있다고…… 거기 독을 듬뿍 풀어달라고. 하하하! 소저, 난 안선이 아니오. 그놈들하고 어쩌다 인연을 맺기는 했지만 소저를 보는 순간 마음이 싹 변했소. 소저, 우리 한번 잘해봅시다. 이제부터 소저의 안위는 내가 지켜주겠소. 하하하!"

"이거…… 좀 덜떨어진 놈 아냐? 뭐 이렇게 뻔뻔한 놈이 다 있어? 혹시 사로잡혔다는 걸 잊어버린 건 아냐?"

오목이 기가 막혀서 말했다.

"거거, 딱딱한 소리는 맙시다. 아, 독심독의가 날 죽이지 않고 사로잡아 올 때는 다 그만한 이유가 있었던 것 아니오. 설마 분신자살한 놈이 누군지 그런 걸 물으려고 생포했겠소? 우리 목 아픈 이야기는 그만 하고, 오늘은 술이나 한잔합시다."

월야사신이 일어서서 오목의 어깨를 툭 건드렸다.

월야사신은 믿을 수 없는 자다. 하나 독림을 떠맡기에는 그보다 적당한 사람이 없다. 그가 독림을 맡는 순간 수만 마리의 독충들은 정예화된 군병이 된다.

사약란이 그를 생포하고 싶었던 이유다.

또 생포하지 않을 수도 없었다.

그를 정말 죽이려고 살기를 드러냈다면 그도 이판사판으로 혈경홀조를 풀었을 게다. 이쪽에서 살기를 드러내지 않으니 오냐 어디 한번 잡혀주마 하는 심정으로 잡힌 것이다.

한데 아무래도 예감이 좋지 않다.

마치 일부러 잡히기 위해 온 사람 같다.

독심독의가 오기 전부터 많은 배가 주위를 에워쌌다. 충돌도 많았다. 독인들의 습격도 꽤 있었다. 한데 마침 독심독의가 돌아온 날 그도 방문했다.

독심독의가 아니면 생포할 엄두조차 내지 못했을 텐데, 절묘하게 시간차를 맞춰서 들어왔다.

그를 잡아 몇 마디 물어본 결과 월야사신이라는 남자에 대해서 대충 알 것 같다.

그는 머리 좋은 쪽이 아니다.

천방지축 날뛰고, 언사가 사나우며, 행동에 거침이 없지만 그게 전부다. 인명을 경시하는 경향도 보이는 게 전부다. 흔히 말하는 뒤끝이 없는 남자다.

누군가 그를 이용한다면 어디에 이용당하는지도 모르고 조종될 것이다.

우선 그에게 독림을 맡겼다.

그는 기꺼이 그 일을 맡았다.

일을 맡은 이유도 눈에 보인다. 한마디로 여색(女色)에 홀린 것인데, 아주 즉흥적인 판단이요 결정이다. 심각하게 생각하는 것이 없고 좋으면 당장 행하고 본다.

그게 월야사신이다.

어제까지만 해도 독림을 뚫고 들어서던 자가 오늘은 입장을 바꿔서 독림을 지킨다.

그녀는 서신을 펼쳤다.

십구(十九) 안선주(眼線紬).

서신에는 딱 다섯 자만 적혀 있었다.

배에 남았던 무인은 정말 안선주였다. 그는 월야사신이 실패하자 스스로 분신자살했다. 자신을 죽임으로써 안선 특유의 점 삭제 원칙을 철저히 지킨 것이다.

그녀는 나뭇가지에 금방이라도 떨어질 듯 위태롭게 매달려 있는 나뭇잎을 쳐다보며 생각에 잠겼다.

안선은 왜 월야사신을 투입했을까? 비궁을 전복시킬 요량이라면 이미 한 번 와봤던 괴노독을 쓰는 게 훨씬 낫지 않을까? 굳이 믿음도 별로 가지 않는 월야사신을 쓴 속셈이 뭘까?

사람을 쓰는 데는 반드시 이유가 있다. 괜히 무공만 강하다고 사람을 쓰는 게 아니다.

분명한 것은 월야사신은 자신의 독공만이 독림을 뚫을 수 있다고 확신한다는 점이다. 그것은 안선이 자신의 독공을 빌리는 목적 외에 다른 목적이 있다고 생각하지 않는다는 뜻이다.

또 하나 생각할 게 있다.

안선은 지금까지 기회가 많았다.

계야부를 포함해서 일행 모두를 죽이려고 했다면 벌써 죽었다. 자신을 납치할 생각이었어도 벌써 끝냈다.

지금까지 입질만 툭툭 하다가 비궁에 틀어박히니까 본격적으로 달려드는 이유는 뭔가?

밖에는 유선 한 척이 떠 있다.

화탄 수백 개가 실렸다. 대포도 장착되었다.

도대체 전쟁을 하자는 것도 아니고, 이만한 준비를 갖추고 달려드는 이유가 무엇인가.

'뭘 하자는 거지?

정보 부재…….

비궁 안에 틀어박힐 때부터 대략 예상은 했지만 지통을 통해 받아들이는 정보가 너무 적다.

두 가지 숙제를 풀어야 한다.

월야사신은 누가 시켜서 무엇 때문에 이곳에 왔는가.

안선은 뭘 하려는 것일까?

숙제를 아주 빠른 시간 안에 풀어야 한다. 사단은 금방 일어날 것이기에.

第四十四章
변신(變身)

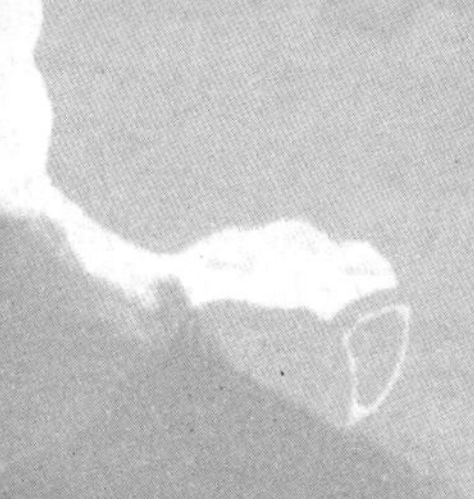

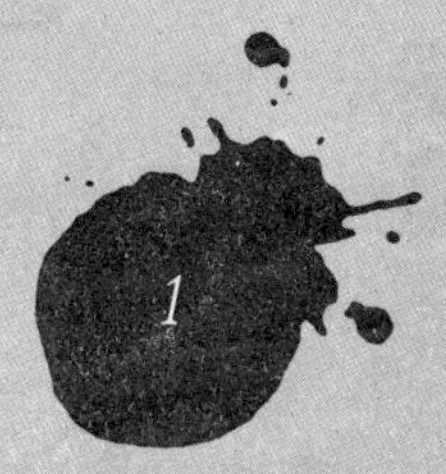

“어느 정도나 쫓아왔나?”

고봉이 나무뿌리에 엉덩이를 붙이며 말했다.

하루 밤낮을 뒤쫓아왔다. 한시도 쉬지 않고 줄기차게 달려왔다. 속에서 구역질이 치밀 정도로 몸을 혹사했다.

아무리 바쁘더라도 이제는 조금 쉬어줘야 한다.

“그게……”

서악정은 머리를 긁적거렸다.

“뭐야! 놓친 거야?”

“그게 아니고……”

“그럼 말 못할 게 없잖아! 말해봐! 뭐야?”

“그 거리가…… 좀처럼 좁혀지지 않네요.”

"……!"

고봉은 두 눈을 부릅떴다.

이제 간신히 엉덩이를 붙이고 한숨을 돌리던 다른 시각랑들도 놀란 눈으로 서악정을 쳐다봤다.

"그게 무슨 소리야? 거리가 좁혀지지 않다니, 자세히 말해봐."

여강강이 소궁을 손질하다가 눈을 흘기며 말했다.

"말 그대로 거리가 좁혀지지 않는다는…… 죽어라고 쫓아도 언제나 한 시진 거리."

"한 시진 거리는 확실한 거야?"

낙소엽이 물었다.

"형님도 참…… 사람을 못 믿는 겁니까?"

"그게 아니라… 야, 솔직히 사람 뒤를 쫓는 데 한 시진 거리다 두 시진 거리다 그걸 어떻게 아냐? 그냥 뒤쫓는다는 건 인정하는데 시간까지 알아맞힌다는 건…… 솔직히 네 직감이지?"

"참 형님도…… 모르면 무식도 자랑인 거요? 무식을 아주 떳떳하게 말하시네."

"뭐!"

"형님, 이게 뭔지 알우?"

그가 손을 들어 보였다.

"흙이잖아?"

"흙이오. 젖은 흙. 이 추운 날씨에, 그것도 나무 밑에 왜 젖은 흙이 있을까?"

"저게 날 놀리나?"

"생각을 해보란 소리요. 대체로 나무 밑에 젖은 흙이 있다는 건 소변을 봤다는 뜻."

"웩!"

추위걸이 서악정을 따라서 젖은 흙을 만지다가 황급히 손을 빼며 토악질을 했다.

"짜식…… 소변이 뭐가 더럽냐?"

"똥오줌이 안 더럽습니까?"

"인마, 인간의 몸에서 나온 거야. 너 때문에 말 끊겼잖아!"

"죄송합니다, 형님."

추위걸이 고개를 숙였다.

"한 번만 더 말 끊어봐라. 형님, 여기 흙을 보십쇼."

서악정이 추위걸에게 눈을 흘긴 후 젖은 흙을 가리켰다.

하지만 소변이다. 보란다고 볼 사람이 없다.

"봤다고 치고 말해봐."

"표면은 얼어붙어 가는데 조금만 파면 아직 생생하단 말이오. 온기는 가셨는데 생생한 느낌은 여전하다. 이런 현상이면 소변을 본 지 한 시진 정도 지난 거요."

"알았다, 알았어. 거 자식, 농담 한번 한 것 가지고 되게 정색하네. 너 잘하면 치겠다?"

"치기야 하겠소. 무식하다고 놀리는 건 몰라도."

"뭐? 이게 정말!"

낙소엽이 곁에 있던 나뭇가지를 집어 던졌다.

시각랑들은 장위의 죽음을 잊었다. 그의 복수를 하기 위해 무인의 뒤를 쫓고 있지만 엄밀히 말하면 시각랑을 죽인 자의 복수이지 장위의 복수는 아니다.

자신들을 건드린 자는 반드시 징치한다.

아주 단순한, 불한당들이나 내세울 만한 기치를 정말 실현에 옮기고 있다.

죽는 자는 잊는다.

워낙 많은 죽음을 봐왔기에 가능한 이야기다. 적의 죽음뿐만이 아니라 동료의 죽음도 다반사로 보아왔다. 지금은 옆에서 웃고 떠들지만 내일 어떻게 될지는 아무도 모른다.

땅에 묻히면 그만이다.

그래서 시각랑들의 무덤은 세상에서 영원히 묻힌다는 의미로 봉분을 하지 않는다.

장위는 가슴에 남아 있다. 하나 그는 죽음으로써 곁을 떠나갔다. 이제는 옆에 없는 사람이다. 없는 사람 때문에 언제까지고 울상을 하고 있을 필요는 없다.

시각랑들은 죽었다고 해서 결코 그를 잊어버리지 않는다. 영원히 기억한다. 하나 가끔 가다가 옛일을 회상할 때나 끄집어내어 뒤적이는 회상에 지나지 않는다.

현실에서는 지워지는 것이다.

"대수께서는 어때?"

갈조기가 추위걸을 보며 물었다.

"괜찮으십니다. 호흡이 굉장히 고르세요."

"네가 고생한다."

갈조기는 그 말만 하고 팔베개를 했다.

시각랑도 혈도를 안다. 진기도 운용한다. 내공보다는 외공에 의존하는 바가 크다 뿐이지 내공을 완전히 무시하는 건 아니다.

내공은 성취가 더디다. 외공은 노력하는 만큼 성취를 얻는다. 열의 노력을 기울여 하나를 얻는 게 내공이라면 다섯의 노력을 기울여 열을 얻는 게 외공이다.

당연히 시각랑들은 외공을 전력투구한다.

하나 내공의 강함을 모르는 건 아니다. 십 대 십의 성취를 얻었을 때, 아니, 그보다 훨씬 적더라도 내공을 얻은 자가 훨씬 강해진다는 건 알고 있다.

시각랑도 나름대로는 내공을 운기한다.

하지만 그들이 운용하는 내공은 내력 증가라는 측면보다는 실전에 응용하는 측면이 훨씬 강하다.

봉맥도 그중의 하나다.

그들은 종종 봉맥을 한다.

상처가 중한데 당장 치료할 수 없을 때 봉맥을 하여 인위적으로 가사 상태에 빠뜨린다. 그렇다고 죽음을 막지는 못하지만 조금이라도 시간을 늦출 수는 있다.

계야부와 같은 경우도 있다.

도저히 상대할 수 없을 것 같은 강적과 싸워야 할 때, 하루고 이틀이고 봉맥을 한다.

진기를 최대한 아껴서 마지막 일전에 투입하려는 것이다. 이는 눈 뜬 상태에서 일어나는 자연 발생적 진기 소모까지 아끼자는 뜻이니 계야부가 취할 수 있는 최대한의 싸움 준비인 셈이다.

봉맥의 단점이라면 기혈의 흐름이 원활하지 못하다는 것이다.

봉맥을 한다고 기혈이 완전히 차단되는 건 아니다. 의식을 잃고 몸을 움직이지 못할 뿐이지 삶은 여전히 이어진다. 코로는 숨을 쉬고, 폐가 움직이며, 심장박동도 멈추지 않는다.

엄밀히 말하면 기혈의 흐름을 차단하는 게 아니라 현저하게 늦추는 것이다.

그런 만큼 현실로 돌아왔을 때, 잠시 활발한 움직임에 적응하지 못하는 현상이 생긴다. 근력이 딱딱하게 굳어서 제대로 싸워보지도 못하고 무너지는 경우도 봤다.

시간 조율을 잘해서 싸우기 한두 시진 전에 깨워야 한다.

여기에 고봉의 고민이 있었다.

무인을 뒤쫓는데 시간이 언제나 한 시진 거리다.

원래대로라면 지금 깨워야 한다. 거리가 한 시진밖에 떨어지지 않았으니 지금 봉맥을 풀고 일어나서 근력을 회복시켜야 한다.

한데 거리가 좁혀지지 않는다.

이래서야…… 봉맥을 푼 후에도 언제까지 뒤쫓기만 한다면 봉맥까지 한 보람이 없다.

무림에 먼저 들어와 무인들이 어떤 사람이라는 걸 모르지
않는 계야부가 막무가내로 봉맥을 했을 리는 없고…… 추위걸
에게 전음으로 뭔가 말을 했는데, 어떤 말이었을까?

궁금증이 턱밑까지 치민다. 하지만 묻지는 않는다. 비밀이
다 싶은 것은 먼저 말할 때까지 묻지 않는 게 시각랑의 법이
다.

그들은 두 시진을 쉬었다.

하루 밤낮을 꼬박 질주한 후의 휴식치고는 짧지만 넉넉하게
쉴 짬이 없다.

"갈까요?"

"가지."

그들은 무거운 몸을 이끌고 다시 만도를 집어 들었다.

"흠! 귀찮은 자들이군."

그는 뒤를 흘깃 돌아보며 중얼거렸다.

잘 찾아내고, 끈기있게 쫓아오고…… 이것보다 귀찮은 자들
이 또 있을까.

"내가 물을 말은 아니다만 대공과 어떤 교감이 있었나?"

그가 화향호리를 쳐다보며 물었다.

"일교사 사람인가요?"

그녀는 되물었다.

"그렇게 묻는 걸 보니 이교사와 교감이 있었군. 대공은 만나

보지도 못했어. 후후!"

화향호리가 미간을 찡그렸다.

담담함을 유지하려고 했지만 정통으로 찔리는 순간 저절로 미간이 일그러졌다.

"한 가지만 묻자. 이건 꼭 대답해 줘야겠다. 넌 계야부로부터 만변천자를 빼낸 후 그의 절기와 소사월반을 훔쳤다. 이유는?"

"말하지 않으면 죽이나요?"

"두 팔만 자른다."

화향호리는 움찔했다.

이 괴물은 어디서 튀어나온 걸까?

생전 보지도 듣지도 못한 인간이 불쑥 튀어나왔다. 강력한 무공과 얼음처럼 차가운 마음을 바탕으로 무심히 사람을 죽인다.

도객 쉰네 명을 아무도 눈치채지 못하는 사이에 감쪽같이 죽여 버렸으니 이게 아무나 할 수 있는 행동인가.

도객을 죽인 것은 이교사에 대한 경고다.

함부로 경거망동하면 이리되니 몸조심하라는 조롱이다.

삼면광자 같은 사람도 그를 보는 순간 저항을 포기했다. 괴노독도 독을 출수하지 못했다.

두 명의 절정고수가 그를 보고 죽음을 감지했다.

화향호리는 그만한 경지에 이르지는 못했다. 상대의 무공을 보지 않은 상태에서 상대가 얼마나 강한지 추측해 낸다는 건 그녀에게는 아직 무리다.

　삼면광자와 괴노독이 해낸 일을 하지 못했다고 해서 창피할 것은 없다. 솔직히 사사귀의 명성은 삼면광자나 괴노독에 비하면 두어 수 아래다.

　사사귀가 사명사귀에게 도륙당한 건 운이 나빠서가 아니다. 무공 차이가 현격했다.

　그녀는 사내가 얼마나 강한지 알지 못한다. 그가 도객들을 죽일 때, 자신은 그가 들여보낸 대망과 사투를 벌이고 있었다. 그가 괴노독으로 하여금 저항을 포기하게 만들 때, 자신은 만변천자를 죽이는 중이었다.

　그가 도객들을 일거에 쓸어버렸다고 하나 실감이 나지 않는다.

　하지만 한 가지만은 분명하게 안다.

　'이 자식은 언제든 날 죽일 수 있어. 예뻐서 살려둔 게 아냐. 죽이려고 마음만 먹으면…… 죽음을 피할 수 없어.'

　목숨도 가볍게 빼앗을 수 있는 사람에게 설마 두 팔을 자르라 하고 버티는 건 무모한 행동이다.

　그녀는 순순히 입을 열었다.

　"소사월반의 위력을 봤죠? 그놈들이 비록 별 볼일 없는 놈들이었지만 버들가지 꺾는 것보다 쉽게 죽였잖아요. 그런 보물을 마다할 사람이 있을까요?"

　사내는 그녀의 말을 듣지 않았다.

　아니다. 듣고 있다. 단지 맞장구를 친다거나 유심히 듣는 표정을 짓지 않을 뿐이다.

"그의 절기를 훔친 건…… 세상에 그의 진면목을 아는 사람은 저뿐이에요. 저도 그를 죽인 후에야 진면목을 봤어요. 다시 말해요? 그의 변환공(變幻功)과 소사월반만 있으면 누구든 만변천자가 될 수 있어요. 저도 교사가 될 수 있단 거죠."

"야망이었나?"

"명령이었어요."

"만변천자가 될 생각이었나?"

"네."

"그래서?"

"멀쩡한 만변천자가 나타나면, 아무래도 육교사와 십교사를 처리한 쪽에서 타격을 받겠죠?"

"깊이 아는군."

"죽일 건가요?"

"그럴 거였으면 진작 죽였다. 그렇다고 죽이지 못하는 것도 아니다. 사람이란 늘 실수가 있는 법. 너를 살려서 데려오라는 명이었다만 나라고 실수하지 말란 법은 없다. 내가 실수하게끔 만들지 마라."

'일교사야!'

화향호리는 자신이 생사기로(生死岐路)에 섰다는 걸 직감했다.

일교사는 그에게 흡수되지 않고 독자적으로 행동을 하던 육교사와 십교사를 제거했다.

그는 조직 내에서 다른 생각이 일어나는 걸 원치 않는다.

한데 자신의 뜻과는 다르게 행동하는 자가 생겼다. 만변천자를 죽이라고 했는데 죽이지 않았다.

그것은 아무것도 아니다.

가장 큰 문제는 서인을 빼냈다는 것이다.

빼내면 안 된다. 서인이 계야부의 뼛속에 녹아들도록 만들어야 하는데, 덜컥 빼내 버렸다.

모두 이교사의 명을 받고 행한 일이지만 일교사 입장에서는 괘씸하기 짝이 없을 게다.

그녀는 마음을 단단히 조였다.

'말 한마디 잘못하면 정말 죽겠어.'

사내는 검을 들고 일어섰다.

"친구들, 그만 나오지."

숲에서 일곱 사내가 걸어나왔다.

그들의 모습은 보기에도 안타까울 정도로 초췌했다. 온몸이 땀에 흠뻑 젖어 후줄근했고, 입 주변이나 목덜미에는 땀이 말라붙어 흰 가루를 칠해놓은 것 같았다.

그들은 눈에 핏발을 세운 채 사내를 노려보았다.

"후후! 시간 계산을 잘못했나?"

사내가 서악정을 보며 입술을 비틀었다.

잔혹한 웃음…… 죽음의 칼날이 온몸을 감싸온다.

서악정은 이를 악물었다.

확실히 그는 시간을 착오했다.

거리를 좁힐 수 없었는데, 항상 두 시진쯤 떨어져 있었는데…… 그가 느닷없이 불쑥 나타났다.

그는 지금도 혼란스러웠다.

그와의 거리는 분명 두 시진이다. 적어도 반나절을 땀을 삘삘 흘리며 뛰어야 한다. 이렇게 눈앞에 있을 리 없다.

"형님들, 제가 당했습니다."

서악정은 툴툴 마른웃음을 흘렸다.

"괜찮아. 그럴 수도 있지."

고봉은 단번에 사태를 파악했다.

상대는 추격을 눈치챘다.

하면 두 가지 행동이 예상된다. 하나는 흔적을 지우면서 도주하는 것이고, 다른 하나는 역공이다. 추격자가 꺼려지면 도주하는 게고, 만만하면 역공한다.

사내에게 말똥구리들은 만만한 정도도 안 된다.

당연히 역공이다.

그는 두 시진 거리를 벌리고 앞서 나갔다가 다시 되돌아왔다.

그가 오히려 시각랑을 찾아왔다.

'왜? 라는 우문(愚問)은 던지지 마라. 작살나게 당하는 모습이 그려지지 않나.

"모두 허공을 친다. 준비해."

고봉은 사내가 알아들을 수 없는 말을 했다.

여섯 형제가 사내를 에워쌌다.

추위걸은 싸움에 가담하지 않았다. 등에 멘 계야부를 내려 편하게 눕혔다.

'귀신같은 사람……'

처음 계야부를 봤을 때, 그는 자신들과 전혀 다를 바 없는 평범한 인간이었다. 입 하나, 코 하나, 눈 둘, 귀 둘……. 군에서 전설로 전해지는 무용담을 일궈낸 사람이라고 보기에는 너무도 평범했다.

무엇인가 탁월한 점이 있을 것이라고 기대했다.

한데 하는 요량을 보니 그게 아니다. 심중에 있는 말을 솔직하게 토해내자면 기대 이하다.

같이 따라다니다가는 어느 칼에 죽는지도 모르고 죽기 딱 알맞다.

하나 시각랑은 한 번 내뱉은 말은 하늘이 두 쪽 나도 책임져야 한다. 그를 대수로 모시기로 했으니 대수로 모신다. 빌어먹을! 발을 잘못 들이민 것 같은데…… 그래도 가는 데까지는 가야 한다.

그리 생각했다. 정말로 큰 기대는 하지 않았다.

한데…… 지금은 그가 왜 전설을 일궈낸 시각랑 중의 시각랑인지 알겠다.

그는 싸움에 관한 한 도사다. 사약란처럼 전술이니 전략이니 모계(謀計)니 이런 건 모르지만 어떻게 하면 적을 칠 수 있고, 무사히 빠져나올지를 안다.
　　지금만 해도 그렇다.
　　계야부는 이런 상황이 올 것을 예측했다.

　　"강아지 새끼가 졸졸 따라오면서 귀찮게 멍멍 짖어대면 누구라
도 걷어찬다. 잘 들어라. 우리가 강아지고 저자가 사람이다. 우린
어떤 식으로든 저자의 눈 밖에서 벗어날 수 없다. 저자가 발로 걷
어차면 채일 수밖에 없다. 우리는 뒤쫓는다. 강아지처럼. 서둘 필
요는 없다. 저자가 먼저 걷어차기 위해 뒤돌아설 테니까. 그때 넌
절대 싸움에 가담하지 말고 내 봉맥부터 풀어라."

　　그 말을 들을 때는 그럴 수도 있겠다 싶었는데, 딱 들어맞았
다.
　　'당황하지 말고, 천천히…….'
　　계야부는 두 번에 걸쳐서 해혈 순서를 알려주었다.
　　'적어도 이다경(二茶頃)쯤은 시간이 있다고 했는데, 이거야
원, 일다경은 고사하고 촌각의 여유조차 없어 보이니.'
　　그는 마음을 냉정히 가라앉히고 차분하게 혈을 눌러갔다.

　　사람들은 행동이 느린 사람을 보고 곰 같다고 한다.
　　아주 잘못된 말이다.
　　곰이 얼마나 빠른지 안다면 감히 그런 말을 하지 못할 것이
다.

사람이 아무리 빨라도 곰에게는 따라잡힌다. 또한 곰이 앞발로 후려치는 일격은 커다란 나무를 뿌리째 뽑아서 후려치는 충격과 엇비슷하다.

무엇보다도 곰 앞에 서면 다리가 얼어붙는다.

놈의 순박한 듯한 눈동자를 쳐다보면서 제발 마음을 돌려 멀리 가주기만 바라게 된다.

놈이 주위를 어슬렁거린다.

조금이라도 꼼지락거리면 당장에라도 요절내겠다는 듯 곁눈질을 흘끔흘끔하면서 맴돈다.

그런 경험을 한 번이라도 해본 사람이라면 곰이 얼마나 무섭고 위압적인지 안다.

사내가 곰이다.

만도를 뽑아 들고 될 수 있는 한 침착해지려고 애썼지만 그러면 그럴수록 죽음이 예감된다.

빈 허공을 칠 수 없다. 좀처럼 마음이 진정되지 않는다.

시각랑은 필패(必敗)를 떠올렸다.

'어떻게 하든 당하겠어.'

싸움은 끝났다. 이자는 시각랑이 건드릴 수 없는 자였다. 계야부가 가르쳐 준 무공을 완벽히 습득한 후라면 몰라도 지금의 실력으로는 어림도 없다.

추위걸이 촌각의 여유도 갖지 못하는 이유다.

"당신은 안 나올 건가?"

사내가 숲을 쳐다보며 말했다.

시각랑의 낯빛이 핼쑥해졌다.

자신들 말고 또 누가 있었나? 그림자가 따라붙은 것도 모르고 죽자 사자 뛰어오기만 한 건가? 무림은 도대체 얼마나 크고 넓기에 고수가 끝없이 나타나는가.

"후후! 그러잖아도 나가려고 했네."

굵으면서도 낭랑한 음성이 들려왔다.

"형님?"

고봉이 익숙한 음성에 고개를 돌려 숲을 봤다.

부사영, 그가 걸어나오고 있었다.

오 척은 넘고 육 척은 안 될 것 같은 기형 장검을 뽑아 들고 낙엽을 사뿐히 지르밟듯 가벼운 걸음걸이로 걸어왔다.

시각랑들의 눈가에 반가움과 실망이 교차했다.

나타난 사람이 부사영이니 한 사람이라도 힘을 더 보태게 됐다는 건 분명히 반가운 일이다.

하나 그의 무공을 봤지 않은가. 삼면광자조차 억제하지 못하는 모습을 똑똑히 봤다. 그런 그가 한 팔을 보탠다고 해서 큰 도움은 될 것 같지 않다.

부사영은 걸어오면서 왼손을 들어 코를 만졌다.

'물러서?'

시각랑들은 의문이 한꺼번에 밀려왔다. 같이 힘을 합쳐도 모자랄 판에 물러서라니?

"타앗!"

쒜에엑! 파파파파팟!

부사영이 쩌렁 고함을 내지르며 달려들었다. 그와 동시에 시각랑들은 일제히 몸을 튕겨 전장 밖으로 빠져나갔다.

어떠한 경우든 조장의 명은 절대 법이다. 이해하고 못하고를 떠나서 무조건 하라면 한다.

이때, 두 번째 명령이 떨어졌다. 뜻밖에도 명령을 내린 사람은 추위걸이다.

"여자를 잡앗!"

2

전혀 예상치 못한 일들이 급박하게 벌어졌다.

시각랑은 사내를 포위했다가 일제히 빠지는 바람에 서로 연결하는 동선이 매우 커졌다.

담위민과 여강강이 비교적 화향호리에게서 가깝고, 서악정과 갈조기는 정 반대편에 있다.

쐐엑!

담위민이 닭을 노리는 승냥이처럼 잽싸게 덮쳐 갔다.

여강강도 급히 몸을 돌려 세웠다.

장위가 여자에게 죽는 것을 봤다. 무엇인가 손에서 번쩍한 것만 봤다. 시선을 다른 데 돌리고 있었기 때문에 섬광을 본 것만 해도 다행이었다.

그가 보기에 장위는 분명히 계야부가 전수해 준 비공을 썼다.

그는 날아가는 물체를 봤고, 정확히 반으로 갈랐다. 섬광을 일으킨 물체는 만도를 맞고 떨어졌어야 한다. 한데 오히려 급선회하면서 그의 가슴을 짓이겨 버렸다.

손에서 튀어나온 후는 늦다.

탁! 쒜에엑!

여강강은 앞뒤 가리지 않고 소궁을 쏘아냈다.

"악!"

화향호리는 소궁을 막지 못했다.

시각랑이 쏘아내는 화살쯤이야 하고 생각하다가 눈 깜짝할 사이에 당하고 말았다.

여강강의 화살은 빛살보다 빨랐다.

'이거 정말 종잡을 수 없는 인간들이네.'

그녀는 놀란 눈으로 여강강을 쳐다봤다.

어떤 때는 삼류무인이나 다름없는 풋내기 짓을 한다. 사용하는 무공도 어쭙잖기만 하다. 그러다가 어느 때 보면 일류고수도 깜짝 놀랄 만한 초식을 구사한다.

지금 여강강이 쏘아낸 화살은 절대 궁가(弓家)의 면모를 유감없이 보여주었다.

화향호리가 손등에 박힌 화살을 뽑아내는 동안 바로 곁에 내려선 담위민이 목에 만도를 겨눴다.

합공이라고는 하지만 단 이 초 만에 사로잡힌 것이다.

공격할 줄 몰랐다는 말은 통하지 않는다. 그녀는 싸움이 시작될 때부터 도주를 생각했다. 모든 사람의 일거수일투족을 쳐다보면서 몸을 뺄 시기만 노렸다.

그녀보다 더 자세히 공격을 지켜본 사람은 없다.

추위걸이 여자를 잡으라고 할 때, 자신은 벌써 소사월반을 꺼내고 있었다.

여강강의 화살이 그 틈을 노리고 날아들었다.

한 수만 더 빨랐어도…… 여강강을 죽이는 건데. 목에 만도를 겨눈 담위민 정도는 발길질 한 번이면 끝나고, 그 탄력을 이용해 도주할 생각이었는데…….

화향호리의 눈가에 독기가 스멀스멀 피어났다.

'개새끼들…….'

그녀가 누군가. 화향호리다. 화화곡의 곡주다. 이런 풋내기들에게 당하려고 무림을 살아온 게 아니다.

"호호호! 정말 무정한 사람들이네. 여자의 몸에 상처를 내면 어쩌자는 거야? 얼굴에 기미만 껴도 우울할 판에 화살을 박아넣으면…… 앞으로 이 상처, 어떻게 해?"

순간이다. 담위민이 만도를 놓치고 휘청휘청 물러섰다. 느닷없이 치민 심한 빈혈 때문에 몸을 가눌 수 없는 듯했다.

"호호호! 호호호호!"

화향호리가 간드러지게 웃었다.

웃음소리가 사악하다. 요사스럽다. 잔뜩 술을 먹었을 때처럼 현기증이 빙빙 돌면서 어지럽다.

모든 현상이 사실이다. 실제로 일어나고 있는 일이다. 믿을 수 없지만 단지 웃음소리만 들었을 뿐인데 온몸의 기혈이 뒤끓어 견딜 수 없다.

화향호리를 쳐다보고 있던 사람들은 너나 할 것 없이 같은 현상을 경험했다.

"호호호! 너희 같은 자식들에게 이런 꼴을 당하려고 무림에 나온 게 아니다. 이제부터 이 화향호리가 얼마나 무서운지 뼈저리게 느낄 것이다. 호호호호호!"

'정신을 차려야 해! 웃음소리를 들으면 안 돼!'

담위민과 여강강은 두 손을 올려 귀까지 틀어막았다. 한데도 안 된다. 그녀의 웃음소리는 귀에서 들리는 것이 아니라 뇌에서 울린다. 고막을 막은 것과는 하등 상관없다.

그들이 정신을 차리지 못하고 휘청거리는 사이, 화향호리는 작은 원반을 꺼내 들었다.

파팟! 파파파팟!

부사영은 연신 장검을 떨쳐 냈다.

기형적으로 긴 장검은 전장에서 아주 강한 파괴력을 보인다.

찌르는 검으로 쓰면 장창의 효용이 그대로 담긴다. 베는 검으로 쓸 때도 흐르는 검각(劍角)이 크기 때문에 스쳐 맞기만 해도 치명적인 상처를 남긴다.

그는 기형 장검의 장점을 충분히 살릴 수 있다.

그의 이런 면은 사일도의 마음까지 움직였다. 그래서 석지를 통해 타사인을 전수해 준 것이다.

반대로 말하면 타사인은 기형 장검에 가장 잘 어울리는 무공이 되는 셈이다.

그는 검과 검의 간격을 최소한으로 좁혔다. 검끝만 살짝살짝 흔들어서 연속적인 변화를 주었다. 위력은 검에 맡기고 빠름과 변화를 추구했다.

타사인이 본격적으로 펼쳐졌다.

일격필살을 위해 상대를 꼼짝할 수 없는 위치로 몰아넣는 작업이 시작되었다.

상대가 보는 것은 긴 장검뿐이다.

어떻게든 오 척이 넘는 장검을 뚫고 들어가야 한다는 생각밖에 들지 않을 것이다.

가장 먼저 생각나는 것이 병기끼리 부딪쳐서 장검의 움직임을 고정시킨 후에 뚫고 들어간다는 것이다. 두 번째로 생각나는 것은 장검의 경우에는 큰 움직임에 둔하니 빠른 신법으로 위치 전환을 한 다음에 파고든다는 것이다.

타사인은 어떤 경우에도 발출할 수 있다.

두 가지 경우에서 어떤 방법을 쓰더라도 일격필살은 펼쳐진다.

그는 망설임없이 검초를 풀어나갔다.

슈웃! 슈웃! 스스슛!

검끝이 영활한 뱀처럼 살아 움직였다. 사내를 깨물기 위해 끊임없이 혀를 날름거렸다.

그의 장검은 살아 있는 영사(靈蛇)가 되었다.

그렇다고 사내를 곤란하게 만든 건 아니다. 그는 비교적 여유있게 피해냈다.

부사영의 기형 장검에는 순간의 움직임까지 놓치지 않고 잡아채는 빠름이 가미되어 있다. 하나 그는 더 빠르다. 누가 봐도 그를 잡기는 힘들어 보인다.

부사영도 그 점을 안다. 그리고 계야부가 전음으로 건넨 말도 잊지 않았다.

"절대로…… 무리하게 파고들지 마라. 너 죽는 꼴은 보기 싫어."

"그런 건 걱정 마라."

"후후후! 타사인, 말은 많이 들었는데, 주인을 잘못 만났군. 그 좋은 초식으로 이런 기세밖에는 못 만들어내나?"

사내가 느물스럽게 웃으며 말했다.

'물러날 때!'

부사영은 연속 삼 검을 내지른 후 재빨리 물러섰다.

쒜에엑!

방금 전까지 그가 있던 자리에 검풍이 맴돌았다.

어느 문파의 검법인지 모르지만 귀신이 바싹 다가와 뺨을 핥아대는 듯 모골이 쭈뼛 선다.

스웃!

부사영은 검을 고쳐 잡았다.

타사인을 펼치려면 검에 일격필살의 기운이 실려 있어야 한
다. 그래서 검도 두 손으로 잡는다.

이번에는 한 손으로 잡았다. 그리고 진기를 풀어버리고, 강
인한 완력에 의존하여 가볍게 빙빙 돌렸다.

슈욱! 쉐엑!

장검이 허공을 찢을 때마다 섬뜩한 쇳소리가 났다.

"요즘은 싸움만 벌어지면 타사인을 쓰더군. 타사인에 의존하는
바가 너무 커. 다음에도 그럴 거야. 싸움이 벌어지면 자신도 모르
게 타사인을 쓰겠지?"

"뭐가 잘못된 건가?"

"아니. 타사인 같은 절초를 얻었으니 당연한 일이야. 사전투광
신보에 타사인을 접목시키면 굉장한 절기가 되는데…… 부탁하
자. 네 스스로 타사인을 쓰고 있다는 사실을 자각하게 되는 순간,
타사인을 버려라. 그리고 전장의 사검을 써라. 딱 한 번만 그리해
라."

계야부는 봉맥 직전까지 염려의 말을 놓지 않았다.

그의 말이 맞았다. 싸움이 시작되자마자 거의 본능적으로
타사인을 펼쳤다. 사내가 반격을 펼친 다음에서야 타사인에
목숨을 걸고 있다는 사실을 자각했다.

계야부가 말한 바로 그 순간이다.

부사영은 망설임없이 타사인을 버렸다. 그리고 전장을 누빌

때처럼 본능적인 감각으로 상대를 맞이했다.

언제 어떤 초식을 쓴다는 생각 같은 건 하지 않는다. 그런 게 없으니 떠올릴 것도 없다. 상대의 공격을 어떻게 막는다는 생각도 없다. 공격해 오는 걸 보고 받아친다.

파락호들의 싸움에서 흔히 볼 수 있는 닭싸움이다.

사내가 검권 안으로 쑥 들어서려다 말고 잠시 멈칫했다.

그는 부사영의 검을 유심히 쳐다봤다.

검로(劍路)가 어떻게 되는가? 초식이 어떻게 구성되며, 허실(虛實)은 무엇인가.

그의 눈은 잠시 독수리눈이 되었다.

잠시 후, 그는 어처구니없어서 실소를 짓고 말았다.

"푸하하하! 뭔가, 이건? 최후의 발악이라도 하겠다는 건가? 난 또 뭐 대단한 거라도 있는 줄 알았지."

사내는 그 짧은 순간에 부사영의 의도를 읽어냈다.

검초없는 싸움.

무공을 잠시라도 견식해 본 사람이라면 도저히 생각할 수 없는 발상이다. 이는 미개인과 문명인의 싸움만큼이나 큰 차이가 난다. 싸움 기술을 모두 버리고 막무가내로 싸우자는 것과 진배없다.

"이제 그만 죽자고 하니 죽여줘야겠군."

쒜엑!

사내는 망설임없이 짓쳐 왔다.

부사영은 순간적으로 후회가 치밀었다.

지금이라도 타사인을 써야 하는 게 아닐까? 가만, 계야부가 말한 것 중에 사전투광신보는 포함되지 않았지 않나? 그건 써도 되는 게 아닐까?

급박한 생각과 후회가 찰나에 불과한 짧은 순간 동안 스쳐 지나갔다.

그가 후회를 조금 더 했다면, 아니면 무공을 한 가지라도 더 떠올렸다면, 그랬다면 사내의 검을 피하지 못했을 게다.

스으읏!

부사영은 허리를 최대한 낮추면서 두 다리를 잘라갔다.

사람들은 공격을 받으면 일반적으로 일단 방어를 한다. 몸을 물려 피하거나 병기로 막아간다. 연후, 틈을 노리거나 허점을 유도해 내서 반격한다.

방어와 공격이라는 이 단계의 그림이 매끄럽게 그려진다.

무인일 경우에는 이 그림이 더욱 영활해진다. 방어에서 공격으로 전환하는 속도가 무척 빨라서 방어인지 공격인지 모를 경우가 거의 대부분이다.

부사영은 이 그림을 싫어한다.

적을 죽이기까지 몸을 두 번씩이나 써야 한다는 게 마음에 들지 않는다.

방어가 곧 공격이고, 공격이 곧 방어라면 좋을 텐데.

그는 자신의 생각을 생각에만 가둬두지 않았다. 실전에서 시험해 봤다. 물론 입지 않아도 될 상처를 무수히 얻었다. 개중에는 목숨이 위태로울 만큼 큰 상처도 있었다.

그렇게 해서 자신만의 사검을 탄생시켰다.

움직임 하나를 줄인다.

허리를 최대한 낮추는 행동은 사내의 검을 피하기 위해서다. 그럴 리는 없지만 자신의 움직임을 보고도 검을 계속 쳐낸다면 왼쪽 팔 위로 스쳐 지나갈 것이다.

분명히 방어를 위한 신법이다.

한데 똑같은 행동을 놓고 다른 측면에서도 생각할 수 있다.

달려오는 자의 두 다리를 잘라내기 위해서는 허리를 비스듬히 숙여야 한다. 허리를 숙이면서 검을 쳐내야지만 두 다리를 공격할 수 있다. 그 외에 다른 방법으로는 정강이를 노릴 수 없다.

방어이면서 공격이고, 공격이면서 방어다.

슈웃!

사내가 땅을 박차고 솟구쳤다.

부사영의 검을 피하면서 재차 공격할 수 있는 위치를 잡기 위해서다. 허공으로 솟구친 이상 위에서 아래로 공격하는 일로(一路)밖에 없고, 대부분의 무인들이 이런 공격 방법에는 능통하다.

쒜에엑!

사내는 눈부신 속도로 검을 내려쳤다.

생각했던 바다. 두 다리를 공격하면 틀림없이 허공으로 솟구칠 것이라는 느낌이 들었다.

부사영은 재빨리 검을 한 바퀴 휘두른 다음 허공에 매달린 메주를 격파하듯 사내를 후려쳤다.

사내의 검은 신경 쓰지 않는다.

그의 기형 장검은 휴대하기 불편하다. 빠른 기동에 장애가 되며, 숲 속같이 장애물이 많은 곳에서는 오히려 짐이 된다. 그럼에도 기형 장검을 애병으로 취한 것은 지금과 같은 상황에서 방어를 신경 쓰지 않아도 되기 때문이다.

서로가 서로를 향해서 똑같은 순간에 거의 같은 기세로 검을 쓰면 긴 쪽이 이긴다.

까앙!

검과 검이 허공에서 부딪치며 불똥을 튕겨냈다.

이것도 예상했다. 사내는 부사영의 검을 무시할 수 없다. 어떤 식으로든 피해야 하는데, 허공에서는 운신이 자유롭지 못하다. 그렇기 때문에 그가 할 수 있는 최선의 방법, 내려치는 검을 후려치는 검으로 바꾸어 방어할 수밖에 없다.

힘과 힘의 대결!

쳐올리는 힘과 내려치는 힘의 대결!

'앗차!'

부사영은 병기가 부딪친 후에야 때늦은 후회를 했다.

힘과 힘의 대결이라 생각했는데 그게 아니다. 물론 전장이라면 자신의 생각이 맞다. 전장이 아니니…… 무림이니 문제다. 이건 진기와 진기의 부딪침이다.

쐐에엑!

　기다란 장검을 단숨에 깨뜨려 버린 사내의 검이 별똥별처럼
화려하게 날아들었다.

　"절대로…… 무리하게 파고들지 마라. 너 죽는 꼴은 보기 싫
어."

　'빌어먹을!'
　계야부가 한 말은 타사인을 펼쳤을 때의 경고가 아니었다.
사검을 쓰되 직접적인 타격은 삼가라. 외곽으로 돌면서 사검
의 감각만 깨우쳐라.
　'새끼! 말해줄 거면 좀 똑바로 말해주지.'
　부사영은 반으로 잘라져 버린 장검을 계속 들이밀었다.
　사검에서 다시 타사인으로 돌아왔다.
　타사인의 절초 중에는 어쩔 수 없을 때 펼치는 사검일초(死
劍一招)가 있다.
　목이 베어지려는 순간, 머리가 갈라지려는 순간, 심장이 꿰
뚫리기 일보 직전 같이 절대로 살 수 없는 최후의 순간에만 쓸
수 있는, 그야말로 죽음의 수법이다.
　그가 밀어 올리는 검은 사내에게 아무런 영향도 미치지 못
한다.
　사내는 몸을 살짝 틀어 계속 머리를 가격해 온다. 대신 정중
앙을 치지 못하고 약간 옆으로 틀어졌다.
　사내의 검을 좌측 윗머리 통천혈(通天穴)로 받는다.

통천혈이 깨지면 그 충격은 번개와 같은 속도로 승광혈(承光穴), 오허혈(五虛穴), 미충혈(眉衝穴)을 무너뜨리며 눈동자로 달려든다.

그래서 진기를 눈 안쪽 청명혈(晴明穴)에 모아놓는다.

퍽! 콰앙!

시작은 미약할 것이다. 검이 살을 파고드는 육편음밖에 들리지 않을 것이다. 여섯 개의 혈도가 찰나 만에 박살 나겠지만 사내는 아무 소리도 들을 수 없을 것이다.

청명혈에 모아놓은 진기가 폭발한다. 그의 뇌를 수만 조각의 철편(鐵片)으로 만들어 방원 십 장을 초토화시킨다. 사내가 펼친 신법보다 두세 배는 빠른 속도로 쏘아질 게다.

마지막 순간, 그는 사내의 두 눈을 똑바로 쳐다보았다.

죽음을 피할 수 없다는 사실을 알았을 때, 어떤 표정을 짓는지 보고 싶었다.

물론 그전에 자신의 머리가 부서질 것이다. 사내가 놀랄 일도 없을 것이다. 두 사람의 죽음은 거의 동시에 벌어질 테니까. 그런데도 사내를 쳐다보고 싶은 마음이 드는 건 왜일까?

한데 전혀 예상치 못했던 일이 벌어졌다.

까앙!

바로 눈앞에서 불통이 튀었다.

불통이 너무 가까이에서 터진 관계로 두 개인지 세 개인지 모를 불똥이 눈에 튀겨 들어왔다.

그는 자신도 모르게 눈을 찔끔 감았다.

'뭐야!'

눈동자가 쓰리고 아파서 눈을 뜰 수가 없었다.

깡! 까앙! 까앙!

병기 부딪치는 소리가 요란하게 울렸다.

누군가가 싸움에 개입했다. 그리고 사내를 상대로 팽팽한 접전을 벌이고 있다.

'계야부?'

그가 생각할 수 있는 사람은 계야부밖에 없었다.

"이다경만 버텨라. 그 정도면 충분히 봉맥을 풀 수 있을 테니까."

'벌써 이다경이 지났군.'

눈가로 눈물 몇 방울이 흘러내렸다. 일부러 인상을 쥐어짜 가며 억지로 만들어낸 눈물이다.

그리고…… 눈을 뜬 그는 계야부의 마지막 말을 생각해 냈다.

"이 모든 게 장위를 위해서다. 그놈의 복수와 관계없는 것은 어떤 것이든 제쳐 놓는다. 제일 우선순위는……."

'화향호리!'

그의 눈에 정신없이 밀려나고 있는 두 아우가 보였다.

여강강과 담위민은 바보 같다 싶을 만큼 손발을 허우적거리
며 쩔쩔맸다.

둘만이 아니다. 싸움깨나 했다는 놈들이 화향호리 한 명을
가운데 두고 어쩔 줄 몰라 했다.

"호호호! 호호호호!"

화향호리가 웃음을 터뜨렸다.

부사영은 그제야 어찌 된 영문인지 알아챘다.

화향호리의 웃음소리를 듣고 있자니 춘약이라도 복용한 것
처럼 기혈이 마구 들끓는다. 숨이 콱 막히면서 식은땀이 흐른
다. 머리가 어질어질하면서 헛구역질도 치민다.

말똥구리들은 이런 유의 싸움에 익수지 않다.

당황할 수밖에 없다. 손발이 어지러워지는 게 당연하다.

그나마 자신이 멀쩡할 수 있었던 것은 모든 신경과 관심을
오직 한 사람, 사내에게만 쏟아부었기 때문이다.

싸움에 집중하느라 옆에서 웃는지 떠드는지도 몰랐다.

'이것으로…… 싸우면 되는 건가. 아무것도 듣지도 보지도
못하면 이기는 건가? 후후후.'

"훗! 후훗! 후후훗! 후후후훗!"

그는 실실 웃음을 터뜨렸다.

웃으려고 웃은 게 아니다. 의미를 알 수 없는 웃음이 자신도
모르게 새어 나왔다.

그는 부지불식간에 화향호리의 절대절초라는 색정마혼소의
파훼 방법을 알아낸 것이다.

“호호호호……!”

요악한 웃음소리가 하늘 높이 번져 나갔다.

화향호리는 한편으로는 색정마혼소를 펼치면서 다른 한편으로는 소사월반을 만지작거리며 상황 변화를 살폈다.

여러 가지 고려해야 할 것이 많다.

지금 당장 그녀가 하고 싶은 일을 말하라면 서슴지 않고 한 가지 사실을 말할 것이다.

탈출!

이것보다 절박한 일은 없었다.

그는 사내가 누군지 모른다. 일교사가 보낸 자라는 것만 알지 상세한 것은 전혀 모른다. 나름대로는 무림인들을 많이 안다고 생각해 왔는데, 사내 같은 자는 처음 봤다.

강하고 비정하며…… 강하다.

그렇다. 강하다는 생각이 제일 먼저 떠올랐고, 제일 마지막도 강하다는 인상으로 종결된다. 다른 말도 많이 떠오르지만 강하다는 말을 누를 만한 말은 없다.

그는 그녀가 본 무인 중에서 만변천자와 더불어 최상위층으로 분류할 수 있는 인물이다.

그에게 아무런 일도 없을 때, 탈출은 불가능하다.

꼼짝없이 일교사 앞으로 끌려가서 이교사와 주고받은 밀담을 고스란히 토설해야 한다.

버티는 건 용납되지 않는다.

그녀는 일교사가 얼마나 무서운 사람인지 안다.

만난 적도 본 적도 없다. 그에 대해서 아는 것도 없다. 하지만 숨도 못 쉴 만큼 무서운 사람이라는 직감이 든다. 이교사가 쩔쩔매는 것만 봐도 심기는 물론이고 무공 또한 범상치 않은 사람이라는 느낌이 든다.

그에게 끌려간다는 건 있는 것 없는 것 모두 토설한 후 부디 편안한 죽음만 주십사 하고 처분을 기다리는 것과 같은 의미로 해석해도 된다.

탈출해야 한다.

계야부, 부사영, 말똥구리…… 이놈들이 득실거리는 틈을 타서 멋지게 빠져나가 보련다.

"호호호! 호호호호!"

색정마혼소가 절정을 향해 치달았다.

가장 가까이에 있는 두 놈은 이미 넋이 반쯤 빠져나가서 지금 무엇을 하고 있는지조차 모른다.

다른 놈들도 마찬가지다. 몸은 있으나 넋은 없는 무뇌인간(無腦人間)들이다.

문제는 부사영, 아니, 이제는 계야부에게 달렸다.

자신이 도주할 동안 저놈이 사내의 발목을 잡아둘 수 있을까? 괜히 섣불리 도주했다가 사지가 절단나는 건 아닐까?

차앙! 차앙! 창창창!

계야부와 사내는 절묘하게 어울렸다.

참으로 묘하다. 참 재미있게 싸운다. 세상에 불구경하고 싸움 구경이 구경 중에서 제일이라지만 이 두 사람이 싸우는 것만큼 재미있는 구경거리가 또 있을까?

참 재미있다. 얼마나 재미있냐 하면, 빨리 도주해야 된다는 생각도 잊어버리게 된다.

계야부는 그야말로 닭싸움을 하고 있다.

그가 내지르는 검에는 초식이 없다. 무지막지하게 휘두르고 찌르고 벤다. 그것밖에 없다.

사내가 내뿜는 검초에는 현묘한 변화가 내포되어 있다. 뻗어내는 검은 하나이지만 상대가 대응하기에 따라서는 순식간에 수십 개로 불어날 능력을 갖추고 있다.

단순하게 보자면 두 사람의 싸움은 순식간에 끝났어야 한다.

사내는 승기를 잡아놓고 질질 끄는 유형이 아니다. 백 번 양보하여 배부른 고양이가 쥐를 가지고 놀듯이 좀 데리고 놀았다고 쳐도 한두 번 검을 마주친 후에는 피를 봤어야 한다.

한데 팽팽하다. 너무 팽팽해서 용쟁호투(龍爭虎鬪)라거나 호각지세(互角之勢)라는 말이 절로 나온다.

어떻게 이런 일이 가능할까?

계야부란 놈은 정말 기묘한 구석이 있다.

자신에게 걸려서 발가벗지 않은 인간이 없는데 그놈은 정신까지 잃은 상태에서 꿈쩍도 하지 않았다.

말을 안 해서 그렇지 타사웅묘까지 지켜보는 마당에 톡톡히 망신당했지 않나.

그날은 화향호리란 이름에 먹칠을 해도 제대로 한 날이었다.

그건 그렇고, 만변천자를 잡은 건 또 어찌 된 일인가. 비록 사명사귀와 연수했고, 불의의 기습까지 가했다고는 하지만 만변천자가 어떤 사람인데 이들에게 잡히겠는가.

화향호리는 그 점을 도통 이해하기 힘들었다.

만변천자에게는 욕심나는 절기가 많다.

워낙 뛰어나서 하나만 제대로 습득하면 당장 절정고수 반열에 오를 수 있는 무공을 수십 가지나 알고 있다.

물론 화향호리도 탐나는 절공들이다.

하지만 모두 포기했다. 만변천자에게서 빼앗은 것이라고는 역용술과 소사월반이 고작이다.

고작이라는 말에 어폐가 있는가? 역용공과 소사월반만 가지고도 절정고수가 된 것이나 진배없으니까 어폐라고 할 수도 있겠다.

단지 만변천자가 지닌 절공에 비하면 워낙 작은 것이라서 '고작' 이라는 말을 썼다.

화향호리가 바보가 아닌 바에야 큰 것을 버리고 작은 것을 취할 리 있겠는가.

만변천자가 가진 큰 것, 절공들은 단시일 내에 습득할 수 없는 것들뿐이다. 최소한 십 년 이상은 참오하고 수련을 해야 겨우 '검을 들 자격이 있다'는 정도의 소리만 듣는다.

깨우치면 태산에 오를 수 있지만 그 과정이 무척 지난하다.

화향호리는 그런 길을 갈 생각이 없었다.

만변천자가 그런 사람이다. 한데 계야부에게 잡혔다. 모종의 사연이 있지 않고서는 도저히 벌어질 수 없는 일이 벌어졌다.

해답은 만변천자가 쥐었다.

괴노독이 온갖 노력을 기울였어도 만변천자는 일어서지 못했다. 몸속에서 일어나는 진동이 그의 진기를 산산이 흩어놓았다.

한마디로 진동을 없애지 않는 한 그는 회복 불능이었다.

만변천자가 스스로 반병신이 되는 진동을 일으켰을 리는 없고, 분명히 외부에서 무엇인가에 당한 결과인데…… 아마도 그것 때문에 잡혔을 게다.

그 답이 계야부에게 있다.

파르릉! 까앙!

'정말…… 이네!'

유심히 접전을 지켜본 결과 일장 격돌에서 해답을 찾았다.

초식이나 내공 면에서는 단연 사내가 압도적으로 강하다. 그에 비하면 계야부는 어린아이 정도에 불과하다.

한데 병기끼리 부딪치는 순간, 계야부는 멀쩡한 반면에 사내가 움찔거리며 물러선다. 그것도 한두 번이 아니다. 매번 그렇다.

말도 안 되는 일이 실제로 벌어지고 있었다.

초식이란 두 가지 요소를 가미해서 만든다.

하나는 허실을 함께 담는 것이다.

허점이 없는 완벽한 초식은 별로 사랑받지 못한다. 반대로 허점이 너무 뚜렷해서 상대가 파고들지 않을 수 없게끔 만드는 초식이면 기를 쓰고 달려들어 수련한다.

허점이 발견되었다고 해서 좋다구나 달려들면 어김없이 낭패를 당한다.

허점을 일부러 내보일 때는 대응할 만한 방도가 완벽히 짜여 있다고 봐야 한다.

상대를 허초로 유인한 후, 실초로 격파한다.

이것이 초식이다.

두 번째로 고려해야 할 점은 진기의 순환이다.

발검(拔劍)에서부터 착검(着劍)에 이를 때까지 진기 유통에 막힘이 없어야 한다. 보법과 신법, 그리고 검초의 조화는 모두 진기 순환이라는 큰 전제하에서 이루어진다.

제방이 없는 강물처럼 진기가 시작부터 끝까지 도도하게 흐를 때, 초식이 완성된다.

그 결과 검초는 막강한 진력을 내포하게 된다.

미풍처럼 살랑거리는 검기만으로도 사람을 살상할 수 있는 위력은 모두 초식에서 나온다.

힘이 장사인 역사가 두 손으로 힘껏 검을 움켜잡고 내려친 것과 무인이 초식을 전개하면서 내려친 힘을 비교해 보면 우열이 명확하게 나온다.

역사가 내려친 검은 단발성이면서도 본래 그가 지닌 힘의 절반 정도밖에 투입하지 못한다. 자신은 젖 먹던 힘까지 모두 쥐어짜 냈다고 생각하지만 자신이 그렇게 느낀 것뿐이지 실제로 사용된 힘은 절반 정도가 맞다.

반면에 무인은 육신의 힘만 사용하는 게 아니다. 인간이 부지불식간에 이끌어낼 수 있는 힘을 모두 쏟아붓는다. 아이가 질주하는 황소 앞에 넘어져 있을 때, 아이의 어미는 황소를 멈춰 세우는 신력을 발휘한다.

육신의 힘이 아니라 하늘의 보살핌이 아이를 구한 것이다.

그렇다. 그게 진기다. 인간이 이끌어낼 수 있는 최대한의 힘이다. 그걸 무인은 자유자재로 사용한다. 수련을 통해서 힘을 더욱 강하게 이끌어 올린다.

진기를 사용하는 사람과 막무가내로 힘자랑을 하는 사람.

이건 상대가 안 되는 싸움이다.

한데 상대가 될 뿐만 아니라 오히려 압도적으로 우위에 있어야 할 사내가 움찔움찔 물러서고 있다.

파르릉……!

검이 떨린다.

사내는 맞받기 싫다는 듯 움찔거리다가 어쩔 수 없다는 듯 받아넘긴다.

까앙!

또 한 번 검과 검이 부딪쳤고, 결과는 똑같다.

계야부의 몸에 서리가 맺히기 시작했다.

세상 사람들이 그를 두고 독심환마라고 부른다.

그중에 환마라는 말은 그의 모습이 뿌연 안개에 가려져 보이지 않기 때문이란다.

바로 화향호리, 자신이 보고 있는 모습과 똑같다.

계야부의 몸에 맺힌 서리는 겨우 초가을 서리처럼 얇은 막에 불과하지만 곧 희뿌연 안개로 변할 것이다.

저것이, 저 무공이 만변천자를 살았어도 살아 있지 못한 인간으로 만들었다.

이제는 몸을 뺄 시간이다.

계야부가 사내를 붙잡아둘 수 있다는 건 확인했다. 말똥구리들은 색정마혼소에 걸려들어 꼼짝 못한다.

그녀의 발길을 막을 사람은 없다.

"호호호! 호호호호!"

그녀는 마음껏 색정마혼소를 흘렸다.

"호호호! 호호호호!"

"훗! 후후후! 후후후후!"

색정마혼소에 다른 웃음소리가 섞여들었다.

좋지 않은 현상이다. 멀쩡하게 웃음을 흘릴 수 있다는 건 색정마혼소에 걸려들지 않았다는 뜻이다.

'어떤 놈이!'

그녀는 낯선 웃음을 찾아 고개를 돌렸다.

부사영?

사내에게 죽음 직전까지 치몰렸다가 간신히 목숨을 구한 놈이 왜 또 나서는 건가?

화향호리는 다른 점에 주목했다.

그의 웃음소리가 멀쩡했다. 믿을 수 없지만 믿어야 한다. 절정무인들도 깨지 못하고 목을 내밀던 색정마혼소였지만 부사영이란 인간만큼은 어쩌지 못한다.

그는 곧 다른 놈들에게도 파훼 방법을 알려줄 것이다.

즉, 다시 말해서 조금이라도 지체하면 말똥구리들을 모두 때려죽이지 않는 한 이곳을 빠져나가지 못한다는 말이 된다.

'그렇단 말이지. 천둥벌거숭이 같은 놈. 염라대왕 발밑까지 기어갔다가 살아 돌아왔으면 자중하고 있을 일이지.'

방법은 하나, 부사영을 즉시 죽인다!

쒜에엑!

손에 들려 있던 소사월반이 한 점 빛살이 되어 날아갔다.

퍼억!

소사월반이 둔탁한 소리를 냈다.

"제길!"

인생을 포기하는 듯한 소리도 들렸다.

어느 소리나 모두 기분 좋은 소리다. 이런 소리만 듣고 살면 원이 없겠다.

"호호호! 호호호호호!"

그녀는 색정마혼소를 높였다.

부사영만 치면 모든 건 처음으로 돌아간다. 자신은 유유히 빠져나가면 되고, 그러는 동안에도 계야부와 사내는 죽어라 싸움질을 하고 있을 게다.

쒜에엑!

부사영을 타격한 소사월반이 경쾌한 소리를 흘리며 돌아와 손바닥에 살포시 앉았다.

소사월반은 기본적으로 진기 운용만 할 수 있는 사람이라면 누구든지 사용할 수 있다. 진기가 고강하면 할수록 날아가는 속도가 빨라지지만 부사영 같은 자를 죽이는 데는 큰 힘이 필요치 않다.

소사월반 자체가 음양석(陰陽石)을 기반으로 해서 만들어졌기 때문에 투척과 회수에 큰 신경을 쓰지 않아도 된다.

알면 알수록 기가 막힌 병기다.

내공이 조금만 더 깊었다면 도주를 생각할 필요가 없는데. 일교사가 보낸 사내든 계야부든 고개를 빳빳하게 세운 자들은 모조리 숨통을 끊어놓는 건데.

흘깃 쳐다본 눈길에 가슴을 부여잡고 뒤뚱거리며 물러서는 부사영의 모습이 비쳤다.

계야부와 사내는 여전히 싸움 중이다.

벌써 삼십여 초를 훌쩍 넘겼는데, 앞으로도 쉽게 승패가 갈리지 않을 것 같다.

다른 자들은 여전히 색정마혼소에……?

'엇!'

웃으면서 주위를 돌아보던 중이었는데…… 그녀는 더 이상 웃지 못했다.

여강강과 담위민이 뒤로 훌쩍 물러섰다.

그들은 죽이든 살리든 마음대로 하라는 듯 가부좌를 틀고 앉아 운공조식(運功調息)에 몰입했다.

색정마혼소에 당한 충격이 상당히 컸던 것 같다.

거기까지는 좋은데 다른 자들이 골칫거리로 등장했다. 비교적 충격이 덜한 몇몇이 검을 들고 그녀를 에워싸고 있다.

전음을 통했든 몸짓으로 했든 어느새 부사영이 파훼 방법을 일러주었다.

언제 그럴 틈이 있었지? 웃음소리를 듣자마자 일이 잘못되었다는 것을 깨달았고, 즉시 소사월반을 쏘아냈는데. 전음이든 몸짓이든 표시할 시간이 없었는데.

"후후! 계집애한테 더럽게 당했군. 이제 우리 차렌가?"

눈이 뱁새처럼 작은 자가 징글맞게 웃으며 다가왔다.

"조심하십쇼. 저런 여자는 춘약도 잘 씁니다. 바람 한번 훅! 잘못 맡으면 발정 난 돼지새끼 되는 건 시간문제예요. 우리 그런 꼴까지 보여주진 맙시다."

얼굴이 반반해서 여자깨나 울리고 다녔음직한 자가 말했다.

"화향호리, 화향호리 하기에 무슨 뜻인지 몰랐는데…… 이제 알겠네. 화향호리가 아니라 악취호리라고 해야 맞는 거 아뇨?"

키 작고 못생긴 놈이 주둥아리를 놀렸다.

방금 전까지만 해도 색정마혼소에 휘말려 정신없이 휘청대던 놈들이 이제는 아주 칼자루라도 쥔 듯이 날뛴다.

"하룻강아지 같은 놈들!"

화향호리는 분노했다.

상황을 살피느라고 색정마혼소를 쓴 것이지 누가 살겁을 열 줄 몰라서 안 쓴 줄 아나. 목숨을 부지시켜 줬으면 고맙다고나 할 것이지 주둥아리를 함부로 나불거려!

"우리보고 하룻강아지라는데?"

"그럴 수 있지. 누구 눈엔들 하룻강아지로 안 보이겠나. 그저 손만 뻗었다 하면 죽일 수 있는 존재들, 그게 우리 아닌가. 허공을 베라, 허공을."

"그럼 그럴까요?"

순간, 그녀를 포위한 사내 네 명이 일제히 입을 다물었다.

파아아아……!

그들의 전신에서 장엄한 기운이 쏘아진다.

'부, 부, 불광(佛光)? 이, 이건 말도 안 돼!'

그녀는 또 한 번 놀랐다.

이자들은 조금 전에 봤던 자들이 아니다. 완전히 고수로 탈바꿈했다. 몸에 어린 기광이 신광(神光)이니 불문 무공을 수련한 듯하다. 또한 깊이도 무시할 수 없다.

정말 이해할 수 없는 자들이지 않은가. 이런 무공을 지녔으면서 방금 전에 형편없이 당한 건 무엇이란 말인가.

이만한 무공이라면…… 부사영까지 여덟 명이 진작 연수합격(聯手合擊)을 했다면 계야부와 싸우고 있는 사내까지도 상대할 수 있었을 것 같다.

그녀는 감히 방심하지 못했다.

두 손을 들어 올렸다.

만변천자에게서 소사월반을 얻은 이후 전력을 다해 던져 낸 적이 없다.

이번에는 그래야 할 것 같다.

그때다. 벌써 쓰러졌어야 할 부사영이 반 토막 난 검을 들고 싸움에 가세했다.

어떻게 살았지?

이제는 놀랍지도 않다. 이놈들, 아주 약은 놈들이다. 상대도 안 되는 놈들이 무작정 뒤쫓아온다고 생각했는데, 싸울 방도를 철저히 구상한 후에 쫓아왔다.

부사영의 가슴은 소사월반에 가격당해서 걸레처럼 해져 있었다.

안에 받쳐 입은 가죽옷이 비쳤다. 갑옷처럼 두껍고 질긴 가죽옷이다. 아니, 군에서 온 놈들이니 갑옷이 틀림없다.

그럼 이놈들도?

그녀는 재빨리 사내 네 명을 훑었다.

그런 것 같다. 몸집이 보통 사람들보다 크다. 얼굴 크기와 몸 크기를 비교해 봤을 때 조금 어색하다.

옷 안에 갑옷을 받쳐 입고 있다.

죽일 놈들! 갑옷이 몸에만 통하지 얼굴에도 통한다더냐. 단숨에 머리통을 갈라내면 어찌할 텐가.

검을 쓰든 창을 쓰든 심장을 관통시키는 게 버릇이 되어서 소사월반도 심장을 향해 쏘았다. 그렇다. 버릇이었을 뿐이다. 목표를 심장에서 얼굴로 바꾸는 건 일도 아니다.

싸움판에 또 한 명이 가세했다.

한쪽에서 멀거니 구경만 하던 털보 놈이 지극히 평온한 신색을 띠고 걸어왔다.

네 놈이나 여섯 놈이나 상관없다. 아예 운공조식 중인 두 놈까지 가세하라지.

모두 죽인다. 모두 죽여준다.

그녀는 진기를 아낌없이 끌어올렸다.

이 진기는 지금쯤 신법에 쓰이고 있어야 한다. 이곳에서 백여 장쯤 벗어나 있어야 하고, 머릿속은 일교사의 추적을 뿌리칠 방도를 구상하느라 분주해야 한다.

이런 곳에서 이러고 있으면 안 된다.

"호호호…… 호호!"

그녀는 색정마혼소와는 완전히 다른 웃음을 흘렸다.

색정마혼소가 칠성을 넘어서면 완전히 다른 웃음소리로 변한다.

인간의 영혼을 극락으로 올려놓는 대신 지옥으로 끌어내린다. 즐거운 환상 대신 귀신을 봤을 때처럼 몸이 얼어붙는다.

이것은 단순히 공포를 느끼게 만드는 것이 아니다.

인간의 뇌를 자극해서 실제로 귀신을 불러낸다. 귀신이 나타난 것처럼 느끼게 된다. 사람에 따라서 소복 입은 여인이 나타나는 경우도 있고, 물에 빠져 죽은 총각귀신이 나타나는 경우도 있다.

모두가 환상이지만 당하는 사람은 실제처럼 느낀다.

'죽인다!'

그녀는 살심을 강하게 끌어올렸다.

부처의 마음으로는 상대의 뇌를 자극하지 못한다. 악마의 마음으로 웃어야 한다. 그러려면 그녀 자신이 악마가 된 것처럼 행동해야 한다. 얼마나 악마와 동질감을 느끼느냐에 따라서 색정마혼소의 성취도가 판별된다.

그녀는 구성의 색정마혼소를 흘렸다.

한데 모두들 고요하다.

얼굴이 일그러지지 않는다. 서 있는 모습도 흔들림이 없다. 만도를 잡고 있는 손이 이처럼 조용할 수 없다.

이런 현상이 어떻게 일어나는 거지? 색정마혼소와 정반대의 불문 신공을 수련했기 때문일까?

"호호호! 호호호호!"

그녀는 웃음을 십성까지 끌어올렸다.

억지로…… 억지로…… 쥐어짰다. 안 된다, 졌다는 느낌이 들지만 이런 개차반 같은 놈들에게 질 수 없다는 오기가 그녀를 벼랑 끝까지 몰고 갔다. 그때,

"화향호리, 그만."

나직하지만 거역할 수 없는 음성이 그녀의 고막을 후려쳤다.

"욱!"

화향호리는 격한 신음을 토하며 허리를 굽혔다.

음공(音功)이 음공(音功)을 쳤다. 상대의 내공이 그녀의 내공을 짓눌렀다. 끝을 모르고 치솟던 음공을 갑자기 커다란 바윗돌이 내리찍었다.

"우웩!"

그녀는 입으로 피를 쏟아냈다.

화향호리를 말린 것은 사내였다.

그가 싸움을 중지했다. 아마도 극성에 이른 색정마혼소 때문이리라. 그 정도의 웃음이라면 아무리 싸움에 집중하고 있는 사람이라도 쳐다보지 않을 수 없었을 테니까.

아무리 그렇다고 내상까지 입히다니.

사내가 계야부를 쳐다보며 말했다.

"시각랑…… 대단하군. 이건 금강반야선공의 향기인데…… 한두 명도 아니고 시각랑 전부가 금강반야선공을 수련했다는 건…… 설명해 줄 수 있나?"

第四十五章

부활하는 악령

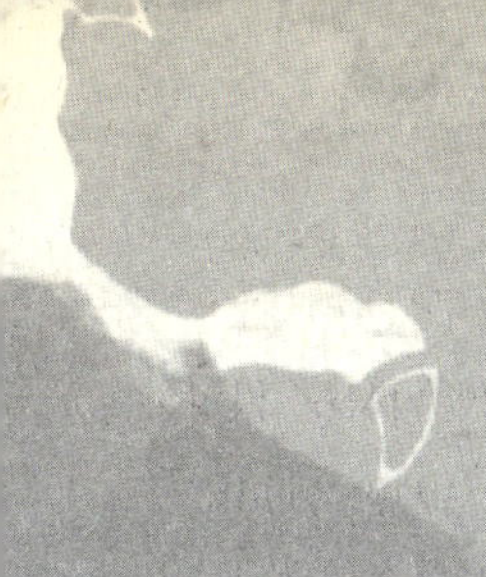

국경 근처에만 가면 자갈밭 돌멩이처럼 흔하게 볼 수 있는 군인들이 불문 무상신공인 금강반야선공을 수련했다.

이를 일반인들이 흔히 말하는 식으로 바꿔 말해보자.

무가의 자손들은 태어나면서부터 산을 번쩍 들어 올린다. 변방의 군인들은 너나 할 것 없이 가장 기본적으로 수련하는 것이 불문 무상신공인 금강반야선공이다.

이게 도대체 말이나 되는 소린가.

한데 그런 일이 벌어졌다.

화향호리는 발버둥쳤지만 옆에서 보기에는 이미 늦었다. 시각랑들의 마음은 공포나 색정 같은 감정에 연연하지 않는 부동의 상태에 들어섰다.

마음이 안정되기 전이라면 어떨지 모른다.

화향호리가 조금만 더 경각심을 발휘해서 진작 구성이나 십성의 색정마혼소를 펼쳤다면 시각랑 중 두세 명은 뇌에 충격을 받아 바보 천치가 되었을지도 모른다.

지금은 너무나 늦었다. 색정마혼소로 깨기에는 너무도 평정한 상태로 들어섰다.

결국 화향호리는 기진(氣盡)하여 절명하거나 주화입마(走火入魔) 상태가 된다.

사내는 화향호리에게 내상을 입혔지만 실은 그녀의 목숨을 구한 것이다.

그리고 계야부를 향해 이게 어찌 된 일인지 묻고 있다.

누구든 한 번만 돌이켜서 생각해 보면 그의 질문이 얼마나 얼토당토않은지 알게 될 것이다.

서로 죽일 생각으로 검을 겨눴다. 한데 상대의 무공이 예상치를 넘어선다. 그렇다고 검을 거둘 수 있는가? 상대에게 어찌 된 영문인지 설명해 달라고 말할 수 있는가?

사내는 자신도 모르게 그런 우문(愚問)을 던지고 말았다.

"가라."

계야부는 그의 물음을 무시하고 짧게 말했다.

"뭐?"

"상황이 바뀐 건 너도 알 것이고…… 우리가 합공하지 않을 거라는 생각 따위는 하지도 않았을 게고. 나 하나도 쉽게 처리하지 못하면서 우리 전부를 감당할 순 없잖아? 보내줄 때

가라."

"그렇게 자신있으면 베면 되겠지."

"베어달라고 하면 사양하진 않겠다. 베어줄까?"

사내는 대답하지 못했다.

이 한 번의 침묵으로 싸움은 끝났다.

사내는 싸울 마음이 없고, 화향호리는 사력을 다해 싸워야 하나 그럴 기력이 없다.

계야부는 검을 거두고 화향호리 앞으로 뚜벅뚜벅 걸어왔다.

"억울한가?"

"미친…… 새끼!"

"그래, 그렇게 악에 받친 모습, 좋다."

"왜? 이제 목만 치면 될 것 같아?"

화향호리는 악담이라도 쏘아붙이려고 했다. 진기가 조금이라도 모이면 마지막 발악이라도 할 참이었다. 이렇게 두 손 두 발 다 놓고 죽음을 기다릴 수는 없지 않은가.

한데 진기가 모아지지 않는다.

의외로 내상이 심각하다. 기혈이 진탕되어 꼿꼿이 서 있는 것조차 힘들다. 숨도 제대로 쉴 수 없다. 심장이 쪼그라들었는지 터질 것 같은 압박감이 느껴진다.

솔직히 말도 하기 싫다. 귀찮다. 그저 죽이든 살리든 아무렇게나 해줬으면 좋겠다.

그녀는 털썩 주저앉았다.

"우린 널 죽이기 위해 쫓아왔다."

“죽여.”

“이유는 알아야겠지?”

“귀찮아. 죽이기나 해.”

“우린 네가…….”

“죽이기나 하라니까!”

화향호리는 버럭 고함을 질렀다.

죽겠다는데 뭔 말이 이리 많은가. 계집애도 아니고 사내자식들이 검 한 번 휘두르는 게 그리 힘든가.

화향호리는 내상의 고통 때문에 만사가 귀찮았다.

그동안 무림을 횡행하면서 내상을 안 입어본 것은 아니다. 크고 작은 내상 때문에 골병이 들지 않을까 싶기도 했다.

내상은 참 묘하다.

그녀 정도 되면 어느 정도 적응이 될 만도 한데, 이놈의 내상은 좀처럼 이겨내기 힘들다.

내상의 고통도 다양하다.

단순하게 배가 찢기는 고통이라거나 현기증이 치민다거나…… 그런 식으로 말할 수 없는 복잡 미묘한 고통을 수반한다.

누군가가 내상이 이렇다고 단적으로 잘라서 말하는 사람이 있다면 데리고 와라. 두어 번 정도 더 뭉개준 뒤에도 똑같은 말을 하는지 듣고 싶다.

내상은 가격당한 병기나 신공, 또 집중적으로 손상된 경맥에 따라서 고통의 정도가 완전히 달라진다. 두 발을 못 쓰기도 하고, 혼수상태에서 헤어나오지 못하는 경우도 생긴다.

그런 것은 차라리 낫다.

지금처럼 사지가 오그라드는 고통을 당한다면 누구라도 죽는 게 차라리 편할 것이라는 생각을 할 것이다.

계야부는 화향호리의 이마에 맺힌 식은땀을 봤다.

"죽는 게 편하겠군."

"그러니까 죽이라잖아!"

계야부는 그녀의 말을 콧등으로 들었다.

그는 부사영을 쳐다봤다.

그가 고개를 끄덕인다.

그는 시각랑을 차례로 돌아봤다.

고봉이 고개를 끄덕이고, 갈조기도 고개를 끄덕이며 만도를 거둔다. 운공에서 깨어난 담위민도 고개를 끄덕였고…… 모두가 동조의 뜻을 보냈다.

"여섯째."

그가 여강강을 불렀다.

"심맥(心脈)을 다쳤습니다. 육체적인 손상보다는 정신적인 타격이 훨씬 큰 만큼 푹 쉬게 하면 한결 나을 겁니다."

"며칠이나 걸리겠나?"

"하루면 처단하기에는 충분할 겁니다."

"돌봐라."

죽이기 위해 살린다.

이상한 명령이 떨어졌다.

그때, 멀찍이 떨어져서 돌아가는 상황을 유심히 주시하던 사내가 말했다.

"보아하니 화향호리를 죽일 생각인 것 같은데, 이쪽에도 볼일이 있거든. 잠시 이야기를 나누도록 해주겠나? 내상 문제라면 내가 약간 도움이 될 수도 있을 것이고."

그가 품에서 청록색 병을 꺼내 살랑살랑 흔들어 보였다.

"아! 죽이는 것하고는 관계없어. 뭐랄까…… 안선에 대한 당부 정도? 죽어도 안선에 대해서는 토설하지 말라는, 뭐 그런 종류의 당부 정도나 하고 싶은데."

계야부가 무미건조한 시선으로 사내를 쳐다보다가 말했다.

"해라."

사내는 청록색 병을 화향호리에게 내밀었다.

"도움이 될지 모르겠다만 복용해라."

"치워!"

"이게 뭔지 묻지도 않고 치우라는 건가?"

"한마디 더 할까? 꺼져."

"응? 우하하하하! 이제야 화향호리 성깔이 나오는군. 그동안 동행하면서 언제 성깔이 나올까 하고 내심 기대했는데, 꾹꾹 눌러 참기만 하더라고. 물론 머릿속에 담긴 거라고는 도주밖에 없었으니 고깝더라도 내 비위를 잘 맞춰야 했겠지만."

역시 사내는 그녀의 의도를 알고 있었다.

"이건 만변천자의 물건이다. 만변천자에게는 소사월반과

더불어 이대보물로 일컬어지는 게 있었지?"

사내는 화향호리만 들을 수 있을 정도로 낮게 속삭였다.

"세공단!"

"새공단을 녹인 물이다. 세공단을 복용했을 때보다 흡수력을 배는 높였다. 이틀 정도만 이 악물고 참아. 뭐 어떤 걸 참아야 할지는 나보다 네가 더 잘 아니까 말해줄 것도 없고."

화향호리는 눈을 번뜩였다.

이제야 사내의 무공이 왜 이리 높은지 알 것 같다.

아무리 일교사가 보낸 사람이라도 만변천자를 능가할 수는 없다. 만변천자와 엇비슷한 무공을 지녔다면 최소한 '교사' 라는 직위에서 움직였어야 한다.

그만한 사람이 일교사의 수하라는 게 이해되지 않았다.

세공단이다. 세공단이 그의 무공을 배는 높여주었다. 이로 미루어 짐작컨대, 아마도 만변천자의 세공단은 어떤 경로를 통했든 일교사에게 흘러들어 간 것 같다.

활용 범위도 넓어졌다.

만변천자는 세공단을 자신만 복용했다.

쓸 만하다고 생각된 자를 수하로 부리기 위해서 생각해 주는 척, 혹은 협박이나 강요로 복용시킨 적도 있다.

하지만 그런 경우는 오래 지속되지 않는다.

세공단은 죽음의 신약이다. 매달 보름 세공단을 제공받지 못하면 정혈이 고갈되어 죽는다.

현재 세공단을 복용한 사람 중에 살아 있는 사람은 계야부

뿐이다.

다른 사람들은 모두 죽었다. 두 번이나 세 번 정도까지는 군소리없이 공급해 주지만 네다섯 달 지속해서 공급한 적은 없다. 대체로 두세 달 정도면 수하로 거둔 목적이 달성되기 때문이다.

용처가 다하면 공급도 끊긴다.

만변천자는 세공단을 결단코 세상과 공유하지 않았다. 오로지 자신만 아는 비장의 신약으로 사용했다.

일교사는 이 사내에게 세공단을 주었다. 여유분까지 넉넉하게 지니도록 했다. 얼마나 여유있는지 목숨과도 같은 세공단을 나눠 주기까지 한다.

세공단을 쉽게 만들어내고 폭넓게 쓴다면,

앞으로 무림에는 이름도 들어보지 못한 고수들이 무수히 등장할 것이다. 어느 날 불쑥 나타나서 일개 문파를 초토화시킨 자가 다음날 피를 토하고 죽는 경우도 생기리라.

천하를 휘어잡는 고수들이 일교사의 휘하에 득실거린다면, 이교사가 설 땅은 없다. 어쩌면 대공의 위치도 흔들릴지 모른다. 세상을 뒤흔드는 자의 눈에 대공인들 보이겠는가.

"이거 약효는 한 달이야. 알지? 한 달 안에 한 가지만 해라. 저놈 계야부와 관계를 가져."

"뭣!"

화향호리는 봉목을 부릅떴다.

"아! 그전에 너를 찾는 자가 있을 거야. 그자와 먼저 관계를 가져야겠지? 그래야 서인이 네 몸속으로 들어갈 테니까. 그리고 넌 다시 계야부와. 무슨 말인지 알지?"

"서인은!"

"복구 중이다. 조만간 복구가 끝날 거야. 그게 발로 짓밟는다고 사라질 정도였으면 빙령초분 같은 걸 쓸 이유도 없지. 대단한 놈이니 대단한 걸 쓴 거 아냐."

"꿀꺽!"

화향호리는 침을 꿀꺽 삼켰다. 자신도 모르게 마른침이 삼켜진다. 아랫입술까지 질끈 깨물었지만 그 또한 의식하지 못했다.

'살 수 있어. 살 기회가 생긴 거야!'

"이것만 잘하면 지난 과오는 용서한다. 단! 차후 이교사와는 거리를 둬야 되겠지?"

"무, 물론이에요."

"이제……."

그가 청록색 병을 내밀었다.

화향호리는 순순히 받아 단숨에 들이켰다.

청아한 향기가 입 안에 감돈다 싶더니 곧 뱃속으로 흘러들었다.

'이…… 향기는?

결코 잊을 수 없는 향기가 콧속으로 빨려들었다.

세공단…… 세공단은 남들이 오십 년, 육십 년을 고련해도 얻을까 말까 한 성취를 단번에 안겨주는 신의 선물이다.

복용하는 순간부터 힘이 뿔끈 솟는 것을 느끼며, 하루나 이틀 정도 지나면 전에는 불가능했던 일들이 얼마나 손쉬웠던가를 알 수 있게 해준다.

세공단은 맛을 들이면 안 되는 마약이다.

그 냄새가 난다.

계야부는 향기를 쫓아 고개를 돌렸다.

청록색 병…… 저거였나.

그는 이 세상에서 이 향기를 맡을 수 있는 유일한 인물이다.

놀라운 말이지만 세공단에 중독된 사람은 아무런 향기도 느끼지 못한다. 처음에는 청아한 맛과 향기를 느끼지만 두 번째부터는 무미(無味), 무향(無香)이다.

물론 세공단 자체에는 맛과 향기가 있다.

세공단에 중독된 사람도 맛을 느끼고, 향기를 맡는다.

다만 그 맛과 향기가 복용 즉시 사라지기에 아무런 맛도 느끼지 못한 것과 같은 상태가 된다. 향기도 마찬가지다. 코로는 분명히 향기를 맡았지만 뇌가 곧 그 사실을 망각해 버린다.

세공단에 중독된 사람은 세공단을 알아보지 못한다.

보름이 다 되어서 정혈이 고갈될 처지에 놓였어도 눈앞에 놓인 세공단을 먹지 않는다.

맛도 향기도 잃어버려서 알아보지 못하기 때문이다.

이는 아마도 만변천자가 세공단을 탐하지 못하게 만들 요량으로 특정한 약초를 배합하지 않았나 싶다.

그러니 세공단에 중독된 사람은 선택의 여지가 없다.

주인이 세공단이라며 단환을 내밀면 그게 무엇이든 간에 믿고 복용하는 수밖에 없다.

대부분 정말 세공단을 복용한다.

때로는 독약을 복용한다.

세공단을 복용한 순간부터 그 사람의 삶과 죽음은 주인의 뜻에 따라 결정된다.

세상 사람들이 아는 것은 거기까지다.

세공단을 복용한 사람이 있고, 증상을 느꼈으니 거기까지는 안다.

계야부는 그 이후를 안다. 중독에서 완전히 벗어나면 십 리 밖에서 풍기는 세공단 냄새도 찾아낸다.

후각이 유독 세공단 향기만은 특별히 관리한다.

신체가 두 번 다시 세공단과 같은 마물에 걸려들지 않으려는 발버둥일 수도 있고, 세공단의 마력에 매혹되어서 멀리 떨어진 것까지 찾아내려는 발악일 수도 있다.

어떤 것이든 중독에서 벗어나게 되면 세상에서 세공단 냄새를 제일 잘 맡는 사람이 된다.

암울함이 고개를 쳐들었다.

만변천자의 주검에서 세공단 비기를 발견했을 때도 그냥 불살라 버리고 말았다.

화향호리는 그런 악몽을 되살리고 있다.

그녀를 죽일 요량이면 지금 죽여야 한다.

하루나 이틀 정도 시간이 지나면 늦는다. 세공단의 약효를 십분 흡수하게 되면 그때는 그녀의 색정마혼소를 참아내기 힘들 것이다. 이제 갓 눈을 뜨기 시작한 금강반야선공의 부동심 정도는 단번에 깨뜨릴 것이다.

여러 명이 합심하여 그녀를 제압한다고 해도 운이 나쁘면 두어 명 정도 다치거나 죽을 수도 있다.

계야부는 잠시 망설였지만 척살 명령을 내리지 않았다.

다른 것은 차치하고 삶을 간절히 원하는 상태에서 죽인다는 시각랑의 율법에 위배된다.

그거면 됐다.

상대가 어떤 상태로 변모하든 그것은 그의 일이고, 자신들은 시각랑의 율법에 따라서 행동하면 되는 거다.

단, 준비는 해둬야 한다.

"수고했다."

"이런 일 두 번 다시 시키지 마라. 소사월반 저거…… 알고 맞았어도 아픔이 보통 아냐. 가슴뼈가 나갔는지 아직도 욱신거린다."

"사검은 찾았냐?"

"아직. 타사인하고 섞여 나오는데…… 정리가 안 되네."

"기껏 배운 타사인을 버릴 필요는 없겠지."

"그건 또 무슨 강아지 풀 뜯어 먹는 소리야? 언제는 버리라며?"

“너무 의존한다고 했지 언제 버리라고 했나. 이 친구, 귀까지 먹은 것 아냐?”

“의, 의존? 버리지 말라고!”

“사흘 동안 마을을 따라서 움직여라.”

“또?”

“그동안 무공 좀 정리하라고. 내 약속하는데, 사흘 후에는 정말 목숨을 걸 만한 상대와 싸우게 될 거야. 그때는 한 수 삐끗하면 목이 달아날 터이니 단단히 준비해.”

“또 누가 오는데?”

“우선은 그렇게만 알고, 마을로 들어가.”

계야부는 부사영의 어깨를 툭 쳤다.

‘마을을 따라서 움직여라’ 는 말은 시각랑 암호다.

마을은 적이 머무는 곳이다. 사람이 사는 안락한 곳이 아니라 적의 창칼이 번뜩이는 사지(死地)로 해석해야 한다. 반면에 산은 아무도 없는 조용한 곳이다. 안락함과 편안함이 보장된다.

마을로 들어가라는 말은 여러 가지 뜻으로 해석된다.

혼자 떨어져서 준비하라. 혼자 떨어져서 몸을 돌보라. 무공을 수련하라. 부족한 부분을 채워라. 물자를 구해와라. 독자적인 임무를 수행하라.

지시 내린 사람과 지시받은 사람만이 알아들을 수 있는 단둘만의 암호다.

"이놈은 이제 그만. 우리 두 번 다시 만나지 말자고. 서로가 좋지 않은 인연으로 태어난 것 같은데, 자꾸 보면 뭘 해."

그는 아무 미련도 없다는 듯 훌훌 털고 일어섰다.

시각랑들은 일시 긴장했지만 그럴 필요가 없었다. 그는 뒤도 안 돌아보고 미련없이 떠나갔다. 그에게 남겨진 화향호리는 아무런 가치도 없는 듯했다.

"여자는 처음이지만…… 수색 좀 해야겠는데."

여강강이 화향호리 앞에 섰다.

그녀는 아무 소리도 않고 두 팔을 들어 올렸다.

손바닥에 달라붙어 있던 소사월반이 제일 먼저 떼어졌다.

"간수 잘해놔."

"또 쓸 일이 있다고 생각하는 건가?"

"호호호! 사람 일이란 모르는 거잖아?"

"입에서 좋은 냄새가 나는군. 굉장히 맑고 청아한 향이야. 내상은 좀 어떠신가?"

"신경 쓸 것 없어."

"신경 써야지. 언제 널 죽일지 결정할 사람이 나거든."

여강강은 그녀의 품에 손을 쑥 찔러 넣었다.

손에 물컹한 감촉이 전해졌다. 도톰한 산봉이 수줍게 한 자락을 내줬다.

"보드랍군."

"치워. 내가 아무리 색을 좋아해도 인간이 아닌 종자하고는 그런 짓 안 해."

"피차일반. 난 인간인데 넌 호리…… 여우잖아. 후후!"

여강강은 그녀의 품에서 많은 것을 꺼냈다.

대부분 밀랍에 싸인 단환이었고, 기름종이에 싼 것도 다수 나왔다. 정말 귀한 것인 듯 밀랍으로 똘똘 감싸놓은 것도 있었다.

여강강은 꺼낸 것들을 순서대로 가지런히 늘어놓았다.

"이거…… 대부분 춘약이겠지?"

"다 끝났어? 손 내려도 돼?"

"손은 내리고…… 옷을 벗어야겠다."

"뭐라고!"

"홀딱 벗는 것, 처음 해봐?"

"정말…… 정말 벗으란 말이야? 여기서?"

여강강은 그 말을 듣고 있지 않았다. 다른 시각랑들도 자신들과는 상관없다는 듯 저희들끼리 둘러앉아 잡담을 나눴다.

'뭐 이런 새끼들이 있어!'

가식이 아니다. 이것은 이들의 생활이다.

포로를 발가벗겨 놓고 모든 걸 샅샅이 살펴보는 것…… 그것이 여강강의 임무다.

아무리 그래도 그렇지 여자를…….

"차라리 죽여."

"안 벗으면 벗기는 수밖에."

여강강이 차분하게 가라앉은 눈빛으로 쏘아봤다.

욕정이 담겨 있지 않다. 여체에 대한 호기심도 없고, 그녀를 능멸하기 위한 잔인함도 없다. 그가 옷을 벗긴다는 말에는 오직 수색의 의미밖에 담겨 있지 않다.

어떻게 사내가 이럴 수 있지?

평범한 여자라면 이해하겠는데, 자신처럼 매혹적인 여자를 앞에 놓고 이토록 무덤덤해도 되는 건가?

그녀는 정말로 곤란하다는 표정을 지으며 말했다.

"벗지 않겠다는 게 아니잖아. 이렇게 사람 많은 곳에서는…… 다른 사람이 보지 않는 곳에서 해. 여기서 옷을 벗을 바에는 차라리 자진하고 말겠어."

여강강은 두 손으로 그녀의 멱살을 꽉 움켜잡았다. 그리고 잠시도 여유를 주지 않고 확 찢어발겼다.

"수치는 고려 사항이 아니다. 넌 어차피 죽을 여자. 수치 같은 건 호사라고 생각하지 않나? 자진하고 싶으면 해라. 지금 널 죽이는 건 그 빌어먹을 시각랑 율법에 저촉되지만 자진하는 건 상관없으니까. 내 눈에 넌…… 장위를 죽인 냉정한 년일 뿐이야. 그때의 그 모습, 잊히지 않는다."

화향호리는 정신이 번쩍 났다.

여강강은 참으로 중요한 정보를 제공해 주었다. 그는 무심히 말한 것이지만 자신들의 삶과 죽음에 관계된 중요한 정보를 자신의 입으로 말했다.

그의 이 한마디로 시각랑들이 자신을 보고 동요하지 않는 이유를 알았다.

자신과 한 사내의 죽음이 연결되어 있다. 어떤 사내도 홀릴 수 있는 미색이지만 그 얼굴을 보면 참혹한 죽음이 떠오른다. 그것도 요 며칠 전 일이니 아주 생생하게 기억된다.

이래서야 색정이 동요될 리 없다.

'그랬군. 그래서 색정마혼소를 그리 쉽게 벗어날 수 있었던 거야. 내 공력 정도라면 이제 갓 입문 단계에 불과한 금강반야선공 정도는 충분히 깰 수 있었는데 깨지 못한 이유가 이거였어. 나란 존재 자체가 이들에게는 거부 대상이었어.'

쫘악! 쫙!

옷이 박박 찢겨 나갔다.

그녀는 백주에 만인이 지켜보는 앞에서 벌거숭이가 되었다.

괜찮다. 이들에게 자신은 한낱 고깃덩어리로 비칠 게다. 또 아니면 어떤가. 이들이 자신에게 죽음의 잣대만 들이댄다면 자신도 그렇게 보면 되는 것을.

자신을 죽이기 위해 혈안이 된 자들, 그리고 자신이 꼭 죽여야 할 자들.

이들과는 양립할 수 없는 적대적인 관계일 뿐이다.

여강강은 젖 가리개는 물론이요, 한 줌 고의(袴衣)까지 벗겨냈다.

그녀가 몸에 지녔던 모든 것을 빼앗았다. 그리고 자신의 장삼을 벗어 던져 주었다.

"입어라. 그거면 며칠은 버틸 수 있을 거다."

그녀는 두말 않고 입었다.

'며칠 후 너흰 내 손에 죽을 테니까. 두고 보자고. 그때도 이

렇게 뻣뻣한지.'

'시각랑 시절에 여섯 번, 무림에 나와서 두 번.'

계야부는 피식 웃었다.

기묘한 경험을 여덟 번이나 했다.

뭔가를 깨달아서 전보다 훨씬 나아졌다는 느낌은 책 몇 권 달통한 것보다 훨씬 큰 즐거움이다.

그는 그런 경험을 무려 여덟 번이나 했다.

군에서의 깨달음은 미미했다.

기분이 굉장히 좋긴 했다. 뭔가 한 단계 발전했다는 느낌이 나쁠 리 없다. 하지만 살이 떨릴 만큼 큰 감흥은 느끼지 않았다. 제아무리 무용이 뛰어난 자도 '한순간 방심'에는 적수가 안 된다는 사실을 뼛속 깊이 각인하고 있었기 때문이다.

무림도 마찬가지다.

아니, 무림은 전장보다 더하다. 무공이 약한 자는 어떻게든 살아남는다. 한데 어느 정도 강하다 싶은 자들은 죽음을 벗어나지 못하는 것 같다.

약자는 약자와 싸운다. 강자는 강자와 싸운다. 약자들은 실수를 다반사로 하지만 강자는 여간해서는 하지 않는다. 한 수 한 수가 죽음의 살초다.

강한 자는 죽기 쉽다.

그렇다고 죽음이 두려워서 강해지기를 원치 않는다는 건 말
도 안 된다.

결국 죽음을 한 발로 딛고 선 채 살아갈 수밖에 없다.

무인들은 도산검림(刀山劍林)에서 산다. 한 발을 작두 위에
올려놓고 살아간다. 멀쩡하게 살다가도 어느 날 갑자기 목숨
을 잃는다. 그래도 결코 놀랄 일은 아니다.

말똥구리들은 그래도 부대에 돌아오면 마음 놓고 휴식한
다. 술도 진탕 마시고, 여인의 속살도 마음껏 음미한다. 푹신
한 침상에 두 발 쭉 뻗고 잔다고 해서 누가 뭐라고 하지 않는
다.

무인에게는 그런 삶조차도 없다.

물론 그들도 술을 마신다. 여인도 탐하고 호의호식(好衣好
食)도 한다. 하지만 언제 칼이 날아올지 모르니 긴장을 늦춰서
는 안 된다. 술을 마시다가도 칼날이 날아오면 드잡이를 벌여
야 한다.

이게 사람 사는 세상인가?

어쨌든 자신도 그런 세상에 발을 들여놓았다. 그리고 일 년
도 안 되는 짧은 기간에 죽을 고비를 수차례나 넘겼다.

그중 무공 면에서 잊지 못할 기억이 있다.

살수왕 류청지와 일전을 겨루지 않았으면 오늘날의 계야부
는 탄생하지 않았다.

그에게 많은 것을 배웠다.

전직이 말똥구리라서 잠입이나 살인 방면에는 도가 텄지만,

그에게 살수비기를 정통으로 배운 후에는 직업 살수로 나서도 괜찮을 만큼 솜씨가 고절해졌다.

하지만 정작 기가 막힌 즐거움은 그다음에 찾아왔다.

바로 화향호리와 첫 대면하던 순간이다.

그녀를 만난 것은 축복이었다. 기연이었다. 그를 정말 뛰어난 무인으로 만들어주었다.

그녀는 그에게 소양단을 복용시켰다. 춘약 중의 춘약으로 지금도 자신만만해한다.

한데 계야부가 혼절해 버렸다.

그래서 그녀가 택한 것이 청혈생아단을 복용시킨 후에 소혼금침으로 소혼망아술을 펼치는 것이었다.

뎅뎅뎅뎅!

머릿속에서 끊임없이 경종이 울렸다.

지금도 그때 생각만 하면 머리가 욱신거린다. 머릿속에서 수만 개의 종(鍾)이 일시에 울려대는 느낌이라니.

바로 금강반야선공의 효능 중 하나다.

금강반야선공은 주인의 몸에 이상이 생길 것 같으면 즉시 경종을 울린다.

물론 금강반야선공이 울려대는 종소리를 들을 수 있느냐 없느냐는 순전히 선공을 수련한 사람에게 달려 있다.

계야부는 그때부터 경종 소리를 들었다.

하나 그게 기연은 아니다. 정작 기연은 춘약에 중독되어 쓰러진 다음에 일어났다.

몸은 움직일 수 없는데 정신은 멀쩡했다.

손가락 하나 움직일 수 없는 처지인데, 머릿속에서는 금강반야선공이 무심하게 해득(解得)되고 있었다. 그때 귀영십삼식도 함께 성취를 얻었지만 그것은 금강반야선공이 해득되는 과정에서 얻어진 부산물일 뿐이다.

그때는 그것으로 만족했다.

많은 걸 얻었고, 덕분에 한층 강해졌다. 최소한 혼절에 빠지기 전보다 배는 강해졌다고 생각한다.

이번에 또 한 번 그와 같은 경험을 했다.

다리에 몰아넣었던 빙령초분이 풀리면서 몸이 꽁꽁 얼어붙는 지경이 되었다.

정말 너무 추워서 정신을 차릴 수 없었다.

몸이 얼어붙는 것을 느꼈고, 죽음의 그림자도 보았다.

고통이 극에 달해서 어차피 끝날 거라면 빨리 끝났으면 좋겠다는 생각까지 했다.

한데 묘하게도 정신은 멀쩡했다.

생각을 자유롭게 할 수 있었고, 주위에서 하는 말도 놓치지 않고 들었다.

그러면서 또 한 번 금강반야선공을 떠올렸다.

떠올리려고 해서 떠올린 것이 아니다. 몸에 이상이 생기니 금강반야선공이 경종을 토해냈다. 모든 생각을 밀쳐 내고 자연스럽게 가장 앞자리로 나선 것이다.

그가 생각할 수 있었던 것은 금강반야선공의 요결(要訣)뿐이었다.

다른 생각은 일체 할 수 없었다. 금강반야선공이 시야를 가려 버려서 다른 것을 볼 수가 없었다.

자연을 잡으려고 하지 마라. 자연과 동화되려고도 하지 마라. 사람 역시 자연의 일부이니 살고 싶은 대로 사는 것이 자연이다. 그 속에서 파괴를 하든 생산을 하든 아니면 조용히 관망을 하든 모든 것이 자연의 일부이다.

행함에 따라서 결과는 바뀐다.

어떤 결과를 일궈내든 그 또한 자연이다.

무심(無心)하려고 애쓰지 마라. 번뇌하지도 마라. 그냥 마음을 놓고 지켜보기만 하면 된다.

이것이 금강반야선공의 요체라고는 할 수 없다.

자신은 이제 겨우 몇 계단을 올라섰을 뿐이다.

백 개인지 이백 개인지…… 수천 개인지 모를 계단 중에 겨우 한두 개 올라섰으니 감히 요체 운운할 수도 없다.

하지만 그 깨달음으로 인해서 그의 무공은 현격하게 높아졌다.

귀영십삼식이 진체(眞體)를 드러냈다.

어쩌다 한 번씩 펼치던 기여백설(肌如白雪)도 자유자재로 구사할 수 있게 되었다.

제칠식 폭풍한설이나 제팔식 연무공몽도 마치 태어났을 때부터 지녔던 재주처럼 부드럽게 펼쳐진다.

하지만 그것으로도 사내를 상대하기에는 부족했다.

강한 자, 무척 강한 자, 말도 못하게 강한 자.

육교사 만변천자에게 죽음 직전까지 치몰렸고, 십교사에게는 죽음 직전에서 구차하게 살려줘서 살았다.

사내는 그런 육교사나 십교사와 비견될 만한 고수다.

그는 자신할 수 없었다. 자신의 무공으로 그를 꺾는다는 게 불가능하게 느껴졌다.

그런데도 추격 명령을 내렸다.

봉맥(封脈)!

인위적으로 가사 상태에 빠진다.

봉맥이란 기혈이 유통되지 않는 상태로, 신체에 막대한 손상을 초래한다.

당연히 예전처럼 금강반야선공이 경종을 울릴 것이다.

예측대로 되었다.

그는 봉맥 상태에서 차분한 마음으로, 무심하게 세상에서 가장 평온한 사람이 되어 금강반야선공을 봤다. 땀을 흘리며 쫓아가는 상태에서는 결코 볼 수 없는 것을 봤다.

예전에 금강반야선공의 일 단면을 깨우친 후, 시구각보와 사전투광신보를 하나로 엮은 적이 있다.

이리 움직이나 저리 움직이나 결국은 하나.

교혈(窖穴) 속에서 터득한 무공이라고 하여 거창하게 교혈공(窖穴功)이란 이름까지 붙였었다.

건방진 행동이었다.

무공이란 극소수의 몇 사람만이 창안할 수 있는 지고지순한

학문의 결정체다.

단순히 싸움만 잘한다고 해서 창안할 수 있는 게 아니다. 학문에 능통하다고 해서 만들어낼 수 있는 것도 아니고, 의도를 깨달아 인체를 구석구석 알아도 안 된다.

이 모든 것에 전부 능통한 천재라고 하면 꼬리나마 잡을 수 있을까? 억지로 무엇인가를 만들어낼 수는 있다. 하나 각대 문파에 전해지는 비기처럼 길게는 천 년, 짧게는 수백 년 동안 잊히지 않고 전해지는 무공을 만들어낸다는 것은 거의 불가능하다.

세상에 천재가 한두 명이던가. 초절정고수는 얼마나 많았던가. 하늘이 내렸다는 의원이나 독의는 또 얼마나 되었나.

그 많은 사람들이 독창적인 절기를 창안했지만 거의 대부분 잊히고 말았다.

무공은 세상의 흐름을 따라가 줘야 한다.

백 년 전에 세상을 떠들썩하게 만든 무공일지라도 파훼법이 널리 알려져서 터득하면 오히려 손해를 보는 경우도 있다.

그런 무공은 사장(死藏)된다.

하면 파훼법을 모르게 하면 되지 않을까?

당대에서는 그럴 수 있다. 실제로 비기가 노출되는 것을 꺼려해서 격투 장면을 본 사람은 모두 죽여 버리는 무인도 있다. 하지만 비기가 실전된다면 모를까 후대에 남겨지기를 원한다면 자신이 아닌 다른 누군가에게 전수를 해야 한다. 그리고 그가 어떤 방식으로 비기를 사용하든 관여할 수 없게 된다.

자신처럼 싸우는 사람은 모두 죽일지, 아니면 문파를 열어 널리 보급할지…… 어떤 방식으로 쓸지는 아무도 모른다.

어쨌든 노출되지 않는 무공이란 없다.

소림 무공이 노출되었고, 무당파의 절학들도 많은 사람이 안다. 화산파나 점창파의 무공도 진기 운용 방식만 모르지 초식 운용이 어떻게 되는지는 많은 사람이 안다.

무림이 어떤 곳인데 노출된 무공을 내버려 둘까.

많은 사람들이 파훼법을 연구했고, 나름대로 상당히 유용한 파훼법도 창안되었다.

구대문파의 절학은 그런 가운데서 생존한 것이다.

많은 도전을 이겨내고, 새로운 파훼법을 견뎌내며 그래도 역시 이만한 무공이 어디 있느냐고 말하는 것이다.

그런 무공을 누가 창안했나.

극소수의 몇 명이다.

물론 후대에 보완, 발전하여 오늘날과 같이 깔끔하게 정돈된 것이지만 애초 윤곽을 그려낸 사람은 그야말로 천재 중의 천재인 몇 명에 불과하다.

그들은 남들보다 뛰어나지 않았다. 학문도 깊지 않았고, 무공도 높지 않았으며, 의술도 깊지 않았다.

세상사란 이런 것이다.

알지 못하는 가운데 놀라운 것이 일어난다.

계야부는 자신이라는 그릇이 그만큼 크다고 생각하지 않는다. 있는 것을 습득하기도 벅찬 작은 그릇이라고 생각한다.

무공을 창안할 것이 아니라 있는 것이라도 제대로 습득해야
한다.

그는 봉맥 상태에서 자신이 수련한 모든 무공을 다시 한 번
연구, 수련했다.

꼭 권각을 써서 초식을 몸에 붙이는 것만 수련이 아니다. 상
상 속에서 움직여야 하는 동선(動線)을 그려보고 수정, 보완하
는 것도 수련이다.

그는 추위걸의 등에 업혀 오는 동안 지금까지 등장한 적이
없던 폐관수련을 했던 것이다.

그는 폐관수련이란 것을 모른다. 해본 적도 없다. 그만한 시
간도 장소도 없었다.

이번에 했다.

그 결과 자신이 수련한 모든 무공을 머릿속으로는, 이론적
으로는 완벽하게 깨우쳤다.

권각을 사용하지 않은 수련인지라 운용하는 데 아직도 부족
함이 많다. 그래서 누구보다도 실전이 필요하다. 앞으로 남은
일은 머릿속에 들어 있는 것을 몸에 붙이는 것이다.

검을 발출하고 거둠에 있어서 평정심을 잃으면 안 된다.

어떤 식으로든 격동하는 것은 금강반야선공의 방식이 아니
다.

고여 있는 물처럼 고요하게, 살랑살랑 나부끼는 바람처럼
보이지 않게, 하늘에서 떨어지는 별똥별처럼 빠르지만 빠른

것 같지 않게 유유히…….

그는 검을 뽑았다.

스웃!

천천히, 천천히…… 무척 느리게 시구각보를 펼쳤다.

원래 시구각보는 무척 빠른 변화를 요구한다. 상대가 예측하지 않는 방향으로 튀어 올라야 제 효과를 발휘한다. 예상을 하게 만들고, 그에 맞게 움직여 준다면 차라리 그냥 날 죽여라 하는 것과 진배없다.

그런 점을 알면서도 천천히 움직였다.

움직임이란 이래야 한다.

급할 것 없다. 천천히…… 진기의 움직임에 집중하면서…… 상대의 반응을 유심히 살핀다.

빠름이란 상대적인 것이다. 남들이 입을 떡 벌릴 만큼 빠를 필요가 있는가. 촌각만큼, 검을 한 치만 빨리 밀어 넣을 수 있다면…… 그 정도의 빠름이면 충분하다.

파르르룽……!

검이 미미하게 파랑을 일으켰다.

고요한 것 같은데, 움직이지 않는 것같이 미미하게 떨린다.

진파가 육신을 벗어나 검에 실렸다.

스스스스스……!

검에 하얀 서리가 피어난다. 성에 같은 것이, 작은 눈꽃이 피어난다. 마치 검에 한 겹 보호막을 씌운 것 같다.

검을 떨쳐 내지는 않았다.

이 상태에서 검을 발출하면 어떤 결과가 올지 예측한다. 하지 않아도 알 수 있다면 굳이 할 필요가 없다.

그는 검을 거뒀다.

'이제 한발을 내디딘 건가? 무공이란…… 하필이면 세상에서 가장 어려운 길을 택했구나. 원래 팔자가 그런 모양이지. 후후후!'

그는 하늘을 쳐다보며 싱긋 웃었다.

시리디시린 하늘에 사약란의 얼굴이 한껏 그려졌다.

3

"햐! 이것 봐라?"

낙소엽이 눈살을 찌푸렸다.

밀마 해독의 전문가인 그의 눈에 심상치 않은 기호가 잡혔다.

삼십여 장 전에서 한 번 봤고, 이번에 또 봤다. 두 번이나 같은 기호가 연속으로 그려져 있다면 틀림없이 밀마다.

갑자기 머릿속이 분주해졌다.

누가 누구에게 남긴 밀마인가? 이 숙제를 풀려면 이 길로 누가 다니는지 알아야 한다.

누구나 무심히 지나치는 숲길이다. 수많은 나무 사이에 지극히 평범한 나무, 그것도 눈에 잘 띄지 않는 밑동에 장난처럼 작은 밀마가 새겨져 있다.

사전에 약조하지 않고는 찾을 수 없다.

사전 약조라……. 하면 개인이 아니고 집단이다. 개방도나 하오문 같은 무인 집단은 주로 사람이 많이 사는 마을에 밀마를 남긴다. 한적한 곳이라고 해봐야 폐가(廢家)나 산신각(山神閣) 정도다.

숲길에 밀마를 남겼다는 건 아주 비정상이다. 지극히 은밀한 조직이다.

'안선?

당장 안선이 생각날 수밖에 없다.

'안선이 설마…….'

그 당연함이 '설마' 라는 의혹을 불러온다.

누구나 생각할 수 있는 일을 안선이 하겠는가. 이건 누가 봐도 '안선이다!' 라고 생각되는데 생각이 아무리 단순하기로 설마 그렇게까지 하겠는가.

하지만 달리 생각되기도 한다.

숲에서 뭘 찾는다는 건 그야말로 보물찾기나 마찬가지다. 아무리 눈썰미가 좋아도 땅과 바짝 붙어 있는 나무 밑동에 그림 몇 개 그려 넣은 것을 볼 사람은 없다.

정말로 안선이 이곳에 그림을 그려놓았을 수도 있다.

그는 재빨리 화향호리부터 살폈다. 일행 중 밀마를 볼 사람이 있다면 화향호리뿐이다.

그녀의 모습은 참으로 고혹적이다.

알몸에 헐렁한 사내의 장삼을 입고 있는 모습이 너무 앙증

맞아서 꽉 깨물어주고 싶다.

장삼 밑으로 하얀 정강이가 보인다. 맨발로 걸어온 탓에 흙이 잔뜩 묻은 발도 애처롭다. 할 수 있다면 깨끗한 물을 떠서 씻겨주고 싶다. 그것뿐이랴. 발의 피로가 싹 풀리게 안마도 해주고 싶다. 이미 생을 단념한 듯 웃음기 잃은 얼굴도 불쌍해 보인다.

낙소엽은 고개를 휘휘 저었다.

동정호 비궁에도 이런 종류의 여자가 있다.

단지 쳐다보기만 했을 뿐인데 양물이 불끈 일어서는, 존재 자체만으로 사내를 홀리는 여인이 있다.

별호가 사색신녀라고 했던가?

오목이란 놈만 아니었으면 벌써 수작을 걸었다.

오목, 오목, 오목……. 대수는 어째서 작고 보잘것없는 그런 놈과 의형제를 맺었단 말인가. 솔직히 이 자리에 있는 시각랑 중 아무나 끄집어내도 그놈보다야 낫지 않은가.

어쨌든 대수의 선택이니 존중하기는 하지만 마음 한편이 씁쓸해지는 건 어쩔 수 없다.

낙소엽은 다시 고개를 휘휘 내둘렀다.

'내가 언젠가는 이놈의 여자 때문에 죽고 말지. 어떻게 난 치마만 둘렀다 하면 사족을 못 쓰냐. 정신 차려, 이놈아. 저년 장위 죽일 때 눈빛 봤잖아. 독사처럼 싸늘해 가지고는…….'

화향호리는 운기조식 중이다.

내상을 빨리 치료해 봤자 그녀에게 돌아가는 건 죽음밖에 없는데, 그럼에도 시간이 날 때마다 운기조식하는 걸 보면 어지간히도 죽지 못해 안달하는 여자다.

낙소엽은 밀마를 뚫어지게 쳐다봤다.

'저놈이!'

안선이 남긴 밀마는 좀처럼 발견되지 않는다.

밀마를 남기는 장소가 일부러 찾지 않으면 찾을 수 없는 곳이기 때문이다.

한데 놈이 찾아냈다.

힘들게 노력한 것도 아니다. 그저 스쳐 지나가는 식으로 쓱 훑어본 것뿐인데 정확히 집어냈고, 이제 해독에 들어갔다.

밀마에 대해서 아주 잘 아는 놈이다.

어떻게 계야부 밑에는 하나같이 괴물 같은 인간들만 있단 말인가. 원래 시각랑들이 이런가?

화향호리는 실눈을 뜬 채 낙소엽의 행동을 예의 주시했다.

다행히 그녀의 이런 행동은 발각되지 않았다.

시각랑은 모두 무공에 미쳤다. 시간만 나면 만도를 휘두르거나 이리저리 뛰어다니며 신법을 수련한다. 어찌나 열심히 수련하는지 옆에서 지켜보기만 했는데도 사전투광신보의 변화를 읽어낼 정도가 되었다.

놀라운 점은 이들의 무공이 일일신우일신(日日新又日新), 하루가 다르게 발전한다는 거다.

자고 일어나면 달라져 있다.

숲에 들어갔다 나오면 뭔가 바뀌어 있다.

내상을 완전히 치유했고, 이 갑자 내공까지 얻었지만 함부로 망동할 수 없다.

물론 자신없는 것은 아니다.

지금도 이따위 시각랑들쯤은 단숨에 때려잡을 자신이 있다. 이 갑자 공력이 더해진 색정마혼소는 어설프게 쌓아올린 부동심을 단번에 깨뜨릴 것이다.

다만 염려되는 게 있으니 움직이지 않는다.

여강강이 뺏어간 소사월반을 찾아야 한다. 놈이 어디다 숨겼는지 모르겠지만 그것만은 무슨 일이 있어도 회수해야 한다.

색정마혼소와 막강한 내공, 그리고 소사월반의 조합이라면 능히 천하를 오시할 수 있지 않겠나. 그 정도의 무공이라면 만변천자와도 한판 승부를 결행할 수 있지 않겠나.

일교사의 명령도 기다려야 한다.

이번만은 정확하게 일교사의 명을 이행해야 한다. 세공단을 복용했으니 이제 자신의 운명은 그의 손에 달렸다고 해도 과언이 아니다. 운명이 달린 정도가 아니라 평생 노예가 되었다.

그러면 어떤가. 일인지하(一人之下) 만인지상(萬人之上)이라면 해볼 만하다. 남의 밑에서 부림을 받는다고 반드시 나쁜 건 아니다. 솔직히 자신처럼 세공단을 복용한 것도 아니면서 죽어라고 남의 밑바닥이나 닦는 놈들이 어디 한둘인가.

시각랑만 해도 그렇다.

이놈들, 모두 계야부의 밑바닥을 닦고 있다. 시각랑의 율법이라는 쇠사슬에 묶여서 노예 짓을 하고 있다.

자신은 만인지상의 꿈이라도 꾸지만 이놈들은 뭐란 말인가. 도대체 이 짓거리를 해서 뭘 얻겠다는 것인가. 막말로 밥이나 먹고살 수 있는가.

화화곡이라는 작은 곳에서 뱀 대가리 노릇을 하느니 천하라는 큰 연못에서 용의 이빨 노릇을 하는 게 낫다.

안선은 두 번에 걸쳐서 명령을 보내왔다.

먼젓번의 밀마는 그녀의 상태를 묻는 것으로, 어떤 일이든 할 수 있는 몸 상태가 되었다고 알려주었다.

이번 밀마는 좀 더 진행되었다.

사내와 정사를 나눠야 한다고 생각했는데, 방법이 조금 달라졌다.

낙소엽이 그런 사실을 읽어낼 수 있을까?

밀마를 알아보기는 했어도 무슨 뜻인지 해독하지는 못할 것이다. 이건…… 내기를 해도 좋다.

선비 사(士) 자 같은데…… 작대기가 곧게 그어 내리지 않고 강물이 굽이치듯 크게 휘어져 있다.

'계집 녀(女). 이놈들 밀마도 초보 수준이군.'

다음 기호도 선비 사나 흙 토(土)와 비슷하다. 단지 작대기가 땅을 뚫고 깊이 내려갔으며, 윗변이 아주 미약하게 점처럼 찍혀 있다.

이건 더 해독하기 쉽다.

'살(殺)!'

검을 땅에 꽂으니 지시하는 바는 죽음이다.

낙서 같은 작은 기호들은 쉽게 쉽게 풀렸다.

대체로 안선이나 개방 같은 큰 문파들은 덩치에 맞지 않게 초보적인 밀마를 사용한다. 문도 대다수가 알아볼 수 있어야 하기 때문에 어려운 기호를 만들어내 봤자 쓸 수가 없다.

그래서 대문파는 밀마도 이원화(二元化)한다.

특정한 사람만 사용하는 특급 밀마와 보통 널리 쓰이는 일반 밀마로 구분한다.

화향호리에게는 일반 밀마가 전달되었다.

그녀 정도의 위치로는 상층부에 접근하지 못한다는 뜻이다.

설혹 그녀의 비중이 높아졌어도 그녀가 특급 밀마를 배우지 않은 이상 일반 밀마밖에 남길 수 없었을 게다.

'여자가 온다. 죽여라? 이게 뭔 소리야?'

다음 기호도 있다. 아주 조그만 동그라미를 그려놓고 풀잎을 짓이겨 즙을 발라놓았다.

비취(翡翠)를 그려놓은 것인데, 밀마에서는 취할 취(取)로도 쓰인다.

여자가 온다. 죽여라. 그리고 빼앗아라.

낙소엽은 고개를 갸우뚱거렸다.

몇몇 기호가 더 있기는 하다. 지시가 올바르게 전달되도록 보충해 주는 설명으로 주요 골자를 해독한 이상 신경 쓸 필요가 없는 사족(蛇足)이다.

밀마에는 뺏는 물건에 대해서는 언급이 되지 않았다.

'햐, 요거…… 그러니까 목숨이 간당간당한 마당에도 수작을 부리고 있었다는 거네?

그는 피식 웃었다.

'밀마를……!'

절대 해독할 수 없을 것이라고 장담했던 밀마가 해독되었다.

얼굴 표정이 바뀌는 모습만 읽으면 무슨 생각을 하는지, 뭘 하려는지 환히 꿰뚫어 볼 수 있다. 그게 여인이 아니라 사내라면 더더욱 실수하지 않는다.

그녀는 낙소엽이 접촉하는 자들을 유심히 살폈다.

그는 마치 밀마를 보지 못한 것처럼 이 사람, 저 사람과 어울리며 웃고 떠든다.

밀마 내용이 너무 엉뚱해서 자신들과의 연관성을 찾지 못한 듯싶다. 그럴 경우, 대부분은 자신의 눈으로 직접 확인할 때까지 십분 주의를 기울이지만 누구에게 발설은 하지 않는다.

'불행 중 다행. 그래도 변한 건 없어.'

여강강이 다가와 맥을 짚었다.

그는 의술을 조금 안다. 조금? 후후후! 배 아플 때 어머니 손이 약손이라며 쓰다듬는 것도 의술이라면 여강강이야말로 의

술에 대한 조예가 매우 깊다.

그렇다고 아주 엉터리는 아니다. 맥의 종류를 구별할 수 있으니 맥은 짚을 줄 안다고 봐야겠다.

"많이 나은 것 같은데. 그 약이 명약이었던 모양이군. 하룻밤 사이에 많이 좋아졌어."

화향호리는 밝은 표정을 지었다.

눈가를 부드럽게 풀고, 눈에는 맑은 명광(明光)을 띠었다. 입술은 닿을 듯 말 듯 살짝 벌렸고, 고개는 약간 비스듬히 숙였다.

여강강의 눈에는 매우 청초한 얼굴로 보일 게다.

"소원 같은 것, 말해도 소용없겠지?"

"그런 것도 있나?"

"잠자리를 하고 싶어."

"……!"

여강강은 말문이 막혔는지 입을 열지 못했다. 뒤통수를 크게 얻어맞은 사람처럼 멍한 얼굴로 그녀만 쳐다봤다.

"안 될까?"

"미친……."

"저 사람, 의사나 물어봐 줘."

화향호리가 낙소엽을 손으로 가리켰다.

여강강은 또 한 번 멍한 표정이 되었다.

"형님, 쟤가 잠자리 좀 하잡니다."

가는 말이 퉁명스러웠다.

"들었다. 워낙 작게 말했어야지. 하도 작게 말해서 이 귀에 쩌렁쩌렁 들리더라."

"할 겁니까?"

"왜? 너랑 하자는 게 아니어서 삐쳤냐?"

"삐치긴 누가 삐칩니까? 어른답지 못하게 그런 것 가지고 왈가왈부하지 맙시다."

"어쭈!"

"할 겁니까, 말 겁니까?"

"하자는데 해야지. 여자를 품고 죽은 귀신은 죽어서도 선녀를 품는다더라."

그가 의미심장한 말을 했다.

두 사람의 잠자리라고 별다를 게 없었다. 사람들이 모여 있는 공터에서 숲 안쪽으로 두어 걸음만 걸어 들어가서 큼지막한 나무를 고르면 그곳이 보금자리였다.

"나 솜씨 좋은데, 괜찮을지 몰라?"

"나도 꽤 괜찮다는 소리는 들었지."

"내 배에서 명을 달리한 사람이 몇이더라?"

"그게 말로만 듣던 복상사(腹上死)인가? 그거야말로 팔난봉꾼의 꿈이 아니더냐."

"팔난봉꾼이야?"

"우린 같은 부류 아닌가? 척 보면 척이잖아. 넌 색녀, 난 색

마. 그래서 날 찍은 거 아냐?"

'널 죽이기 위해서 찍었다, 이놈아!'

화향호리는 배시시 웃었다.

"혹시나 해서. 아무하고나 관계를 가지면 목숨을 구할 수 있지 않을까 하고. 하지만 됐어. 오늘은 그냥 즐기기만 해. 실망시키기만 해봐, 가만 안 둘 거야!"

그녀가 곱게 눈을 흘겼다.

숲이 흔들렸다.

숨죽인 호흡 소리와 함께 격렬한 움직임을 보였다.

낙소엽과 화향호리는 신음 한마디 흘리지 않고 정사를 나눴다.

그런 모습이, 들리지 않는 율동이 더 귀를 쫑긋거리게 만든다.

말똥구리들은 일제히 계야부를 쳐다봤다.

숲에서 벌어지고 있는 격렬한 정사를 이해하지 못하겠다. 이제 곧 죽일 여자, 장위를 죽인 여자와 그녀의 목을 벨 자가 뜨거운 호흡을 나눈다는 게 말이 되는가.

시각랑 역사에 이런 예는 없다.

원래 시각랑들은 여색을 탐하지 않는다. 안전이 보장되는 부대에 돌아오면 온갖 추잡한 짓을 다 할지라도 적진에 뛰어들면 발가벗고 날뛰는 여자를 보고도 눈썹 하나 까딱하지 않는다.

─여색을 탐하는 자, 죽는다.

　이건 일종의 불문율이다.
　여체를 탐하다 보면 주의력이 떨어지는 건 불문가지다. 냉정한 판단력도 상실된다.
　낙엽 떨어지는 소리에도 신경을 곤두세워야 하는데 적의 발자국 소리까지 듣지 못할 정도라면 죽은 목숨이나 다름없다.
　무사히 정사를 치렀어도 문제다.
　정사라는 것은 생각 이상으로 심력을 많이 고갈시킨다.
　욕망을 해소해서 만족할지는 몰라도 발걸음이 흐트러지고 자신도 모르게 실수를 연발한다.
　적진에 가서 여색을 탐한다는 것은 거의 대부분 강간을 의미한다. 돈을 주고 창기를 사는 경우도 있지만 그럴 만한 정신이 없을 뿐만 아니라 필요성도 느끼지 못한다.
　여색을 탐하는 자는 십중팔구 강간이다.
　이런 자들…… 한두 번은 무사할지 몰라도 오래 산 인간을 본 적이 없다.
　화향호리의 뜻에 따라주리라는 명령은 단지 '여자와 관계 한 번 갖는 것' 이 아니라 '너 죽어라' 라는 명령과도 같은 것이었다.
　이를 두고 비약이니 어쩌니 하는 사람도 있겠지만 이 자리에 있는 말똥구리들만은 그런 식으로 받아들일 수밖에 없었다.

그들은 설명을 요구했다.

계야부는 해명하지 않았다.

그는 지금까지 자신이 한 일에 대해서 해명을 한 적이 없었다. 명령을 내리면서 복종만 요구할 뿐, 선이 이렇고 후가 이렇다고 설명을 한 적도 없었다.

그가 조금만 말이 더 많았다면 그와 함께 출전했다가 죽어간 수하 중 많은 자들이 살아남았을지도 모른다.

그래도 그는 자신의 생각을 바꾸지 않았다.

그는 침묵으로 자신의 뜻을 전달했다.

따라올 사람만 따라와라.

"그만. 이제 됐어. 그만 내려와."

화향호리가 먼저 말했다.

"후우!"

낙소엽은 깊은숨을 토해내며 배에서 내려왔다.

땅에 옷을 깔아놓았지만 딱딱하고 서늘한 감촉이 대번에 후끈 달아오른 육신을 차갑게 식혔다.

하늘에 별이 총총하다. 밤하늘이지만 참 맑고 시리다. 아니, 징그럽게 차갑다.

"정말…… 하고 싶었던 거야?"

낙소엽은 묻지 않을 수 없었다.

그녀와 관계를 갖는다는 게 정말로 내키지 않았다.

목숨에 위협을 받으면서 언제 무슨 짓을 할지 모를 여자와

살을 섞는다는 건 무모하다 못해 미친 짓이었다.

그는 정사 내내 긴장을 늦추지 못했다.

등에 올려진 그녀의 손이 조금이라도 혈도 근처에 이른다 싶으면 모골이 쭈뼛 섰다.

그러니 정사라고 제대로 될 리 없었다. 그렇게 한 번씩 긴장을 할 때마다 잔뜩 흥분되었던 마음은 얼음물에 담겨진 듯 차디차게 식어버렸다.

양물도 같은 신세였다.

육봉을 기껏 곤두세워 놓으면 손짓 한 번에 와르르 무너져 번데기가 되곤 했다.

그는 정사를 나눈다는 게 이토록 힘든 일인지 오늘 처음 알았다.

결국 그는 사정하지 못했다. 화향호리를 만족시켜 주지도 못했다. 죽을힘을 다해 발버둥쳤지만 아무것도 한 게 없다.

“실망시키면 죽여 버린다고 했지?”

“쳇! 내가 사내 망신 다 시켰군. 다른 장소, 다른 상황이었다면 좋은 만남이 됐을 텐데.”

“옷 입고 가.”

“대답 안 했잖아. 정말 하고 싶었던 거야?”

“그냥 옷 입고 가줄 수 없어?”

“너, 되게 실망했구나?”

“…….”

화향호리는 대답하지 않았다.

　발가벗은 몸을 가릴 생각도 하지 않고 깨알처럼 흩어져 있는 별들만 쳐다봤다.

　"정말 미안……."

　낙소엽은 말을 이으려다가 그만두었다.

　화향호리의 입에서 어떤 말도 나올 것 같지 않았다.

　지금까지 뜨겁게 호흡을 나누며 살을 섞던 여인, 하나 지금은 처음 만난 사람처럼 어색하기만 했다.

　그는 옷을 주섬주섬 주워 입고 숲을 물러났다.

　꽉!

　화향호리는 아랫입술을 잘끈 깨물었다.

　독수(毒手)를 쓸 생각이었다.

　밀마를 해독한 낙소엽만은 죽여야 했다. 또 그녀는 관계를 갖는 동안 복상사시킬 방법은 수십 가지도 넘게 알고 있었다.

　그가 옷을 벗고 몸 위로 올라선 순간, 그는 죽은 목숨이었다.

　춘약을 쓴다거나 소혼금침을 쓸 필요도 없었다.

　그녀만 알고 있는 비기, 음중흡기(陰中吸氣)를 사용하면 귀신도 모르게 복상사시킬 수 있다.

　한데 그렇게 간단한 걸 하지 못했다.

　괄약근을 조여 양물을 고정시키고 진기 한 번만 휘돌리면 고개를 푹 떨어뜨리고 사망하는데, 그까짓 것을 하지 못했다.

　지켜보는 눈이 있었다.

시각랑은 아니다. 그들은 몇 걸음 떨어지지 않은 곳에 모여 있지만 서로를 잡아먹을 듯이 노려보고 있다. 자신들이 내뿜는 숨소리에 씁쓸해하면서 무언의 대화를 나눈다.

그들 중의 누군가 지켜보는 건 아닐까 하고 몇 번이나 확인했다.

그런 일은 없다. 아무도 지켜보지 않는다. 관심을 끊기는 어렵지만 가급적 눈과 귀를 막으려고 노력한다. 혹여 들릴지도 모를 교성마저도 듣고 싶지 않은 것이다.

하면 누가 노려보는 것일까?

정수리에 날카로운 바늘이 꽂혀 있는 기분이었다. 진기를 휘돌리기만 하면 여지없이 뚫고 들어와 생명을 끊겠다는 듯 죽음의 냄새를 풀풀 피워냈다.

머리맡에 사람이 앉아 있다. 그가 장심을 백회혈에 대고 얌전히 있으라고 경고한다. 허튼수작 말고 내가 원한 대로 정사나 즐기라고 말한다.

딱 그런 상황이다.

그녀는 암중의 기운에 저항하느라고 낙소엽이 무엇을 하는지도 몰랐다. 그가 헉헉거리면 응답이라도 해주자는 생각에서 거친 숨소리를 몇 번 내준 게 고작이다.

자신을 이토록 옴짝달싹 못하게 만든 위인은 시각랑 중에 있다. 그리고 그럴 가능성이 가장 농후한 자는 두 눈 꼭 감고 잠을 청한 듯이 보이는 계야부다.

그를 주시하면서 한 가지 사실을 알았다.

정수리에 대어 있는 무형의 기운이 너무도 익숙하다는 것이다. 그것은 바로 소사월반의 차가운 한기였다. 계야부의 손에 들려진 소사월반이 자신의 정수리를 겨누고 있고, 그 살기에 몸서리를 쳤던 것이다.

그 사실을 안 순간, 그녀는 정사를 포기했다. 살수도 포기했다. 배 위에서 헉헉대는 낙소엽이 귀찮아졌다. 그래서 이를 악물며 내쳐 버렸다.

표면적으로 그녀는 뜨거운 정사를 나눴다.

내상이 완전히 나았다는 걸 자신이 스스로 증명했다.

이제 날이 밝으면…….

'도주할 길도 없어.'

그녀는 다시 한 번 아랫입술을 잘끈 깨물었다.

第四十六章
올가미에 걸려든 사람들

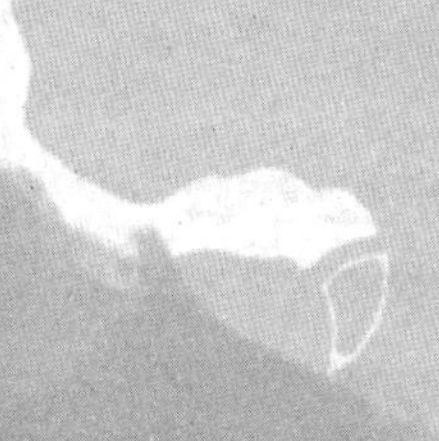
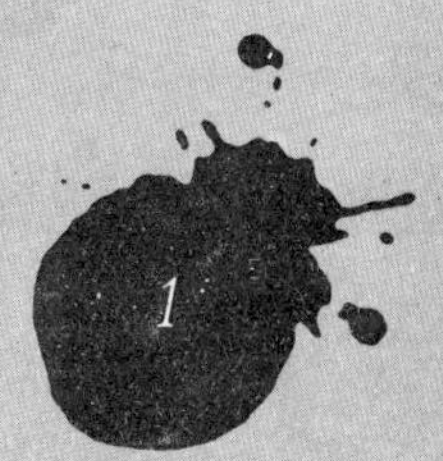

휘이익!

팽망산(彭亡山)에서 날아온 매 한 마리가 망루(望樓)를 보자 지친 날개를 접었다.

"오냐, 오늘은 무슨 일이 있는지 보자."

망루에서 굽이진 산맥을 굽어보던 노인이 매의 발목에서 전서를 꺼낸 후, 쥐 한 마리를 던져 주었다.

꿰엑! 찌익!

생존과 죽음의 음향이 교차했다.

"이놈아, 잘 가거라. 너는 이제 닷새 후에나 보겠구나. 하하! 그동안 무탈해야 하느니라."

노인은 매의 머리를 쓰다듬은 후 전서를 펼쳤다.

매는 쥐 한 마리를 냉큼 찢어 먹은 후에 다시 팽망산을 향해 날아갈 것이다. 가는 데 이틀, 오는 데 이틀이 걸리니 놈이 쉬는 시간은 하루뿐이다. 그러고 보면 놈처럼 바쁘게 사는 놈도 없다.

"흠! 음……! 흠……!"

전서를 읽어 내려가던 노인의 눈빛이 딱딱하게 굳어졌다.

"비궁에 월야사신이 둥지를 틀었다? 독심독의가 일각을 맡았다? 그런가? 이렇게 되는 건가?"

그는 전서를 와락 구겨 버렸다.

세상 모든 것에는 가치가 있다. 그리고 그 가치는 사람에 따라서 값이 달라진다. 어떤 사람에게는 아무짝에도 쓸모없는 바윗덩이가 석수장이에게는 둘도 없는 보물인 것과 마찬가지다.

노인에게도 지켜야 할 소중한 보물이 있다.

"이런 일만은 벌어지지 않기를 바랐건만……."

노인은 두 눈을 꼭 감고 생각했다.

노인은 육 척이 넘는 키에 바위처럼 단단한 몸을 지녔다.

이마는 활짝 벗겨진 대머리지만 얼굴에는 주름살 하나 없다. 그래서 남들이 보기에는 겨우 쉰을 조금 넘긴 중년인 정도로밖에 안 본다. 하나 기실 그의 나이는 올해 딱 팔순이다.

팔순 잔치를 계기로 은분세수(銀粉洗手)하려고 했건만…….

그는 은분세수에 많은 기대를 걸고 있었다.

사천(四川)에 당문(唐門)이란 현판이 걸린 이래 은분세수를 한 사람은 고작 서른여덟 명밖에 되지 않는다. 일가(一家)가 수백 명에 이르지만, 개파(開派)부터 따지면 기천 명쯤은 되지만 그들 중 고작 서른여덟 명만이 살아서 무림을 떠났다.

그가 서른아홉 번째다.

하지만 다른 분들이 일흔에 은분세수를 한 것에 비하면 그는 한껏 살았다고 할 수 있다.

후회없는 삶, 그렇다고 더 이상 미련도 남지 않는 무림.

은분세수하기에는 더 이상 좋을 수 없다.

그런데 이런 일이 생겼다. 지켜야 할 가치가 훼손되고 있다.

"이게 어쩌면…… 노부에게 주어진 마지막 사명인지도……. 허허허! 허허허허! 어쩌자고 비궁을 열었단 말인가. 내 대(代)에서는 열리지 않기를 그렇게 바랐건만……."

노인은 뒷짐을 진 채 중얼중얼 혼잣말을 읊조리면서 망루를 걸어 내려갔다.

"저희가 가겠습니다."

"내가 직접 간다. 내가 할 일이야."

"저희가 해도 충분합니다."

"더 이상 왈가왈부 마라."

"그럼 십이천자(十二天子)라도 데려가십시오. 그러지 않으면 보내 드리지 못합니다."

"어허!"

"아버님! 저희 생각도 좀 해주십시오!"

노인은 자신처럼 머리가 다 빠져 버린 늙은 아들을 쳐다봤다.

주안술(駐顔術) 같은 건 익힐 필요가 없다고 고집을 부리더니 얼굴에 주름이 자글자글하다. 모르는 사람이 보면 아들과 아버지를 바꿔서 볼 게다.

"네 나이가 지금 예순둘인가?"

"갑자기 나이는 왜 여쭈시는지?"

"기회를 놓치지 말거라. 일흔이 되면 만사 제쳐 놓고 물러나. 괜히 차일피일하다가 내 꼴이 되느니."

"아버님, 그러니 이번 일은 저희에게……."

"네 조부님이 만드신 역사(役事)다. 내 눈으로 보는 게 도리 아니겠느냐."

"그러니 십이천자라도 데려가란 말씀입니다."

"이놈이 이제 같이 늙어간다고 아비 말을 허투루 듣는구나. 늙었다고 괄시하는 게냐?"

"아버님!"

"허허! 그래, 그러마. 십이천자를 데려가마. 됐느냐?"

"휴우! 아버님도 어지간하십니다. 그런 일은 저희에게 맡겨도 될 텐데요."

"내 떠나기 전에 네놈에게 침 한 방 놔주고 가야겠다. 이리 와서 팔뚝을 걷어보거라."

"아버님!"

"네 조부께서 비궁인가 뭔가 만든다고 떠나가신 게 내 나이

스물하나일 때였다. 혼인을 했고, 너도 낳았지만 아직 철없는 철부지였지. 허허! 그때 네 조부께서 문을 나서시며 팔뚝에 침 한 방을 놓더구나. 그게 벌써 육십여 년 전 일이다."

"아버님, 그건 다녀오신 후에 천천히……."

"올해로 딱 육십 년. 많이 해먹었어. 일파의 지존을 이만큼 해먹기도 힘든데……. 허허! 내 욕심 때문에 네가 많이 속상했 겠구나. 포부가 컸을 텐데."

"그런 것 없습니다. 아버님이 계셔서 든든했습니다."

"이리 와서 팔뚝을 걷어라."

노인 앞에 공손히 허리를 숙이고 있던 노인이 허리를 굽힌 채 다가와 팔뚝을 내밀었다.

노인이 팔뚝을 내밀라고 한 말은 단순한 권고가 아니다. 문 주(門主) 이양(移讓)을 의미하며, 두 번의 이양에도 응하지 않 으면 다음 후계자에게 넘어간다.

한 번은 사양할 수 있지만 두 번은 안 된다.

"쯧! 진작 주안술 좀 익히라니까 이게 뭐냐. 한참 젊은 놈 팔 뚝이 쭈글쭈글해 가지고."

노인은 나뭇가지처럼 앙상한 팔뚝에 먹침을 쿡 찔렀다.

독침을 맞은 팔뚝에서는 검은 피가 주르륵 흘러내렸다. 하지만 퉁퉁 붓는다거나 붉은 반점 같은 것은 생기지 않았 다.

만약 침을 놨을 때 이상 반응이 일어나면 문주 직을 이어받 을 수 없다. 사천당가의 핏줄에게만 적응된 독이 들어 있기 때문이다. 이상 반응이 일어난다는 것은 어떤 사연으로 당문에 들어왔건 간에 정통 핏줄이 아니라는 뜻이다.

물론 한 가족 간에 핏줄 운운한다는 건 우습다.

하나 마지막 순간까지도 만에 하나 있을까 말까 한 불상사까지 미연에 방지하려는 시도라고 보면 좋을 것이다.

문주의 출타를 반기지 않는 사람들도 있다.

"문주님은 너무 이상만 좇고 있습니다. 지금이 비궁을 정리할 때입니까? 월야사신이 괜히 남만에서 건너온 겁니까? 지금 비궁 주변은 안선과 무총의 기 싸움으로 폭발 일보 직전인데, 거길 가셔서 뭘 하시겠다는 겁니까?"

"십이천자를 데리고 가는 것도 그래요. 십이천자라면 당문의 핵심입니다. 그들을 길러내느라고 얼마나 공을 들였어요. 그걸 호랑이 입인지도 모를 곳에 덜컥 들이밀자는 겁니까?"

"그것참…… 이제는 조용히 사실 때도 됐는데. 아, 팔순을 코앞에 두고 이게 무슨 일인지."

당문의 장로들은 너나 할 것 없이 결사반대했다.

그들도 비궁을 누가 만든 것인지 안다. 전대 문주가 만들어놓은 비궁을 남만의 오랑캐가 이리저리 흔들어놓는 모습은 일종의 모욕으로 받아들여진다는 것도 안다.

하지만 그렇다고 덜컥 달려간단 말인가.

현 문주는 나이 이십에 문주 직을 이어받았다.

그로부터 육십 년……. 상당히 장수한 문주이지만 외부적인 평가는 썩 좋지 않다. 전대 문주의 턱밑에도 못 미치는 하룻강아지라는 게 일반적인 평가다.

문주는 웬만한 싸움에는 간여하지 않았다.

오로지 독을 연구했고, 암기를 개발하는 데 온 힘을 기울였다.

그렇다면 당문의 저력이라도 한층 강해졌어야 하는데 그 또한 그렇지 않다. 절독을 만들어내고 놀라운 암기를 개발해 냈지만 반면에 실전 감각은 훨씬 둔해졌다.

사천성(四川省)만 놓고 보더라도 전에는 청성파(靑城派)와 아미파(峨嵋派), 그리고 사천당문이 삼 분(三分)하는 형세였다.

이제는 아미파와 청성파만 있다. 사천당문은 없다.

문주는 당문을 이 지경으로 만들어놓고도 장장 육십 년을 잘 이끌어왔다고 허허거린다.

좋다. 이제 은분세수를 앞두고 있으니 끝까지 존중하며 따라줄 수 있다. 한데 아닌 밤중에 홍두깨도 유분수지 문주 직을 놓기 일보 직전에 강호 최대 분란에 휩쓸리겠다는 건가. 이렇게 사리 분별을 못해서야.

소림이 잠자코 있다. 무당파도 못 본 척한다. 그 끼어들기 좋아하는 개방도 옆 동네에 무슨 일이 있었냐는 듯 딴청을 부린다.

그 사람들이 왜 그러는지 정말 모른단 말인가.

한심, 한심, 한심…… 이런 한심이 없다.

그렇다고 장로들에게 별 뾰족한 수가 있는 것도 아니다.

당문은 문주에게 절대 권력을 준다. 모두 한 핏줄이기 때문에 서로를 이해하는 면도 있지만 무엇보다 부모, 형제, 처자식을 위해서라면 한목숨쯤 기꺼이 내놓을 수 있다는 가족애(家族愛)가 깔려 있기 때문이다.

문주를 잘 보필하는 것만이 사천당문이 잘되는 길이다.

그래서 당문에는 다른 문파처럼 문주를 징계한다거나 축출하는 조치가 마련되어 있지 않다. 그나마 문주보다 연장자가 있을 경우에 원로(元老)라는 이름으로, 또 일가의 위 배분으로 권고를 할 수도 있지만 현 문주는 세수가 팔순이다. 문주에게 권고를 할 만한 위 배분이 있을 리 없다.

"허어! 이것 참 큰일이로세. 문주께서 동정호에 가시는 건 좋은데…… 이겨도 골치, 져도 골치 아닌가."

"문주께서 이기면 당장 사약란과 부딪칠 겁니다. 그거야말로 무총 안선의 틈바구니에 끼어드는 격. 거기까지 생각하실 분이 아닙니다. 문주님 생각에는 남만 오랑캐만 독림에서 쫓아내자, 이거겠지요."

"지는 건 또 어떻고? 지면 더 골치지. 당문의 문주가 남만 오랑캐에게 꺾였다면 앞으로 어떻게 고개를 들고 다니나."

그들은 머리를 맞대고 묘안을 짜내기에 급급했다.

방법이 전혀 없는 것은 아니다. 천만다행이라고 해야 하나? 문주는 오늘부로 문주 직을 자식에게 넘겼다. 즉, 그는 오늘 이 순간부터 전임 문주가 된다.

자식이자 현임 문주의 말에 절대 복종해야 하는 처지인 것이다.

이것이 당문의 율법이다. 비록 자식이라고 할지라도, 아니, 손자라고 해도 문주 직을 이어받으면 그 순간부터 그가 당문 최고의 수장이자 법이 된다.

현임 문주를 설득하면 된다.

다행히도 현임 문주는 사리판단이 정확하다. 시세(時勢)를 정확하게 읽을 줄 알며, 퇴색해 버린 사천당문의 영광을 그리워하는 사람 중의 한 명이다.

비록 지금은 문주와 자식이라는 관계 때문에 적극적으로 나서지 못했지만 이제는 상황이 바뀌었다. 문주와 아버지의 관계다. 어떤 명이라도 내릴 수 있으며, 전임 문주는 받아들여야 한다.

이래서 문주 직을 이양할 때는 대부분 은분세수를 한다.

손을 씻고 무림에서 영원히 은거하는 것이다.

시를 읊고, 악기를 타고, 술을 마시며 남은 여생을 보낸다.

문주도 그랬어야 한다. 팔십 노구를 이끌고 동정호로 달려가다니, 이 무슨 해괴한 일인가.

장로들은 일어섰다.

"문주님을 막을 사람은 문주님뿐이오."

"어서 갑시다."

그들은 우르르 몰려갔다. 하나 그 시간, 아들에게 문주 직을 넘겨준 전임 문주는 당문의 문턱을 넘어서고 있었다.

2

휘이이잉!

사나운 북풍이 얼굴을 할퀴고 지나갔다.

이제 본격적인 겨울이다. 개울에 얼음이 얼고, 땅이 딱딱하게 굳어버렸다.

"춥다. 손이 곱아서 검을 잡기도 귀찮은데 그냥 죽어줄 수 없나?"

무심한 말이 염라사자의 불호령만큼이나 맵게 들렸다.

화향호리는 자신이 가진 밑천을 모두 생각했다. 아니, 어젯밤부터 오직 그것만 생각해 왔다.

색정마혼소는 빼놓을 수 없는 밑천이다. 이 갑자가 보태져서 거의 삼 갑자에 육박하는 내공도 자랑거리다. 그만한 내공으로 색정마혼소를 발출하면 당장 몇 놈쯤은 피를 흘리며 뒈질 게다.

권각술도 있다. 화화곡 문도들에게 수련시키던 화화봉무(花花鳳武)라는 절기가 있다. 소혼금침으로 전개하는 비침술도 있고, 허리에 맨 채대(彩帶)도 한 수의 값어치는 한다.

이 모든 것을 동원했을 때, 계야부를 이길 수 있을까? 아니, 달리 말해야겠다. 소사월반을 이겨낼 수 있나? 발출과 동시에 가격이라는 빠름을 견뎌낼 수 있나?

몇 번을 되짚어봐도 결론은 늘 '안 된다' 였다.

자신이 입을 벌려 색정마혼소를 발출한다 싶으면 어느새 소사월반이 틀어박혀 있을 것이다.

계야부가 소사월반을 가지고 있는 한 그녀가 할 것은 없었다.

그녀는 잠시 망설였다.

그래도 그냥 죽는 것보다는 발버둥을 치는 게 낫지 않나?

물론 낫다. 당연히 그래야 한다. 하지만 지금은 사정이 다르다. 끊임없이 밀마를 전해주는 자가 어디선가 지켜보고 있다. 어쩌면 일교사가 보낸 그 사내가 보고 있을지도 모른다.

그렇다면 살 수 있는 기회가 조금은 있다.

자신이 무공을 펼치면 순식간에 소사월반의 먹이가 되지만 얌전히 죽음을 기다리면 누군가가 구해줄 가능성이 매우 높다.

여인을 보내온다고 했다.

시각랑이 즐비하게 늘어서 있는데 여인을 어떻게 보내올까? 또 시각랑이 멀끔히 지켜보고 있는데 자신보고 어떻게 죽이라는 건가? 죽였다고 치자. 서인을 어떻게 취할 것인가.

어떻게든 방법을 마련해서 자신에게 던져 줄 것이다.

모험을 해서는 안 된다. 여기서는 얌전히 죽음을 기다리자.

"그래. 죽여."

화향호리는 생긋 웃기까지 했다.

"뜻밖이군. 반항할 줄 알았는데."

"소용없잖아? 소사월반을 지닌 사람에게 어떻게 대들어?"

계야부는 그 말이 끝나기가 무섭게 품에서 조그만 물건을 꺼내 여강강에게 건네주었다.

여강강이 물건을 받아 들고 걸어와 그녀에게 건넸다.

"소사월반이다. 보관만 했을 뿐이니까 이상은 없을 거다. 그리고 이건 네 물건들이고."

여강강이 등에 메고 있던 작은 행낭을 풀어 건네주었다.

"내 물건?"

"뺏을 생각은 없었다. 단지 내상이 나을 동안 딴생각 먹지 말라고 압수해 둔 것뿐이야. 네 물건들…… 빼돌린 것 하나도 없으니까 점검해 봐. 점검 시간 일다경 준다."

여강강이 할 말을 마치고 물러났다. 그러자 계야부가 여강강의 말을 이었다.

"소지품을 다 확인해 보고, 그 후에 싸울 것인지 그냥 죽을 것인지 말해라. 서둘지 말고 천천히 확인해라. 일다경이면 한숨 자고 일어나도 될 만한 시간이니까."

이놈들은 왜 이리 어렵게 일을 하나?

사로잡은 포로인데 죽일 거면 그냥 죽이면 되지 않나. 소사월반 같은 천하제일병까지 건네주면서 싸울 테면 싸워보자는 배짱은 어디서 나온 건가.

세공단 복용 사실을 모르기에 한 말이겠지만 그래도 불확실한 것은 하나라도 피하고 보는 세상에서 상대의 병기까지 돌려주는 건 너무 무모하지 않나.

　행낭 안에는 전에 지녔던 소지품만 있는 게 아니었다. 자신
이 입었던 옷과 거의 흡사한 옷 한 벌이 들어 있었다.

　'이놈들, 뭐 하자는 거야?

　그녀는 옷을 입었다.

　역시 말똥구리들은 고개를 돌리지 않았다.

　장삼 속으로 옷을 입어서 맨살은 보이지 않았지만 그래도
여자가 옷을 갈아입는데 두 눈 빤히 뜨고 지켜보는 것은 뭔가.

　그 후, 행낭 안에 있던 소지품을 꺼내 품속에 갈무리했다.

　모든 약은 모두 제자리가 있다. 항상 꺼내던 곳에 놓아두어
야 무의식중에도 꺼내 쓴다.

　그녀는 물건을 하나씩 하나씩 정리하면서 어떻게 행동해야
할지 고민했다.

　싸워야 하나, 말아야 하나?

　이제 상황은 완전히 역전되었다.

　계야부를 비롯해서 사내가 아홉 명이나 있지만 그녀의 상대
가 되지 못한다.

　그녀가 염려했던 것은 소사월반뿐이다.

　그게 손에 들린 이상 이들은 끝장난 것이나 다름없다.

　이제 목숨을 잃을 염려는 없다. 안선에서 혹여 구해주지 않
으면 어쩌나 하고 고민할 필요도 없다.

　하면 어떻게 할까? 잠시 이놈들이 어떤 수작을 부리는지 같
이 놀아줘 볼까?

　'여인을 보낸다. 죽이고 서인을 빼앗아라.'

그녀는 밀마를 떠올렸다.

이제 일교사의 명령을 되돌아볼 만큼 여유가 생겼다. 그 명령은 어찌 수행해야 하나? 지금 여기서 계야부를 죽이면 서인을 투입시킬 수 없고, 하면 일교사의 명령을 또 한 번 어기는 게 되는데…….

'이래저래 죽으라는 소리군.'

그녀는 모든 물건을 챙긴 후 계야부 앞으로 걸어갔다.

"이렇게 죽을 수 있게 해줘서 고마워. 그래도 옷은 입고 죽네. 자, 죽여."

그녀는 두 손을 축 늘어뜨리고 눈을 감았다.

쒜엑!

'만도!'

화향호리는 공기를 가르는 바람 소리로 어떤 병기가 목을 향해 날아오는지 알아챘다.

이 죽일 놈들이 정말 만도를 쳐냈다! 엄포만 놓을 줄 알았는데 정말 죽일 생각이다!

그녀는 움찔했다.

두 손에 소사월반이 쥐어져 있다. 언제라도 쳐내기만 하면 된다. 그리고 그때는 바로 지금이다. 여기서 촌각이라도 지체하면 목이 달아난다.

계야부를 죽이면 어쩐다고?

지금 그런 걸 생각할 때가 아니다. 우선 살고 볼 일이 아닌가.

파르르릉!

진기가 전신에 휘돌았다. 자신이 생각해도 터무니없을 정도로 강한 진기가 두 손에 운집되었다. 그때!

쒜에엑!

어디선가 비수 한 자루가 날아왔다. 바로 그녀에게 쏘아졌다. 노리는 부위가 그녀의 목…… 아니, 목을 향해 내려치고 있는 만도다!

'역시!'

생각대로다. 일교사는 자신을 버리지 않았다. 뿐만 아니라 그는 밀마대로 차곡차곡 일을 진행시킬 것이다.

"아미타불! 어떤 못난 중생들이 여린 아녀자를 핍박하는고! 손을 멈추지 못할까!"

쩌렁! 산을 울리는 불호(佛號)가 터져 나왔다. 그리고 얼핏 봐도 예순은 넘어 보이는 고승이 계야부 앞에 내려섰다.

"풋!"

계야부가 피식 웃었다.

그는 막 노승이 던진 비수를 집어서 살펴보는 중이었다.

아주 잘 갈아진 비수다. 너무 잘 갈아져서 살짝 스치기만 해도 피가 묻어 나올 것 같다. 더군다나 칼날에 검은 윤기가 돈다. 현철(玄鐵)로 만들었거나 비수에 독을 발랐다.

계야부는 독심독의 덕분에 독에 대해서 많은 것을 알게 되었다. 독의 세계에서는 독심독의와 어깨를 나란히 하는 괴노독과도 부딪쳐 봤다.

당대 제일의 독인들과 어울린 건 경험을 풍부하게 해주었
다.

그는 비수를 들어 냄새를 맡았다.

톡 쏘는 듯한 냄새가 난다.

현철이 아니라 독이다. 아주 치명적인 독이라서 해약이나
있을까 의문스럽다.

노승이 사용하기에는 문제가 있는 비수다.

"요즘 불가에서는 독비(毒匕)도 쓰는 모양이오?"

노승이 왜 계야부의 말뜻을 모르랴. 하지만 그는 그 말에
대해서는 일언반구(一言半句) 언급하지 않고 자신을 소개했
다.

"아미타불! 빈승은 소림의 무상이라고 하네."

계야부의 눈빛이 비수로 변했다.

소림사의 무상 대사는 중원인이라면 모르는 사람이 없을 정
도로 유명한 고승이다. 유명세로만 말하면 성오존자와 버금갈
정도이다. 하나 실질적인 인맥까지 고려한다면 성오존자보다
한발 앞선다는 풍문까지 있다.

말 한마디로 수십 명을 움직일 수 있으며, 한 인간의 운명쯤
가볍게 바꿔놓을 수 있다.

계야부가 그를 쳐다본 것은 그가 뛰어난 인물이라서가 아니
다.

무상 대사…… 들어본 불호다.

사약란에게서 들었다. 괴노독이 그를 만났다고 한다. 그녀

의 판단에 따르면 화향호리에게는 두 날개가 있는데 하나는 괴노독이요, 다른 하나는 무상 대사라고 했다.

괴노독과 무상 대사는 서로 연계하여 화향호리를 돕는다.

한데 무상 대사가 자신의 불호를 밝혔을 때, 계야부만큼이나 그를 뚫어지게 바라보는 사람이 있었다.

바로 화향호리다.

그녀의 눈에서 애증(愛憎)이 물결쳤다.

혹시…… 무상 대사가 그녀의 아버지?

혹시라는 단서를 붙이기는 했지만 전혀 아니라고는 하지 못한다.

괴노독은 화향호리의 태생에 관한 이야기만 나오면 펄쩍 뛰곤 했다. 그 말을 입에 담기만 해도 철천지원수로 여긴다는 엄포를 공공연히 했다.

비밀을 지켜주어야만 하는 사람이었기에 그런 게 아니었을까?

괴노독과 무상 대사 사이에는 아무런 연관성이 없다. 한데 두 사람이 만났고, 함께 연계하여 화향호리를 돕는다. 화향호리를 중심에 두고 어떤 연관이 있는 것일 게다.

무상 대사가 염주를 굴리며 말했다.

"빈승의 낯을 보아서 이 아이를 놔주면 안 되겠나?"

"무상 대사, 당신도 안선이오?"

"……."

무상 대사는 일시 말을 잃었다.

무상 대사라니. 당신이라니. 안선이오?

예의가 없는 건가, 세상 물정을 모르는 건가.

"독심환마라고 불러야 되나, 아니면 다른 별호가 있나? 뭐로 불러주면 좋겠나?"

"아무거나."

계야부는 여전히 냉랭했다. 보아하니 무상 대사에게 좋은 감정은 갖고 있지 않은 듯했다. 아니, 일부러 무시하기로 작정한 듯 웬만큼 갖추던 예의마저 없애 버렸다.

"마땅한 호칭이 생각나지 않으니 독심환마라고 부름세. 독심환마, 천방지축 날뛰지 말게. 중원이란 곳이 한없이 넓어 보여도 우리 같은 사람에게는 결국 손바닥 안에 불과하지."

"그건 당신이 할 말이 아니고."

"뭐라고…… 했나? 당신? 말을 너무 함부로 하는 것 아닌가?"

"후후후! 당신이란 말이 듣기 싫다?"

계야부가 들고 있던 독비를 빙빙 돌렸다.

"대사라는 사람이 이런 독비나 휘두르면서 존중해 달라? 무상 대사, 착각하고 있는 것 같은데…… 당신은 말이야, 끼어들지 말아야 할 일에 끼어들었다고는 생각지 않나? 우리가 당신을 초대한 게 아니란 말이지. 우리가 우리 일을 못하도록 방해하고 나선 거야. 그런 사람을 어떻게 대우해야 하나?"

"아미타불! 아미타불!"

무상 대사는 불호를 외우며 염주를 굴렸다.

속눈썹이 파르르 떨렸다. 분기(憤氣)를 이길 수 없는지 입술을 꽉 악다물었다.

"아미타불! 말로는 상대하지 못할 중생이로세."

"우린 어차피 말로 하긴 틀린 사이였지. 후후! 예의를 갖추든 안 갖추든 어차피 칼부림을 할 사이였어. 서로 허식(虛飾) 같은 것 차리지 말자고. 속 편한 게 좋잖아?"

"이런 천! 방! 지! 축! 망나니 같으니!"

무상 대사가 쩌렁 일갈을 내질렀다.

순간, 온 숲이 부르르 떨렸다.

'고수!'

시각랑들의 안색이 급변했다.

여유있게 만도를 만지작거리던 고봉이 급히 허리를 곧추세웠다. 갈조기도 어깨를 꿈틀거렸다. 만도를 고쳐 잡은 것이다. 담위민, 낙소엽, 여강강…… 어느 누구의 얼굴에도 여유 만만함이라고는 찾아볼 수 없었다.

분노를 드러내지 않은 무상 대사는 어디서나 볼 수 있는 노승에 불과했다. 하나 그가 분기를 숨김없이 드러내자 한순간도 방심할 수 없는 절대강자가 되었다.

"너희들이 정녕 따끔한 맛을 봐야 정신을 차리겠구나!"

다시 한 번 호통이 터졌다.

일순간 청력이 마비된 듯한 느낌이 들었다. 고막이 터진 것일까? 고함 소리 외에는 어떠한 소리도 들리지 않는다. 새소리도 바람 소리도 갑자기 뚝 멎었다.

"풋!"

모두들 바싹 긴장하고 있는 마당에 피식 웃는 소리가 들렸다.

계야부다. 그는 손가락으로 귀를 후벼 파며 입술을 살짝 비틀어 올렸다.

웃음은 거기서 새어 나왔다.

"이게 말로만 듣던 사자후(獅子吼)군."

모두들…… 부사영까지 얼굴색이 새파랗게 질렸는데, 계야부만은 평온한 신색을 유지했다.

"한 수 실력을 갖췄단 말이군. 그래서 건방을 떤 거냐?"

"당신도 참 안됐네. 사자후 같은 절기를 배울 때는 피나는 고련을 했을 텐데, 겨우 우리 같은 무림 말학에게 써먹어서야……. 나 같으면 본전 생각이 나서 함부로 쓰지 못할 것 같은데 말이야."

"하하하하하!"

무상 대사가 앙천광소를 터뜨렸다.

"우욱!"

"헉!"

시각랑들이 귀를 틀어막고 휘청휘청 물러섰다.

두 손에 진기를 가득 모으고 있던 화향호리까지 안색이 하얗게 질리며 몸을 부르르 떨었다.

계야부는 여전히 평온했다.

사자후에 아무런 영향도 받지 않는 듯 싱긋 웃기까지 했다.

"귀청 떨어지겠네. 그렇게 웃어대면 남들에게 실례지 않나. 이만한 말에 그렇게 분기를 드러내서야…… 닦으라는 불심은 안 닦고 절 밥만 축냈군. 돌중, 쓸데없는 짓은 그만 하고 손발이나 놀려보지."

쒜에엑!

섶을 지고 달려드는 불나방.

계야부가 꼭 그랬다. 아무것도 없는 사람이 불문의 무상신공인 사자후를 마음껏 터뜨리는 고승에게 무작정 달려들었다.

"허어!"

무상 대사는 기가 막혀 탄식만 토해냈다.

쉐엑! 쒜엑! 쒜에엑!

계야부는 무상 대사와 악수를 할 만한 거리까지 바짝 다가섰다. 그리고 무상 대사가 던진 비수를 그어댔다.

머리를 향해 그었다. 고개를 숙이자 비수를 고쳐 잡고 내리찍었다. 옆으로 살짝 틀어 피하자 다시 고쳐 잡고 옆으로 그어 오른쪽 관자놀이를 찍었다.

무상 대사는 귀찮다는 듯 두 걸음이나 훌쩍 물러섰다.

계야부는 바짝 뒤쫓았다.

쒜엑!

독비가 무상 대사의 가슴을 향해 곧장 찔러갔다.

"갈(喝)!"

무상 대사가 정말 화난 듯 일갈을 토해내며 권각(拳脚)을 떨

쳤다

쒜엑! 쒜엑! 쒜에엑! 슈웃! 슈우욱!

독비가 연속으로 허공을 그었다. 천력의 힘이 실린 무상 대사의 권각도 계야부를 격타하지 못했다.

서로가 미미하게 흘려내는 콧김까지 들을 수 있는 지근거리에서, 손만 뻗으면 옷자락을 움켜잡을 수 있는데…… 두 사람은 참기름 바른 미꾸라지처럼 서로에게 타격을 허용하지 않았다.

눈 깜빡할 사이에 삼십여 초가 지나갔다.

쒜엑!

무상 대사가 다시 한 번 신형을 뒤로 물렸다.

이번에는 계야부도 뒤쫓지 않았다.

"큰소리칠 만하구나."

"풋! 당신도 입만 산 건 아니었어."

당대의 고승인 무상 대사가 이름도 없는 무명소졸에게 희한한 소리를 들었다.

무상 대사는 희미하게 웃었다.

"처음 쓴 건 대력신권(大力神拳)이었다. 장으로 펼친 건 보리패엽장(菩提貝葉掌), 수법(手法)은 여래신수(如來神手)였다. 각법은 무상각(無上脚), 보법은 팔괘사형보(八卦蛇形步)를 썼다."

듣고 있던 사람들은 입을 쩍 벌렸다.

하나같이 무림 절기다. 무림에 대해서 전혀 모르는 사람이라도 절기 명칭만은 들어봤을 정도로 뛰어난 절공이다.

　"거기에 반해 넌…… 뭐랄까? 난도질이라고 해야겠군. 후후후! 한낱 난도질로 천하의 소림 절기를 상대한다? 굉장하군, 굉장해. 아미타불! 후일 또 만날 날이 있겠지."

　쒜에엑!

　무상 대사가 신법을 펼쳐 사라져 갔다.

　"뭐야? 간 거야? 뭐가 이래? 불쑥 나타났다가 불쑥 사라진대?"

　서악정이 코를 벌름거리며 말했다.

　모두 제정신이 아니었다. 아직도 사자후의 여파에서 헤어나오지 못하고 귀를 후벼댔다. 머리를 세게 흔들기도 했다. 그때!

　"엇! 여자가…… 이년이 도주했어!"

　낙소엽이 제일 먼저 이상을 알아차렸다.

　지난밤에 그녀와 정사를 벌인 이후부터 그녀의 살냄새가 머릿속을 떠나지 않는다.

　그녀를 죽여야 한다는 건 안다. 어떤 사연도 장위의 복수를 멈추게 할 수는 없다.

　하지만 그녀가 죽는 게 싫다. 죽는 모습을 보지 못하겠다. 그래서 여강강이 만도를 휘두를 때, 차라리 고개를 돌려 버렸다.

　계야부와 무상 대사가 싸울 때는 그들을 쳐다볼 수밖에 없었다. 손에 땀을 쥐게 하는 박투(搏鬪)인지라 한순간도 놓칠 수 없었다. 손길 하나, 숨 한 모금에 승부가 갈라질 테니까.

하지만 무상 대사가 사라지자 또다시 그녀가 생각났다.

이상하다. 정말 여우인가? 제대로 하지도 못하고 뭐 하다 만 놈처럼 찜찜하게 끝났는데, 그게 왜 잊히지 않는 걸까?

그는 그녀를 찾았지만 보이지 않았다.

그때 제일 먼저 든 생각이 잘됐다는 거였다. 차라리 이렇게 사라져 버리니 마음 편하지 않나.

그래도 동료들을 등질 수는 없어서 고함을 질렀다.

여자가 사라졌다!

한데 '여자' 라는 말을 내뱉고 나니 분노가 좀 약하다는 느낌이 들었다. 꼭 그녀를 생각하는 마음이 노출된 것 같아서 급히 말을 바꿔야만 했다.

이년이 도주했어!

주위를 살펴보았다. 수풀 속에 숨어 있나 싶어서 이곳저곳 뒤적이기도 했다.

만약 눈에 띄면 어땠을까? 못 본 척했을까, 아니면 어쩔 수 없이 잡아들였을까?

그게 고민이었지만 다행히도 그녀는 보이지 않았다.

그는 다시 소리쳤다.

"이런 쥐새끼 같은 연놈들! 아니, 이제는 돌중도 머리를 쓰네? 계집이 도주하니까 재빨리 사라지는 것 좀 봐. 이 무림이란 곳, 눈 뜨고 코 베어가는 세상이잖아! 뭐 이런 데가 다 있어!"

정신을 차린 시각랑들이 화향호리를 찾아 주변을 뒤졌다.

그들이 정신을 놓은 데는 무상 대사의 사자후가 큰 힘을 발휘했다.

시각랑은 사자후 일갈에 혼이 쏙 빠졌는데, 화향호리는 도주해야 한다는 일념을 챙겼다.

시각랑보다 그녀의 내공이 한 수 위라는 게 분명해졌다.

거기다가 계야부와 무상 대사의 숨 막히는 박투가 이어지자 화향호리를 쳐다볼 겨를이 없었다.

모두가 사정은 똑같았다.

'다행이야. 그래, 도망가라. 우린 또 쫓아갈 거야. 시각랑은 포기를 모르거든. 한 번 목표를 정해놓으면 모두가 뒈질 때까지 포기하는 법이 없지. 서악정, 저놈의 새끼를 막을 수 있으면 좋으련만…… 네가 걸리지 않기만 바라마.'

낙소엽의 얼굴이 어두워졌다.

그녀를 생각하는 마음이 깊어지지만 동료들을 배신할 수도 없는 노릇이다. 중간에서 이러지도 저러지도 못하는 자신이 한심하게까지 느껴진다.

한데 그의 눈에 이상한 행동이 잡혔다.

계야부가 아무렇지도 않다는 듯 나무에 등을 기대고 앉아서 독비를 살피고 있지 않은가.

낙소엽은 계야부에게 걸어갔다.

"대수, 그년이 사라졌는데 찾아보지 않을 거유?"

계야부가 피식 웃으며 말했다.

"찾을 것 없어. 제 발로 걸어올 테니까. 후후!"

3

도주했던 화향호리가 제 발로 걸어왔다.

계야부가 수색을 중지시킨 지 일다경도 안 되어서 그녀가 모습을 드러냈다.

"엇!"

낙소엽이 경악성을 내지르며 벌떡 일어섰다.

그녀는 일반 포로가 아니다. 무상 대사가 나타나지 않았다면 지금쯤 목이 떨어져 땅에 뒹굴고 있을 게다.

죽음이 확실한 곳, 필연적으로 죽을 수밖에 없는 곳으로, 그것도 자기 발로 걸어서 오다니 이처럼 해괴한 일이 또 있을까?

"너, 너 이 계집! 어디로 도망갔다가⋯⋯."

낙소엽이 조르르 달려나가 멱살을 움켜쥐려고 했다.

화향호리는 손을 들어 거칠게 그의 손을 쳐냈다.

"나 지금 모두 때려죽이고 싶어. 그러니 가만있어 줄래?"

"너, 너, 너 이 계집⋯⋯."

"너 정말 지겹다."

화향호리는 그를 지나쳐 계야부 앞으로 걸어갔다.

계야부는 일어서지 않았다. 앉아 있는 그대로 화향호리에게는 일별도 던지지 않은 채 독비만 물끄러미 쳐다봤다.

화향호리가 손을 들어 올렸다. 그리고 세차게 뺨을 후려쳤
다.
쫘악!
경쾌한 격타음이 터졌다.
"엇!"
"저, 저……."
말똥구리들의 눈이 동그래졌다.
"무슨 일이야?"
어지간해서는 입을 떼지 않던 부사영도 놀란 눈으로 두 사
람을 쳐다봤다.
"이번 한 번뿐이다."
계야부가 조용히 말했다.
"나도 두 번은 기대하지 않아. 무상 대사와 싸우는 걸 봤어.
무상 대사 하면 알아주는 고수인데, 평수를 이루대? 어제까지
만 해도 만변천자가 잡힌 게 우연이거나 재수가 없었을 것이
라고 생각했는데, 그게 아니었어. 당신 같은 고수, 뺨 한 대 때
린 것으로 족해."
"가서 죽어라."
"훗! 웃겨. 당신 정말 웃기는 거 알아?"
화향호리가 계야부를 쳐다보며 피식 웃었다.

그녀는 여강강 앞으로 갔다.
"나 살려줄 수 없니?"

그녀는 당당하게 말했다.

"나 당분간 저 남자하고 같이 살아야 할 것 같아. 지금 내 심정 같아서는 솔직히 너희들, 다 때려죽이고 싶은데…… 참기로 했어. 그러니 살려준다고 말해."

그녀가 낙소엽을 가리키며 말했다.

"하!"

여강강은 기가 막혀 말을 못했다.

이건 뻔뻔한 것도 아니고 멍청한 것도 아니고…… 그렇다고 정신이 살짝 돈 것 같지도 않다. 머리는 지극히 정상적인데 말만 이상하게 한다.

화향호리의 무공이 강한 건 안다. 소사월반까지 챙겼고, 용처가 무엇인지도 모를 약이 품속 가득히 들어 있다.

그녀와 싸우면 몇 명 정도는 혼쭐날 것 같다.

하나 아무리 그렇다고 모두 때려죽이고 싶다고?

그녀의 지나친 말 때문에 잠깐 간과한 게 있다. 그녀는 제일 먼저 낙소엽을 가리키며 당분간 같이 살아야 할 것 같다고 했다.

어젯밤 일 때문에 그런 말을 한 건가? 사내와 한두 번 몸을 섞은 것 같지도 않은데, 새삼스럽게 웬 정조 타령이지? 낙소엽을 썩 좋아하는 것 같지도 않은데.

한데 계야부가 뜻밖의 말을 했다.

"화향호리 말이 맞다. 너흰 그녀를 손댈 수 없어. 손대려다가는 되잡힌다."

“……”

여강강은 멀뚱해졌다.

장위의 복수를 하고자 달려왔는데, 그녀를 잡았고 목만 쳐내면 되는데…… 일이 이상하게 되었지 않나.

계야부는 화향호리를 손댈 생각이 없는 것 같고, 부사영은 진작부터 빠져 있었고…… 그는 세 번째로 결정권을 가진 고봉을 쳐다봤다. 하지만 고봉도 속 시원한 결단은 내리지 못했다.

돌아가는 상황을 보니 뭔가 이상하긴 한데, 뭐가 어떻게 된 건지 도통 모르겠다.

화향호리가 말했다.

“내가 장위를 죽였다지만 너희도 괴노독을 죽였잖아? 내게 괴노독은…… 피붙이 같은 사람이야.”

‘피붙이 같은’ 이 아니라 피붙이다.

다 늙어서 달거리도 끊길 무렵에 새파란 놈을 유혹해서 씨앗을 받은 게 자신이다.

평생 어머니란 말 한 번 해보지 않았지만 피붙이의 감정은 느끼고 있었다.

평생을 노예처럼 시키는 일만 하다가 떠나간 사람.

일이 거꾸로 되었다. 시각랑이 화향호리를 쫓을 게 아니라 그녀가 시각랑을 쫓아야 한다.

화향호리는 말하다 말고 눈에 핏발이 섰다.

자신의 말이라면 끓는 기름 속도 마다하지 않던 노파를 생각하자 가슴이 울컥했다.

"너희가 그녀를 죽였으니 난 너희 모두를 죽여야 돼. 솔직히 장위 한 명 죽인 것으로는 양이 안 차. 끝까지 해볼 거야? 해보 겠다면 상대해 주고."

뭔가 일이 이상하게 돌아간다는 것은 모두가 직감했다.

화향호리가 이토록 자신있게 말하는 것 하며, 그녀의 말을 조용히 듣고 있는 계야부 하며…… 무슨 일인지 자초지종이나 이야기해 주지 아무 말도 않고 협박 비슷한 말만 해대니 답답 할 노릇이다.

하나는 안다. 계야부와 화향호리만 아는 그 일이 따귀를 맞 을 만큼 화향호리에게는 치명적인 일이라는 거다.

상황이 난감해지자 부사영이 나섰다.

"모두들 그만 하지. 병기들 집어넣어. 대수 하는 말 들었잖 아. 상대가 안 된다면 안 되는 거야. 그만한 무공을 가지고도 꾹 참는 걸 보면 무슨 사정이 있는 것 같은데…… 대수, 이제 그만 정리 좀 해줘. 무슨 일이야?"

그제야 계야부가 독비를 허리춤에 찔러 넣으며 일어섰다.

"장위의 죽음은 나중에 해결하자. 잊지는 말고…… 잠시 미 뤄두자."

화향호리를 살려두자는 말이다.

"대수, 우리 전부 힘을 합쳐도 안 된다는 겁니까?"

고봉이 확답을 구하듯 되물었다.

계야부와 부사영을 제외하면 당연히 상대가 안 된다. 계야부가 그런 뜻으로 말한 걸 안다. 그가 알고 싶었던 것은 계야부까지 가세한 후에도 상대할 수 없느냐는 거다.

계야부가 상대할 수 있는데 하지 않는 거라면 화향호리를 죽일 마음이 없다는 것이다. 그 말은 달리 해석하면 장위의 복수를 하지 않겠다는 뜻이 된다.

말똥구리들에게는 중요한 문제다.

"우리 전부? 풋! 고봉, 화향호리와의 싸움은 인원수를 생각하면 안 돼. 얼마나 빠르냐만 생각해야 돼. 그녀에게 소사월반이 두 개 있다. 싸움이 시작되자마자 두 명은 죽는다는 거지."

시각랑들이 이해할 수 없다는 표정을 지었다.

소사월반에 대한 대책은 세워져 있다. 옷 안에 가죽옷을 받쳐 입어서 극심한 충격은 받겠지만 목숨을 잃지는 않는다. 그래서 소사월반을 건네줄 때도 마음에 부담이 없었다.

그들의 표정을 보자 계야부가 피식 웃었다.

이건 아무리 말을 해줘도 모른다. 백문이불여일견(百聞以不如一見)이라고 직접 눈으로 봐야만 안다.

"부탁해도 될까?"

"그럼 나도 부탁할게. 사람을 붙여줘. 서로 죽여도 좋다는 전제하에 실전을 치렀으면 좋겠어. 아! 물론 뒤끝은 없겠지? 일 처리하는 걸 보니까 완전히 아전인수(我田引水) 격이라서 믿을 수가 없어. 자기들은 죽여도 좋고 나는 죽이면 안 되는 거야?"

"그 말은 맞다. 그 누구도 시각랑을 죽이지는 못해. 어떤 이유에서든 시각랑을 죽이면 대가를 치러야 돼. 그건 너도 마찬가지. 장위의 복수를 잊은 게 아니다. 잠시 미뤄두는 것이야."

"흥!"

"그리고 정 실전을 원한다면 내가 상대해 주지. 서로 죽여도 좋다는 전제하에. 지금의 너라면…… 나도 최선을 다해야겠지. 죽고 죽이는 일만 남은 건가?"

"그건 싫어. 너하고 붙으면 이상하게 깨져. 완벽하게 이길 수 있는 기회인데도 져. 정말 이상해. 다른 자를 붙여주던가, 싫음 말아."

계야부는 손을 들어 멀찍이 떨어져 있는 나무를 가리켰다.

"꼭 너처럼 생겼다. 너라고 생각할게."

쒜엑!

말이 끝나기가 무섭게 번갯불이 번쩍거렸다.

그것으로 끝이다. 언제 발출되었고, 언제 회수되었는지 눈으로 본 게 없으니 알 도리가 없다. 하지만 느낌으로는 분명히 뭔가가 튀어나갔다는 걸 안다.

우지직! 쿠쿵!

나무가 요란한 소리를 내며 쓰러졌다.

소사월반을 회수하고도 숨 몇 번 몰아쉴 시간을 넘긴 다음에 허리가 끊어졌다.

'저 정도의 위력이면 갑옷을 뚫는다!'

모두들 다 같이 봤고, 같은 생각을 했다.

그들이 입고 있는 갑옷은 방패가 안 된다.

화향호리의 빠른 손속을 미뤄볼 때 병기로 막거나 신법으로 피할 수도 없어 보인다.

계야부는 싸움 시작 전에 두 명이 죽을 것이라고 했다.

시각랑을 많이 높여준 거다. 이 정도의 손속이라면 두 명이 아니라 네 명이라도 격살할 수 있을 것 같다.

애초부터 소사월반을 쥐어주면 안 되는 거였다.

그렇다고 병기조차 없는 여인을 격살한다는 건 내키지 않는다. 그건 도살이지 복수가 아니다. 상대에게 최선을 다하게 하고, 그래도 안 된다는 절망감을 느낄 때 목을 베는 게 시각랑 율법이다.

복수를 하더라도 치사하지 않게, 정정당당하게 하라.

계야부가 없었다면 상황은 완전히 정반대가 되었을 것이다. 도주하는 건 그녀가 아니라 자신들이다.

그녀는 계야부 때문에 도주했다.

계야부도 그녀를 잡는다고 확신하지 못한다.

하면 그녀는 왜 여강강의 만도를 피하지 않았던 것일까?

혼자서도 충분히 빠져나갈 수 있는데 무상 대사는 왜 나타났으며, 기껏 도주해 놓고 왜 다시 돌아온 건가.

계야부가 고봉을 쳐다봤다.

고봉은 직접 눈으로 보고도 믿지 못하겠다는 듯 고개를 살래살래 흔들었다.

"저 여자…… 우리가 잡을 때만 해도 저렇게 강하지 않았는데. 대수, 무슨 일이 있었던 겁니까? 저 정도 무공이면서 그때는 왜…… 봐준 겁니까?”

그때란 장위를 죽였을 때다.

지금 선보인 화향호리의 내공이라면 장위뿐만 아니라 시각랑 모두를 멸절시킬 수 있었다.

도대체가 모든 게 말이 안 되고, 이해할 수 없는 것들 투성이지 않은가.

부사영이 계야부에게 다가와 속삭이듯 말했다.

“그거냐?”

계야부는 고개를 끄덕였다.

“빌어먹을! 그게 어떻게 또 나타난 거야? 아! 그럼 그때 그 청록색 병…… 그놈이 그럼 화향호리에게 먹인 게?”

“조용히 해라.”

“모두 알아야 하지 않을까?”

“아직은…….”

“굳이 숨길 필요가…….”

“아직이다.”

계야부의 음성은 단호했다.

친구라도 세공단을 입에 담는 것은 용서치 않겠다는 강한 의지가 묻어났다.

부사영은 계야부의 어깨를 툭 치고 갔다.

“이놈들아, 대수 명령 못 받았어? 이번 일은 여기서 그친다. 장위 복수는 나중에 다시 거론하기로 하고…… 야! 기죽지 마! 앞으로 만날 놈들은 이보다 훨씬 강해!”

부사영이 시각랑을 다독였다.

계야부는 세공단을 싫어한다.

그건 정상적이지 않다. 인간의 생명력을 팍팍 갉아먹고 사는 마물이다.

한 번 복용으로 영구히 지속될 내공을 얻는다면 말릴 까닭이 없다. 하지만 세공단은 매달 단환을 투여해야 한다. 그렇지 않으면 기혈이 고갈되어 죽는다.

약간의 힘을 얻자고 남의 노예로 전락해서야 되는가.

제조법을 알고 있어도, 그래서 남의 노예가 되지 않는다고 해도 복용해서는 안 된다.

세공단은 인체에 무리를 준다. 온몸의 기혈을 쥐어짜다시피 끌어 쓰는 게 좋을 리 없다. 매달 마약처럼 투여하다가는 반드시 사단이 난다.

만변천자는 제조법을 알고 있었을 뿐만 아니라 직접 복용하기까지 했다.

그에게서 이 갑자 내공을 제하면 무엇이 남을까? 그도 뛰어난 무재(武才)는 아니었던 것 같다. 세공단의 힘을 빌어서 겨우 그 정도라면 화향호리와 다를 바가 무엇인가.

그래서 그가 취한 것이 역용술이다.

자신의 존재를 세상에서 지워 버리고 싶었던 게다. 타인이 알아보는 걸 원치 않았던 것이다. 세상이 놀랄 만한 무공을 지니고도 인피면구를 뒤집어쓰고, 암습을 생각하며 살았던 것이다.

무공의 기반이 약하면 그리된다.

자신이 쌓아올린 무공과 영단의 약효를 빌린 무공은 다를 수밖에 없다.

지금 당장 시각랑에게 세공단을 주면 어찌 될까?

질풍천하(疾風天下)가 눈에 보인다.

가로막는 자, 모두 떨어져 나간다. 팔이 잘리고 목이 떼어져 허공에 띄워진다.

온 천하가 혈해(血海)에 잠긴다.

시각랑들은 그러고도 남는다. 태연한 듯한 얼굴 뒤에 숨겨진 투지와 야망, 그리고 살기 위해서라고 하지만 사람 목숨을 파리 목숨처럼 여기는 마성(魔性)이 두렵다.

그들이 예상치 않은, 그것도 세상을 진동시킬 만한 힘을 거머쥐었을 때 행할 행동이 무섭다.

자신이 직접 명령을 내렸다.

가로막는 자, 모조리 베면서 나아가자. 어디서 끝날지 모르지만 무조건 돌파를 하자.

그런 명령을 내려놓고 죽자 사자 싸우는 시각랑에게 손에 사정을 담으라고 말할 수는 없다. 힘들더라도, 희생이 따르더라도 차분히 한 계단씩 밟아 올라가야 한다.

그렇지 않으면 시각랑의 적은 안선만이 아닐 것이다. 세상 모두가 적으로 돌려세워질 것이다. 더욱 무서운 건 일이 그렇게 진행되어도 시각랑들이 두려워하지 않을 거라는 점이다.

　세상을 피바다로 만든다고 해도 눈 하나 깜짝하지 않을 사람들, 그게 시각랑이니까.
　세공단은 절대 알려져서는 안 된다.
　'당당하게 하자, 당당하게. 당당함이 없는 우리는…… 한낱 망나니일 뿐이야.'

　화향호리는 아무런 일도 없다는 듯 개울가에 앉아 세면을 했다. 얼음처럼 차가운 물로 머리까지 감았다.
　낙소엽은 그런 모습을 멍하니 지켜보다가 문득 누군가가 시야를 가리고 섰다는 것을 깨달았다.
　"에이씨! 좀 비켜! 햇볕 가리잖아."
　"이야기 좀 하자."
　계야부가 옆에 와 앉았다.
　그제야 낙소엽은 상대가 계야부임을 알고 벌떡 일어나 앉았다.
　"대수, 무슨 일로……?"
　"너, 당분간 화향호리와 함께 다녀야겠다."
　"예?"
　낙소엽이 눈을 동그랗게 떴다.
　"미안하다."
　"대수, 무슨 말인지 전 도통…… 미안하다뇨? 뭐가 미안해요? 자세하게 설명 좀 해주세요."
　계야부는 정말 미안한지 그의 손을 잡았다.

“어제 그 일이 있을 때, 십장고독을 썼다.”

“시, 십장고독!”

낙소엽은 입이 얼어붙었다.

십장고독은 비궁에 있어봤기 때문에 안다. 쓰는 사람은 좋지만 당하는 사람은 지옥 같다는 소리도 들었다. 한 사람의 인생이 이토록 완벽하게 속박되는 경우도 드물다고 한다.

“내, 내가 저… 저 여자에게…… 당했단 말입니까?”

심장이 떨려서 말도 제대로 나오지 않았다.

“네가 당한 게 아니라 화향호리가 당한 거지. 화향호리…… 옆에 붙어 있으면 상당히 불편할 텐데, 괜찮겠어?”

“그, 그럼 내가 화향호리를…….”

“통제는 불가능할 게다. 저 여자 성질머리는 너도 알잖아.”

“알죠, 알죠. 아다마다요.”

낙소엽은 들뜬 마음을 가라앉히기 위해 무진 애를 썼다.

화향호리와 자신이 십장고독으로 연결되어 있다. 자신에게서 십 장 이상 떨어질 수 없다. 걸을 때도, 밥 먹을 때도, 잠잘 때도 항시 십 장 안에 있어야 한다.

그에게 이건 저주가 아니라 축복이었다.

“후훗! 그래서 화향호리가 도주했다가 다시 왔군요. 십 장 밖으로 벗어나면…….”

“제일 먼저 뇌로 가는 혈류가 차단된다. 약간 현기증이 돈다 싶은 게 전조 증상의 전부다. 그 외에는 다른 증상을 못 느낀다. 곧바로 혼절해 버리니까.”

"아!"

"여기서 혼절은 그냥 혼절이 아니라 뇌가 터진 것을 말한다. 즉사하거나 운이 좋아도 반신불구를 면치 못해. 그러니 십 장 밖으로 나가지 않도록 항상 세심히 주의를 기울여라."

"내가 왜 주의를 기울입니까! 그런 건 저 여자가 알아서 해야죠. 아! 저 여자, 자기가 십장고독에 중독된 건 확실히 아는 거죠? 그 주인이 저란 것도요."

그는 일부러 통명스럽게 대답했다.

계야부는 피식 웃으며 고개를 끄덕였다.

"잘 알고 있다. 뿐만 아니라 전조 증상까지 정확히 읽었어. 만약 현기증을 무시하고 몇 걸음만 더 나아갔다면 화향호리는 지금쯤 이 자리에 없을 거다."

"햐! 그것참…… 근데 대수님, 십장고독은 도대체 언제 쓴 겁니까? 난 감쪽같이 모르고 있었네. 가만, 그거 괴노독이 만든 거잖아요? 그걸 대수님이 어떻게……. 아! 그렇구나. 화향호리 품을 뒤졌을 때……. 그렇죠? 그때 빼낸 거죠? 하하하! 저 여자, 자기 물건에 자기가 당한 거네? 하하하!"

그는 혼자 묻고 혼자 대답했다.

기분이 마냥 들뜬 것이다.

"한 가지 더 알아둬야 할 게 있다. 이적 행위…… 그러니까 그녀가 안선을 돕는다거나, 안선의 누군가와 접촉한다거나, 아니면 무상 대사와 만나더라도 일절 모른 척해라."

"예? 그건 또 왜……?"

"이번 일은 그들도 예상 밖일 거야. 무상 대사가 나설 정도
라면 화향호리의 탈출은 안심했겠지. 하지만 저 여자를 놓아
주면 우린 안선에 대한 고리가 끊긴다."

"그럼 대수님은 처음부터……."

"의심하지 마라. 장위의 복수는 한다. 다만 더 큰 복수를 위
해 잠시 시간을 벌 뿐이다."

"아, 예……."

"조만간 접촉해 오는 자가 있을 터……."

"여자일 겁니다. 여자가 오면 죽이고 무엇인가를 빼앗으라
고 했거든요."

계야부는 고개를 끄덕였다.

"가봐라. 살쾡이 같아서 말 붙이기도 힘들겠다만, 있는 동안
은 잘 지내야지."

그는 낙소엽의 등을 떠밀었다.

第四十七章
값어치없는 죽음

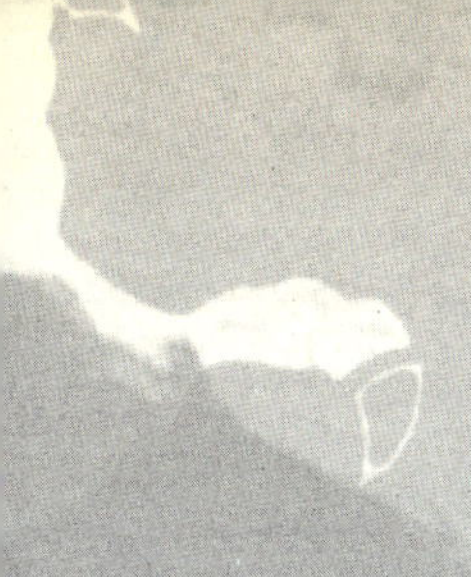

'감쪽같이 당했어. 저 자식……'

화향호리는 계야부를 잡아먹을 듯 노려보았다.

낙소엽이 밀마를 발견한 것은 순전히 그의 날카로운 안목 탓이다. 밀마를 잘 알고 있었기에 눈에 띈 것이다.

그는 그것을 해독했고, 자신은 그런 그를 죽이고자 했다.

계야부의 암수는 거기서 펼쳐졌다.

아무리 남녀 사이라고 하지만 적대적인 사람들끼리 살을 부대낀다는 건 비상식적이다.

그녀도 그런 점을 알고 있었기 때문에 미염술(美艶術)을 펼쳤다.

낙소엽과 자고 싶으니 자리를 만들어달라고. 정말로 자고 싶어 한다는 마음이 느껴지도록, 가슴에 닿도록 절절한 표정을 지었다.

그거면 끝난다 싶었는데…….

그날 밤, 그를 죽이지 못했을 뿐만 아니라 괴노독에게서 건네받은 십장고독에게 당하기까지 했다.

그러면서 태연히 자신을 죽이려고 했다.

누군가가 나타날 것까지 예상한 행동이다.

그 사람이 무상 대사일 줄은 자신도 몰랐지만…… 그는 상상 이상으로 거칠게 부딪쳤다.

마치 자신이 죽지 않는다는 것을 아는 사람처럼 막무가내로 부딪쳐 갔다.

정말로 무공에 자신이 있어서 그랬을 수 있다.

실제로 계야부의 무공은 하루가 다르게 발전하고 있다. 그를 처음 만났을 때만 해도 겨우 삼류 수준을 갓 벗어난 정도였는데, 이제는 만변천자나 무상 대사와도 비등한 결전을 벌인다.

정말로 자신이 죽지 않는다는 확신이 있었을 수도 있다.

그렇다면 '호리' 라는 별호는 그놈에게 떼어주어야 한다.

안선은 그를 죽이지 않는다. 죽일 수 없다. 계야부가 이번 일에서 빠지면 지금까지 죽어간 모든 사람들이 분통을 터뜨릴 게다. 억울해서 귀신이 되어 달려들 게다.

지금 생각하는 건 하나밖에 없다.

'네놈…… 약은 척한다만…… 두고 보라지!'

밀마는 끊임없이 이어졌다.

화향호리는 밀마가 적힌 곳에 글자를 써놓았다.

십장고독(十丈蠱毒) 해약(解藥) 필요(必要).

계야부가 보든 말든 상관하지 않는다.

낙소엽이 볼 염려는 없다. 그는 자신이 십장고독의 조종자라는 걸 알게 된 후부터는 밀마를 봐도 모른 척한다.

그는 일부러 못 본 척하고, 자신은 알고도 모른 척한다.

이놈들…… 이미 모든 걸 다 알고 있다. 자신이 안선과 연락을 주고받는 것하며, 다른 꿍꿍이가 있다는 것까지 꿰뚫어 보고 있으면서 가만히 내버려 둔다.

자신을 미끼로 고구마 줄기를 캐내자는 속셈이다.

자신도 그걸 알고 있으니 굳이 숨겨가면서 밀마를 남길 필요가 없는 것이다.

그녀는 시간이 날 때마다 계야부를 탐색했다.

낙소엽과 정사를 나눴는데, 그와 또 어떻게 정사를 나눈다? 계집이라면 사족을 못 쓰는 놈들도 아니고, 그런 면에서는 꼴같지 않게 질서가 꽤 단단한 것 같은데…….

'어떻게든 서인을 박아 넣어야 해!'

시각랑은 여인을 기다렸다.

낙소엽이 해독한 밀마에 따르면 분명히 여인이 나타나게 되어 있다. 그리고 화향호리에게 죽을 것이며, 시각랑, 혹은 계야부에게 해가 될 무언가를 건네주게 된다.

"술도 그립고, 계집도 그립고…… 인근에 괜찮은 곳이 있는 것 같은데, 좀 쉬는 게 어떻겠습니까?"

고봉이 시각랑을 대표해서 건의했다.

"부사영이 오면 이야기 좀 들어보고."

"그럼 별일없으면 가는 겁니다?"

"그러지."

계야부는 순순히 승낙했다.

지난밤, 산정에서 찬바람을 맞으며 밤을 밝혔다. 그때 산 아래에 활짝 펼쳐진 평야를 보았다. 그리고 평야 너머에 불야성(不夜城)처럼 휘황찬란하게 불을 밝히고 있는 도읍도 봤다.

술 생각도 나고, 여자 생각도 나고…….

고봉의 말은 거짓이 아니다. 시각랑들에게 싸움을 제외하고 가장 좋아하는 게 뭐냐고 물으면 술, 도박, 여자라고 말할 것이다.

무림이라고 그런 습성이 바뀔 리 없다.

너무 숨통을 틀어막으면 답답해서 미친다. 가끔 기분 전환도 할 수 있게 해줘야 한다.

물론 이들이 마을에 들어가 술을 마시기 시작하면 반드시 사단이 벌어질 게다. 주점이나 기루나 도박판이나…… 어느 곳에서 먼저 시작할지 몰라도 반드시 싸움이 일어난다.

싸우지 않으면 시각랑이 아니다. 멀쩡히 즐기기만 하면서 하루 푹 쉬었다가 오면 시각랑이 아니다. 시각랑이라면 모름 지기 마지막을 싸움으로 화려하게 장식해야 한다.

계야부는 그런 점을 알면서 놓아줄 결심을 했다.

'이제 슬슬 시작할 때야.'

점심 무렵, 마을에 먼저 들어갔던 부사영이 삼 척 장검 한 자루를 옆에 차고 돌아왔다.

"후후! 그런 검은 어울리지 않는데."

"그래서 대장간에 주문해 놓고 오는 길이야. 한 나흘 걸린다 는데, 난 며칠 있다가 뒤따라가야겠다."

"그럴 필요 없어. 마을로 들어갈 거거든."

"잘 생각했다. 저놈들도 좀 풀어줘야지. 아마 뱃속에서 술 귀신이 난리를 치고 있을 거야. 여자 살냄새도 그리울 게고. 저놈만 빼고 말이야."

그가 낙소엽을 가리키며 말했다.

"쟤 요즘 마음 복잡할 텐데, 왜 건드려?"

"이럴 때 건드려야지 그럼 언제 건드려. 그나저나… 이런 말 괜히 하는 거 아닌지 모르겠다만…… 사천당문이 비궁을 향했 다더라. 문주가 직접 십이천자인가 뭔가 하는 자들을 데리고 나섰다는데, 모두들 그들이라면 비궁이 아니라 비궁 할아비라 도 깨뜨릴 수 있다는 분위기야."

"포위를 아직 풀지 않은 모양이군."

"풀기는커녕 점점 더 모여들고 있다더라."

"개방은?"

"조용해."

"소림은?"

"그쪽도 조용하고. 움직임이 전혀 없어. 아마도 무상 대사가 독자적으로 움직인 게 아닌가 싶어. 왜 안선은 점조직이라잖아. 각대 문파 장로들 중에도 많은 수가 안선이라며?"

"그럴 수도 있지."

"묘인묵인호착어니(貓兒嘿兒呼著魚呢)라는 말이 있잖아. 고양이가 숨어서 생선을 노리는 격이야. 주위를 둘러보면 아무도 없는데, 한 꺼풀 뒤집고 속을 들여다보면 온 천하가 다 지켜보고 있어. 우리가 그만큼 중요한 인물인가? 알다가도 모르겠단 말이야."

"타사인은 좀 어때?"

"괜찮아. 확실히 네 말대로 조금 손보니까 훨씬 수월해. 그러고 보면 전장에서 몸으로 부딪쳐서 얻은 게 진짜배기인가 봐."

"내려가자."

계야부가 먼저 일어섰다.

부사영이 알아온 바를 종합해 보니 아직은 조금 여유를 부려도 괜찮을 것 같다는 생각이 든다.

고양이가 생선을 노리는 형국이라지만 모든 움직임은 화향호리에게서 시작된다. 그녀가 여인을 얻기 전에는 아무런 공격도 없다. 안선이든 무총이든 무림인이든 걱정할 게 없다.

"내려가자! 오늘 나 건드리는 놈은 제삿날이 될 거야. 하하하! 오늘은 밤새도록 술이나 퍼마셔야겠다."

"하하하! 난 벌써부터 골패 생각이 나서 미치겠는데요. 판이 좀 괜찮았으면 좋겠는데……. 형님, 우리가 갈 곳이 어딥니까?"

"천문(天門)이란 곳인데 성(城)에 버금간다. 없는 게 없어. 오늘은 허리띠 풀 만할 게다."

부사영이 웃으며 말했다.

괴노독은 십장고독의 해약인 점백와를 넉넉히 가지고 있었다.

독심독의 앞에서는 없는 척했지만 네다섯 명분에 해당하는 점백와를 지니고 다녔다.

원래 십장고독 한 쌍에 점백와 한 마리를 가지고 다니면 딱 맞는다. 더 많이 가지고 다닐 필요가 없다.

괴노독도 처음에는 그랬다. 마릿수를 딱 맞춰서 가지고 나왔는데, 살아 있는 생물들인지라 목갑 안에 있으면서 번식을 했다.

십장고독이든 점백와든 마릿수가 필요 이상으로 많아지는 건 불편하다. 고독이 점백와보다 많아지면 해약 없는 고독을 남발하는 경우가 생긴다. 또 점백와가 많아지면 해약이 남발되어 십장고독의 가치가 떨어진다.

이 두 부류는 항시 개체 수가 급속히 불어나지 않도록 적절히 유지시켜 줘야 한다.

한데 화향호리의 경우에는 점백와 없이 십장고독만 지니고 있었다. 괴노독에게 점백와가 있었지만 그녀가 사양했다.

평생 노예로 부릴 수 있는데 뭐 하러 풀어주나. 점백와를 줘 봤자 서로 원수지간만 되는데, 그럴 바에는 죽을 때까지 부려먹는 게 낫지 않은가.

그녀는 점백와의 필요성을 느끼지 못했다.

양고(陽蠱)를 죽이면 어떻게 될까? 낙소엽만 죽여 버리면 자유롭게 풀려날 수 있지 않을까?

그것도 불가능했다. 음고와 양고는 서로 상통한다. 놈들이 보금자리를 꾸민 곳도 뇌 속이기 때문에 뇌의 활발한 움직임을 사전에 파악한다. 뇌가 공격성을 띠면 고독이 먼저 아는 것이다.

살기를 느꼈다고 해서 방비할 필요는 없다.

음고는 양고를 공격하지 않는다. 영원히 복종만 한다.

그녀가 낙소엽을 공격하려고 하자 뇌에 있던 음고가 발작했다.

머리가 두 쪽으로 갈라지는 듯한 통증이 치밀어 견딜 수 없었다. 두 손으로 머리를 움켜잡고 한동안 쩔쩔맸다. 마치 지렁이 한 마리가 연한 두부 속을 헤집고 다니는 것 같은 느낌을 받았다.

살심을 버리자 음고도 발악을 멈췄다.

빌어먹을! 노예는 주인을 공격하지 못한다.

그녀는 안선이 점백와를 구해줄 때까지 참기로 했다. 묵묵히, 낙소엽을 곁에 두면서.

시각랑들이 산을 내려갔다.

계야부와 부사영도 주거니 받거니 농을 건네면서 앞서 걸어갔다.

그녀와 낙소엽이 제일 뒤에 처졌다.

두 사람은 다른 사람들과 달리 바쁠 것이 없었다. 술은 안 마실 수 없겠지만 급한 게 아니고, 도박이나 여자도 손댈 리 없으니 급히 서둘 필요가 없었다.

여자를 본 건 그때다.

처음에는 사내인 줄 알았다. 엽사(獵師)들이나 입는 두터운 털옷을 입고, 등에는 전통과 활을 멨으며, 허리에는 가죽을 벗길 때 쓰는 투박한 박도를 찼다.

다소 키가 좀 작은 게 흠이지 영락없이 남자였다.

그녀에게서는 여인 특유의 살냄새가 풍긴다.

사내들은 결코 맡을 수 없는, 같은 여인이기에 맡을 수 있는 냄새가 솔솔 풍겨온다.

"여기서 기다려 줄래?"

"……?"

"넌 내려가서 기녀를 품어. 난 여기서 해야겠어. 저 사내…… 몹시 끌린다."

"저 남자랑 하겠다는 거야?"

"지켜보고 싶으면 지켜봐. 가더라도 십 장 밖으로 가지는 말고. 괜히 하다가 죽기는 싫어."

그녀가 예상했던 대로 낙소엽은 고개를 살래살래 흔들며 숲 속으로 들어갔다.

"안선에서 왔어?"

엽사여인은 가죽옷 앞섶을 벌리더니 손가락으로 가슴을 가리켰다.

"가슴을 열고 간을 꺼내요."

"악령환정(惡靈換精)?"

"가급적 고통없이…… 부탁해요."

"고통은 없을 거야. 금방 끝날 거고."

여인은 눈을 찔끔 감았다.

화향호리는 사연을 묻지 않았다.

스스로 목숨을 내놓는 사람치고 절절하지 않은 사람이 없다. 목숨과 맞바꿔서 얻고자 하는 것을 얻게 되기를 바란다.

화향호리는 귀밑 천용혈(天容穴)을 눌렀다.

여인이 아무런 반항도 하지 못하고 풀썩 꼬꾸라졌다.

가슴을 찢었다.

시뻘건 선혈이 뭉클 솟아나와 털가죽 옷을 흠뻑 적신다.

가슴뼈를 쪼개자 선홍색의 간이 보인다.

쿵! 쿵! 쿵!

심장이 여전히 뛴다. 죽음을 전혀 알아차리지 못한 듯 활기차게 움직인다.

화향호리는 여인의 간을 떼어냈다.

간 속에 서인이 있다. 악령환정대법으로 물처럼 녹여져서 흡수된 상태다.

악령환정대법을 펼친 이상 여인은 죽은 목숨이다.

간을 떼어내지 않아도 물이 되어 녹아든 서인이 형체를 다시 잡기 시작하면 간의 기능이 완전히 죽어버린다. 반면에 흡수된 서인은 인간의 정기를 듬뿍 먹어서 약성(藥性)이 훨씬 강해진다.

원래 악령환정대법은 평범한 약초를 비범한 영물로 바꿀 목적으로 어의(御醫)들이 쓰기 시작했다.

인삼을 쓰면 산삼이 나오고, 산삼을 쓰면 무가지보(無價之寶)의 영물(靈物)이 탄생한다.

어의들은 희생자도 쉽게 구했다. 나라에는 죽여야 할 죄인이 항상 넘쳐 났다.

요즘은 도덕이니 인륜이니 말들이 많아서 잘 쓰지 않고 있지만 그래도 돈 많고 권력있는 집안에서는 암암리에 시전되고 있는 비전의 사술(邪術)이다.

악령환정대법을 시술받으면 살길이 없어진다. 오래 살면 살수록 고통만 가중된다.

화향호리는 간의 색깔을 살폈다.

몸 안에 있을 때는 선홍빛이었는데, 잘라낸 지 얼마나 됐다고 금방 거무죽죽한 색으로 변한다.

악령환정대법이 절정에 이르러 흡수한 영약을 추출해야 할 때다.

누군지 몰라도 악령환정대법을 시술한 자는 의도에 조예가 무척 깊다. 완전히 뭉개져 버린 서인을 되살리는 것도 불가능하려니와 악령환정대법이 막바지에 이를 때까지 시술받은 자를 아무런 고통 없이 살려두었다는 것만 해도 놀랍기 그지없다.

거의 대부분 시술받자마자 혼절해 버리곤 하는데. 혼수상태에서 깨어나지 못한 채 가슴이 갈리고, 간이 추출되는데…….

'악령환정대법을 시술당했어도 이 정도면 괜찮은 거야. 솜씨 좋은 사람을 만나서 크게 고생하지 않고 가는 것으로 위안을 삼아.'

그녀는 소도를 꺼내 간을 쭉 갈랐다.

간 한가운데에서 붉은색 서인이 요요하게 빛을 발하고 있었다.

2

"크윽! 끄으윽! 아아악! 아아아아악!"

사내는 고통을 이겨내지 못하고 바닥을 데굴데굴 굴렀다.

"이놈아, 좀 참아봐. 참기만 하면 살 수 있는데 왜 이 지랄이야. 이를 악물고 참으라고. 정신 차리고 똑바로 들어. 참으면 살고 못 참으면 죽는다. 따라 해봐!"

보통 키에 몸이 약간 뚱뚱한 여인이 사내의 손을 붙잡으며 말했다.

"아악! 아아아악!"

사내는 따라 하지 못했다. 두 손으로 얼굴을 가리고 처참하게 울부짖었다.

사내의 전신에 서리가 얹혔다. 피부도 핏기를 잃고 하얗게 탈색되었다.

"쯧! 안 되겠군."

그녀의 말은 사망선고였다.

고통에 힘겨워하던 사내는 몸을 바르르 떨더니 축 늘어졌다.

"치우게."

말이 떨어지기가 무섭게 대기하고 있던 무인들이 우르르 달려들어 사내의 시신을 들고 나갔다.

"아무래도 안 되겠어. 이건 뭐, 빙화참(氷花斬)을 견딜 수 있어야 뭘 해보지. 빙화참조차 견디지 못하는데 하긴 뭘 해."

"몇 성을 사용하신 겁니까?"

선암거사, 이교사가 공손한 어조로 물었다.

"오성밖에 안 돼."

"사성을 쓰면 어떻게 됩니까?"

"사성도 써봤네만 서인이 안 얼더군. 오성은 써야 돼. 한데 오성만 쓰면 죽어나가니. 아무래도 이번 실험은 그만두는 게 좋을 것 같으이. 애꿎게 사람만 죽어."

여인의 머리가 반백이었다. 얼굴은 장터 아낙처럼 수수했고, 살이 쪄서 후덕해 보였다.

"빙극검형은 어떻습니까?"

"무인을 써보면 어떻겠나?"

"무인요?"

"이 아이들은 안 되잖나. 무공을 모르니 저항력도 약한 게지. 이럴 바에는 차라리 무인을 한번 써보세. 무인이라면 운공을 할 줄 아니까 빙화참이 아무리 매섭다고 해도 어느 정도까지는 버틸 수 있지 않겠나."

"무인을 쓰려면… 강간을……."

"꼭 강간일 필요는 없지. 사내들은 여인을 취한다고 하면 왜 꼭 강간만 생각하는지 몰라. 정당한 합간도 있지 않은가. 정식으로 혼례를 치르게 하면 어떤가?"

"그만한 시간이 없습니다."

"시간이 없다니 무슨 말이야? 왜 시간이 없어?"

"실은…… 천수심의(千手心醫)가 실종됐습니다. 벌써 열흘 정도 된 이야깁니다."

"천수심의가…… 실종?"

"천수심의가 있는 곳을 아는 사람은 약왕뿐입니다."

"일교사 곁에 붙어 다닌다는 그놈?"

"예. 아마도 약왕에 이끌려 약초라도 캐러 가지 않았나 싶은데……."

"다른 경우는?"

"천수심의는 악령환정대법을 아는 유일한 의원이지요. 그걸로 서인을 되살린다면…… 악령환정대법의 영향까지 받아서 서인의 약성이 매우 높아졌을 겁니다."

"흠!"

"궁주께서 눈감아주신다면 강간을 준비하겠습니다."

"휴우! 어쩔 수 있나. 악령환정대법이라니……. 세상이 어찌 되려고 이러는지. 아무리 그래도 강간은 아니지. 매간(買姦)으로 가세. 여자에게는 일평생이 걸린 문제니 셈을 넉넉하게 해줘."

"알겠습니다. 그럼 오늘 저녁에 당장 데려올 수 있는데, 궁주님께서 괜찮으시겠습니까?'

"내가 뭐 어려울 게 있겠나. 죽어나가는 사람들이 있는데, 이까짓 피곤한 것쯤이야 참아 넘겨야지."

"감사합니다."

"서인으로 수궁사를 만든 여인은 몇이나 있나?'

"이제 둘만 남았습니다."

"휴우! 두 명만 남은 건가……. 그전에 해답이 나오면 좋으련만…… 쯧쯧!"

빙궁 궁주가 혀를 차며 의자에 앉았다.

그날 저녁, 미간 한가운데에 홍점이 찍힌 사내가 게르 안으로 들어섰다.

"이렇게 뵙게 되어 영광입니다."

사내는 두 손을 모아 포권지례를 취했다.

기도가 차분하고 얼굴에 사심이 없는 것으로 보아 나쁘게 살아온 자는 아닌 듯싶다.

"저 죽일 사람에게 영광은 무슨……."

"여기서 계속 모셨습니다. 죽이려고 손쓰신 게 아니라는 것, 속절없이 죽어가는 모습을 보고 안타까워하신 것 압니다. 저희 같은 놈이 언제 궁주님과 말을 나눠보겠습니까. 영광입니다."

"시작하자. 앉아라."

사내가 차분하게 걸어가 침상에 앉았다.

빙궁 궁주는 사내의 등 뒤로 돌아가서 명문혈(命門穴)에 장심(掌心)을 댔다.

"죽을힘을 다해서 참아라. 중원에는 이걸 참은 놈이 있다. 아니, 빙령초분에 당했으니 이것보다 몇 배는 지독했을 거야. 차라리 혀를 깨물고 죽을까 하는 생각을 몇십 번도 더 했을 게다. 그놈도 사내, 너도 사내. 한 놈이 한 일을 네가 못한 데서야 어디 칼 찬 놈이라고 할 수 있겠냐? 참아라."

"네. 이를 악물고 참겠습니다."

궁주는 오랜만에 웃음을 머금었다.

기초가 단단한 놈이다. 내공도 차분히 다져서 머지않아 하급무인을 벗어날 놈이다.

'이놈이라면 견뎌낼 수도…….'

기적은 일어나지 않았다.

"아아악! 아아아아악!"

무인은 몽골사내처럼 두 손으로 눈을 가리고 바닥을 데굴데굴 굴렀다.

역시 인간의 인내로 참아내기에는 무리였던 것일까?

아니다. 참아낸 놈이 있다. 계야부는 이것보다 훨씬 지독한 한기를 꿋꿋이 이겨냈다.

그렇다고 무인만 탓할 수도 없다. 그도 이겨내려고 안간힘을 다했다. 고통이 너무 지독해서 참아내지 못한 것이다.

"이번에도 실패군요."

어느새 게르 안으로 들어선 이교사가 침중한 음성으로 말했다.

"휴우!"

빙궁주는 할 말이 없었다.

돌아갈 수 있는 방도가 전혀 없는 건 아니다. 하지만 편법은 안 된다. 일교사가 경험했던 것처럼, 계야부가 경험했던 그대로 서인을 뼛속에 붙여야 한다.

저쪽은 벌써 활용 단계에 들어섰는데, 이쪽은 뼈에 붙이지도 못한데서야.

"오늘은 그만 하지."

빙궁주가 축 늘어진 무인을 쳐다보며 말했다.

"그러시지요."

"이제 서인은 하나밖에 없나?"

“…….”

“그건 빙극검형으로 해보세.”

“그래 주시겠습니까?”

이교사가 반색했다.

빙화참은 서인을 얼린 경험이 없다. 하지만 빙극검형은 서인을 얼렸다.

계야부가 사용한 빙령초분은 엄두를 내지 못한다. 빙화참에 죽어갈 사람이라면 빙령초분은 맛도 못 본다.

여기에 문제가 없는 건 아니다.

빙극검형은 사내의 무공이다. 한기와 양기의 조화가 이루어져야 제 위력이 나온다. 만약 여인이 사용한다면 극한까지 양기를 끌어올려야 한다.

하면 당연한 말이지만 상당할 정도의 내공 손실을 일으킨다. 자칫 원정지기(元精之氣)라도 손상을 입는 날에는 괜히 빙극검형을 썼다고 두고두고 후회할 것이다.

빙궁주는 그런 위험을 감수할 생각이다.

마지막 서인을 취한 사내가 게르 안으로 들어섰다.

이 사내마저도 실패하면 서인으로 수궁사를 만든 여인을 구해올 때까지 몇 날 며칠을 기다려야 한다.

빙궁주는 사내가 들어서자 포권지례도 받지 않고, 아무 소리도 하지 않고 침상을 가리켰다.

“이렇게 뵙게 되어…….”

"조용, 조용히 해라."

같이 말도 나누지 않았다.

누구에게나 하던 주의 사항도 일러주지 않았다. 입이 닳도록 알려줘도 극한의 고통이 밀려오면 새까맣게 잊어버린다. 힘들수록 정신력에 의존해야 하는데, 정반대로 육체적인 힘에만 의존하려는 경향이 매우 높다.

그러니 모두 죽는다.

괜히 말하는 사람 마음만 상한다.

"웃통을 벗고."

사내가 웃통을 벗었다.

빙궁주는 사내의 등 뒤로 돌아간 다음, 우수에 빙극검형을 집중시켰다.

파파파팟! 츠츠츠츳!

빙극검형이 손바닥에 모여들었다. 아니, 앞으로 계속 몰고 나가서 손가락 끝에 머물렀다.

주르륵!

입가로 붉은 피가 흘러내렸다. 뱃속에서부터 역혈된 피가 입 안 가득히 고였다.

빙궁주는 꾹 참으면서 관수(貫手)로 혈을 찍기 시작했다.

어깨 밑 곡원혈(曲垣穴), 척추 신도혈(神道穴), 척추 한복판 근축혈(筋縮穴)…….

한 번씩 관수를 사용할 때마다 입가로 흘러내리는 피는 더욱 많아졌다.

빙궁주는 모두 열한 번을 쳐냈다. 그리고,

푸악!

입 안 가득히 고였던 피를 사내의 등에 확 뿜어냈다.

참으려고 참았는데, 여인의 몸으로 빙극검형을 전개한 부작용이 예상 밖으로 컸다.

"컥! 커억!"

사내도 고통이 심해 숨조차 크게 쉬지 못했다.

빙극검형의 한기는 온몸을 얼려 버리고도 남는다. 관수가 피부에 닿으면 한기가 경맥을 파고든다. 그리고는 시전자가 원하는 대로 어디든 간다.

심장으로 가서 심장을 돌처럼 딱딱하게 얼려 버린다. 폐를 얼려 버리면 숨을 쉬지 못한다. 뇌, 눈, 손…… 장기가 있고, 경맥이 있고, 피가 흐르는 곳이면 어디든 얼려 버릴 수 있다.

빙극검형은 원래 그런 목적으로 만들어졌다.

빙궁주는 빙극검형을 처음 사용해 봤다. 미간에 찍힌 서인을 목표로 진행시켰지만 사내가 전개한 것만큼 정교하지 못했다. 한기는 옆으로 새어나갔고, 사내는 북풍한설 앞에 알몸으로 내던져진 듯 바들바들 떨었다.

"컥! 꺼어억……!"

사내가 기어이 가늘고 미약한 숨을 토해냈다.

절명했다.

"수고하셨습니다."

이교사는 빙궁주의 명문혈에 장심을 뗐다.

빙궁주는 빙극검형을 전개한 탓에 심한 내상을 입고 말았다. 급한 대로 안정을 시키기는 했지만 당분간 빙화참이나 빙극검형을 쓰기는 힘들다.

"결국 망쳤나?"

"죽고 말았습니다."

"쯧!"

"하하! 궁주, 죽었다고 했지 망쳤다고는 하지 않았는데요."

"응? 뭐야? 그럼 성공한 겐가?"

"몸이 꽁꽁 얼어붙었습니다. 서인도 얼어버렸고요."

"서인이 얼었다?"

"빙극검형에 얼었습니다. 서인이 혹처럼 톡 튀어나와서 잘라내기는 했는데, 다시 집어넣을 수가 없군요. 궁주님께 다시 한 번 폐를 끼쳐야겠습니다."

"흠!"

빙궁주는 이교사가 무엇을 말하는지 알았다.

서인은 빙극검형으로 얼렸다. 돌처럼 딱딱하다.

이걸 몸속에 집어넣는 것은 문제가 안 된다. 원하는 부위 어느 곳에라도 집어넣을 수 있다.

이교사는 미간에 집어넣을 것이다.

하면 몸 안에서 빙극검형으로 얼린 것과 다를 바 없어진다.

문제는 여인과 교합을 가질 때, 서인이 빠져나가지 못하도록 잡아둘 수 있는 장치가 필요하다는 것이다.

멀쩡한 사내의 척추를 빙극검형으로 건드려야 한다.

몸 안에서 녹은 서인이 여인의 음기를 쫓아가지 않고 빙극검형이 배어 있는 뼛속으로 흘러들어 가야 한다.

빙궁주에게는 그야말로 막대한 타격이 될 수도 있다.

지금 입은 내상도 심상치 않은데 여기서 한 번 더 빙극검형을 시전하면 무슨 일이 벌어질지 모른다.

"이번 일로 그놈을 잡을 수 있겠나?"

"힘들 겁니다. 일교사께서는 워낙 신중한 분인지라 여간해서는 꼬리를 잡히지 않죠. 하지만 제동은 걸 수 있습니다."

"기껏 제동이나 걸자고 이런 일을 부탁하는 건가?"

"이걸 하지 않으면 제동조차 못 거니까요."

"확실히 세상을 오래 살았어. 못 볼 걸 너무 많이 보는구먼. 죽을지 살지 모를 일에 뛰어들 놈은 구해놨나?"

"벌써 서인까지 투입시켰습니다."

"데려오게. 해보지."

빙궁주는 기진맥진한 몸을 추슬렀다.

이교사는 게르 밖으로 나왔다.

시동이 전서구 두 마리를 들고 있었다.

"오른쪽 것을 날리거라."

"네?"

시동이 뭔가 잘못 들었다는 듯이 반문했다.

"허어!"

"아! 죄송합니다. 제가 잘못 듣지 않았나 해서. 빙궁주께서 해주신다는 말을 들은 것 같은데……."

"허어! 어린놈이 뭔 참견이 이리 많아!"

"죄송합니다."

시동은 급히 오른손에 들고 있던 전서구를 날려보냈다.

이교사는 하늘 높이 날아오르는 전서구를 보면서 낯빛을 굳혔다.

'대공, 용서를…….'

서신에는 '임무 실패'라는 보고가 담겨져 있다.

서인으로 수궁사를 한 몽골 여인 열 명을 구했고, 사내에게 전이시켰지만 얼리는 데 실패하고 말았다.

빙령초분, 빙화참, 빙극검형…… 모두 사용해 봤지만 사내들이 버티지 못하고 얼어 죽었다는 보고다.

이제 대공은 일교사를 믿을 것이다.

일교사는 남들이 가보지 않은 곳을 가봤다. 서인을 얼려봤고, 척추에 달라붙게 만들었다.

그 세계는 그가 아니면 알지 못한다.

그가 하는 말이 진리가 된다. 그 세계에서는 그가 거짓을 참이라고 하면 참이 된다.

아무도 증명할 수 없다.

일교사는 마음 놓고 천번을 진행시킬 것이다. 또 대공은 전권을 위임하리라.

그래도 이런 보고를 할 수밖에 없다.

일교사의 눈이 달라붙었다. 언제부터인가 상당히 께름칙한 느낌이 들기 시작했다. 초원에서 벌어지는 모든 일이 일교사에게 전달된다는 느낌을 지울 수 없다.

일교사의 눈을 속이기 위해서는 대공까지 속여야 한다.

'전서구는 날아갔고……'

지금 이 시점에서 생각해 볼 게 있다.

얼어붙은 서인을 사내의 몸속에 집어넣었다는 사실을 아는 사람이 몇이나 될까?

자신이 알고, 빙궁주가 알고, 서인을 투여받은 놈이 알고, 의원이 안다.

그 사실을 아는 사람은 모두 믿을 수 있다.

한데 한 명, 그 사실을 아는 사람이 또 있지 않은가.

이교사는 시동의 머리에 손을 얹었다.

"밀고는 언제 할 생각이냐?"

"네?"

"쯧! 이놈아, 내가 중원에서 제일 세심한 사람이라는 걸 잊었느냐? 네가 하는 행동이 눈에 띄지 않을 줄 알았어?"

"이, 이교사님, 죄송……"

됐다. 본인이 스스로 죄를 시인했으니 처단을 원망하지는 못하리라.

스스스슷!

장심에 진기가 밀집되었다. 그리고,

퍼억!

시동의 머리가 잘 익은 석류처럼 활짝 벌어졌다.

싹수가 있는 놈이었는데, 앞으로 잘 키워줄 생각이었는데, 그래서 보잘것없는 무공은 손도 대지 못하게 하고 심층 깊은 내공심법부터 가르쳤던 것인데.

아깝지만 어쩔 수 없다.

시동의 죽음은 오래지 않아 일교사의 귀에 들어갈 것이다. 하면 시동이 보낸 모든 보고를 재점검할 것이다.

시간이 그때까지밖에 없다.

시동을 살려두는 것은 위험부담이 너무 크다. 다른 것은 모두 알려질지라도 서인이 얼려진 사실만은 숨겨야 한다. 그 일이 알려지면 그나마 주어졌던 시간도 없어진다.

'어쩌면 오늘 당장 쳐올지도 모르지.'

그는 일교사의 숨결을 의식했다.

그가 목에 밧줄을 걸어온다. 육교사와 십교사를 제거했던 것처럼 자신의 목에도 밧줄을 걸었다.

그는 이미 자신이 빙궁주와 같이 있다는 사실을 안다.

그와는 어쩔 수 없이 악연이 되고 말았다.

'이놈이 간자 짓을 할 줄이야……. 너무 늦게 알았어.'

3

"됐어. 이제 가."
화향호리가 미소까지 지으며 말했다.

낙소엽은 일어서지 않았다. 팔베개를 하고 드러누워 앙상한 가지만 남은 나무들을 올려다봤다.

그가 마른 나뭇가지를 질겅질겅 씹으며 말했다.

"잠시 좀 앉지."

"넌 어떤지 몰라도 난 따뜻한 물에 목욕 좀 했으면 좋겠어. 오늘 밤에 술 한 상 잘 차려봐. 같이 자줄지 누가 알아?"

"풋! 언제는 사내구실도 못하는 팔푼이라며?"

"그거야 맞는 말이지. 고쳐 쓸 수 있을까 생각 중이야."

"제발 그 생각만 계속해 줬으면 좋겠다."

순간, 웃음을 떠올리던 화향호리의 안색이 싸늘하게 굳어졌다.

"무슨 소리야?"

"나, 너…… 좋아하거든. 사랑한다 뭐 그런 건 아닌데 좋아하는 건 맞는 것 같아. 내 마음 같은 거, 안중에도 없겠지?"

"뭐? 호호호호! 너 미쳤니? 갑자기 왜 이래? 전문가면 전문가답게 행동해. 가자. 풋내기처럼 징징거리지 말고."

"나 봤어."

"……"

"그거 나 줘라. 나 의리깨나 있거든. 보아하니 넌 화약에 불까지 붙였는데, 그런 널 데리고 어떻게 대수께 가냐?"

화향호리가 미간을 찌푸리며 눈을 감았다가 떴다.

"딱 한 번만, 딱 한 번만 말할게. 잘 들어. 이건 계야부를 죽이는 게 아냐. 내가 장담하는데 그를 이 세상에서 최강의 무인

으로 만들어줄 거야. 믿어도 돼. 그러니…… 지금 당장 일어
서. 그리고 가. 본 것도 들은 것도 없어. 알았어?"

"그럼 그 최강의 무인, 내가 하자."

"너 지금 정말……."

"날 줘. 내가 복용하지. 네 말대로라면 최강의 무인이 될 텐
데, 그만한 조건이라면 모험 한번 할 수 있잖아? 이건 의리 때
문이 아니고 정말로 욕심나서 말하는 거니까, 그거 나 줘."

"너희 족속들은 정말 물러설 줄 모르는구나."

"이리 줘."

낙소엽이 누운 채로 손을 벌렸다.

그는 십장고독의 유리함을 너무 잘 알고 있다. 화향호리가
자신보다 훨씬 뛰어난 무공을 지녔어도 손톱 하나 건드릴 수
없다는 걸 안다. 또한 자신이 진심으로 명령을 하면 순간적으
로 백치(白痴)가 되어 어떤 명이든 쫓는다는 것도 안다.

그가 지금까지 명령을 하지 않는 것은 모두 화향호리의 처
지를 고려했기 때문이다.

단순히 욕심만 채우려고 했다면 벌써 여러 가지 명령을 내
렸을 것이다.

가까이 와라. 옷을 벗어라. 가만히 있어라.

서인을 가져와라. 순순히 내놔라.

물론 마지막 순간에는 명령을 내릴 것이다. 그는 서인을 빼
앗지 않은 상태에서는 숲에서 한 걸음도 움직이지 않겠다는
뜻을 분명히 했다. 그러니 화향호리가 영 말을 듣지 않으면 명

령이라도 내려서 뺏을 것이다.

화향호리는 진퇴양난이었다.

건드릴 수 없는 자, 절대적인 힘을 가진 자가 줄 수 없는 것을 달라고 한다.

서인을 내주면 그녀의 목숨은 살아도 산 게 아니다. 차라리 지금 죽는 것이 더 편할 수도 있다. 안선의 눈 밖에 나면 쥐도 새도 모르게 죽는다.

일교사는 대공의 허락 없이 육교사를 제거했다. 십교사도 죽였다.

사후약방문(死後藥方文)이라고, 일을 다 벌인 후에 보고 형식으로 허락을 구했다.

안선이 죽이지 못할 사람은 없다.

사일도? 정말 그를 죽이지 못해서 이런 짓거리를 하는 줄 아는가? 안선이 그를 죽이기로 작정했다면 지금 그는 이 세상 사람이 아니라고 봐야 한다.

무총의 보호를 받지 못하는 자, 안선의 손길을 벗어날 수 없다.

하물며 자신 정도는…… 서인을 빼앗기면 내일 저녁까지도 살아 있지 못할 것이다.

화향호리는 잠시 생각하다가 서인을 꺼냈다.

"이게 그렇게 탐나?"

"어! 정말 서인이잖아? 그거 분명히 짓밟아 뭉개 버렸는데…… 땅을 파서 사람에게 먹였나? 진액만 싹 뽑아서 다시 만들어낸 거야? 참 재주도 용하다.”

낙소엽은 비슷하게 맞혔다.

화향호리는 서인을 잠시 쳐다보다가 느닷없이 꿀꺽 삼켜 버렸다.

“엇! 너, 너!”

“서인을 달라며?”

“내가 달라고 했지 언제 삼키라고 했냐!”

“아직도 모르고 있었던 거야? 이걸 사내에게 주는 방법은 오직 하나뿐이야. 여인이 취한 다음에 정사를 통해서 전달시켜 주는 것. 이게 완전히 내 몸에 흡수되려면 하루 정도는 기다려야 해. 내일 우리 같이 자자. 모레 아침에는 네 이마 한가운데에 빨간 홍점이 콕 찍혀 있을 거야.”

낙소엽은 그제야 일어섰다.

“그런가? 하하하! 이마에 홍점이라……. 내가 다른 여자와 같이 자면 그게 없어지는 거지?”

“없어지지. 그리고 너도 죽지, 내 손에.”

이런 말은 하기 싫다. 이런 자가 누구와 자든 상관하지 않는다. 수백 명과 자고 아이를 수천 명씩 낳는다고 해도 관심없다. 한데 그런 자에게 질투라는 감정을 드러내야 한다.

‘십장고독만 제거하면 그때는…….’

시각랑이 뿔뿔이 흩어졌다.

계야부는 천문이란 곳을 일종의 안전 공간으로 생각하고 마

음껏 휴식을 취하게 했다. 술을 마시고 싶으면 마시고, 여자를
안고 싶으면 그리하라고 했다.

단, 싸움은 용납하지 않는다.

싸울 일이 있으면 차라리 맞아라. 모욕도 당하고, 칼도 가벼
운 것이면 맞아주라고 했다.

그래야 다른 사람들이 마음 놓고 즐긴다.

놀지 못하는 사람도 있다.

부사영은 종루(鐘樓)에 앉아서 천문을 지켜보았다.

조금이라도 사단이 벌어지면 즉각 그가 투입된다. 가급적이
면 다치는 사람 없이 조용히 시각랑만 빼내고, 어쩔 수 없을 경
우에는 가장 빠른 시간에 처리한다.

계야부도 쉬지 못했다.

그는 고삐 풀린 망아지들이 어디에서 무엇을 하는지 수시로
위치 파악을 했다.

여섯 명이 마음껏 놀고 두 명이 뜬눈으로 밤을 새웠다.

밤잠을 못 이룬 남녀도 있다.

계야부와 부사영도 그들만큼은 신경 쓰지 않았다. 일행 중
가장 위험한 한 쌍이지만 어떤 면에서는 가장 안전한 한 쌍이
기도 했다. 누가 기습을 해와도 화향호리는 낙소엽 편에 서서
싸울 수밖에 없으니 그만큼 든든한 울타리도 없을 것이다.

두 사람은 밤길을 더듬어 대나무 숲까지 왔다.

"여기서 기다려 줘."

"이걸 꼭 밤에 확인해야 돼?"

“싫으면 돌아가.”

“목숨 가지고 위협을 해라, 위협을 해. 그리고…… 우리 어떤 면에서는 적인데, 첩보 활동 이런 걸 이렇게 공공연히 해도 되는 거냐?”

화향호리는 들은 척도 하지 않고 대숲 안으로 들어섰다.

계야부에게 제압당하고 여섯 번째 밀마를 봤다.

이번 밀마는 대숲에, 청죽(靑竹) 밑자락에 새겨져 있었다. 장소를 알고 찾지 않았다면 결코 찾을 수 없었으리라.

‘역시…….’

악령환정대법으로 처리된 서인을 보았을 때부터 어쩌면 계야부와 관계를 갖지 않아도 되지 않을까 하는 생각을 했다.

그는 참 곤란한 사내다.

여색(女色)에 흔들리지 않는 사내치고 멋있는 사내 없다.

그가 그렇다. 그는 정말 멋이 없다. 재미도 없다. 오로지 싸움밖에 모른다. 그런 면에서는 도가 텄을지 몰라도 다른 면에서는 어린아이나 마찬가지다.

사약란은 천 리 밖에 있다.

그가 어디서 무슨 짓을 해도 모른다.

그까짓 것 가끔 객고도 풀고 그러는 거지 결백증이라도 있는 사람처럼 깔끔을 떠는 건 정말 정나미가 떨어진다.

춘약을 써도 안 되고, 미혼공을 써도 안 되고…… 천생 정공법(正攻法)을 써서 마음 대 마음으로 접근해야 하는데, 그건 몇

천 년이 걸릴지 모를 일이고…….

더군다나 결정적인 건 자신과 낙소엽이 관계를 가졌다는 것이다.

자신이 사서 한 일이지만 이미 일을 벌여놨으니 그를 유혹하기는 더 힘들게 생겼다. 솔직히 옷을 활딱 벗고 달려들어도 그를 유혹할 자신이 없다.

자신이 가진 방법으로는 안 된다.

한데 청죽 밑에 적힌 밀마는 계야부에게 어떤 식으로 서인을 투입할지 상세한 내용을 기술해 놓았다.

서인은 팔팔 끓는 기름에 녹는다.

어떤 기름이든 상관없지만 먹는 기름이어야 한다. 서인이 기름에 녹아서 한데 섞이기 때문이다.

계야부에게 기름을 먹여야 한다는 숙제가 남아 있지만 관계를 가져야 한다는 것보다는 훨씬 낫다.

그런데 이를 어쩌나. 자신이 이미 서인을 먹어버렸으니. 쉬운 길을 놔두고 어려운 길로 돌아가야 한다. 가능성이 없는 일에 목을 매고 달려들어야 한다.

'미치겠네.'

안선은 그녀의 답답한 마음을 안다는 듯 사람까지 보내주었다.

"정말 재수없으면 뒤로 넘어져도 코가 깨진다는데 네가 그렇군. 참 재수없는 년이야."

삭풍(朔風)처럼 매서운 일갈이 대숲 안쪽에서 새어 나왔다.

'언제!'

화향호리는 깜짝 놀랐다.

사람이 다가오는 기척을 알아채지 못했는데, 언제 이토록 가까이 다가왔단 말인가. 예전이라면 그러려니 하겠지만 세공단까지 복용한 지금도 인기척을 감지해 내지 못했다면 상대는 얼마나 가공할 고수란 말인가.

사내가 모습을 드러냈다.

그녀도 익히 아는 사람이다. 도객들을 몰살시키고 그녀를 납치한 일교사의 주구다.

"그 서인을 어떻게 만들었는데 한입에 먹어치워. 뒷감당은 생각한 건가?"

'나보다 한 수 위!'

화향호리는 뼈저리게 실력 차를 절감했다.

두 사람 모두 세공단을 복용했다. 이 갑자 내공을 공히 얻었다.

이 사실은 상당히 의미가 깊다.

무공에 입문한 지 십 년 된 사람과 이제 갓 입문한 무인를 비무시키면 결과는 뻔하다.

물론 이 비무는 이론적인 것으로 개개인의 편차는 배제한다.

똑같은 기골에 똑같은 시간과 노력을 투자했을 때, 조금이라도 더 오래 수련한 사람이 낫다는 것은 말할 필요도 없다.

한데 세공단을 복용시키면 사정이 달라진다.

　일 갑자를 육십 년이라고 단순 계산하면 두 사람의 내공은 백삼십 년 대 백이십 년이 된다.

　거의 차이가 나지 않는다.

　그만한 내공을 지닌 채 무공을 한 달만 수련시키면 두 사람의 간극은 굉장히 좁혀진다.

　이것이 세공단의 힘이다.

　물론 십 년 차이가 어디냐고 할 것이다.

　하나 그런 뜻으로 말한다면 일 갑자 내공이니 이 갑자 내공이니 하는 것도 의미가 없다. 반드시 육십 년 동안 내공 수련을 해야 일 갑자 내공을 쌓는 것이 아니기 때문이다.

　일 갑자 내공을 지닌 사람이 한순간의 깨달음으로 지금까지 사용했던 진기보다 배는 강한 내공을 구사할 때, 그의 내공은 얼마라고 말할 것인가.

　사실 내공을 수치로 환산한다는 발상 자체가 모순이다.

　어쨌든 세공단은 삼류고수를 단숨에 일류고수 반열에 올려놓아 주는 희귀의 영약이다.

　그런 면에서 볼 때 그녀와 사내는 무공이 엇비슷해야 한다.

　서로가 세공단을 복용하기 전에는 엄청난 차이가 있었을지라도 예전과는 비교할 수 없는 내공을 얻은 이상 거의 동등한 무공을 구사해야 한다.

　한데 차이가 난다. 그것도 많이 난다.

　이는 내공의 차이가 아니라 무공을 이해하는 능력의 차이다. 즉, 개인적인 편차가 남다르다는 거다. 그는 천재다. 반면에 자신은 그저 그런 범부다.

그렇다고 실망할 필요는 없다.

그가 강한 것은 사실이지만 자신도 약하지 않다.

그녀에게는 소사월반이 있다. 병기의 힘을 빌리면 양패구상(兩敗俱傷), 어느 누구도 승리를 장담하지 못한다.

"돌아간 게 아니었나 보지?"

"널 지켜보는 사람이 많다. 나도 지켜보고 있고, 무상 대사도 보고 있다."

무상 대사 이야기가 나오자 화향호리의 얼굴빛이 어두워졌다.

"이번에는 무상 대사보다 내가……."

"이야기하기 편할 것 같아서 왔다는 거야?"

"단도직입적으로 묻지. 계야부와 관계를 가질 가능성은 얼마나 되나?"

"어멋! 남녀 간의 일을 그렇게 노골적으로 물어도 되는 거야?"

"두 가지 방도가 있다."

"……."

화향호리는 긴장했다.

사내는 거짓을 말하거나 농담을 하자고 온 게 아니다. 그가 하는 말은 곧바로 그녀의 목숨과도 관계된다.

"첫 번째는 밖에 있는 낙소엽을 죽이고 너를 빼내는 거지. 미안하게도 점백와는 구하지 못했다. 구할 만한 시간도 없었고. 하니 양고를 죽여서……."

"그럼 나는 미쳐. 아마 백치가 될 텐데?"

양고를 잃은 음고는 반미치광이가 되어 머릿속을 휘저어놓는다.

엄청난 고통도 고통이려니와 거의 대부분 넋을 빼앗긴 미치광이로 전락한다.

"어차피 네 목숨은 상관치 않는 계획이니까."

"뭣!"

"너에게 악령환정대법을 쓸 생각이다. 계야부와 관계하지 못한다면 네가 서인을 지니고 있을 필요가 없지. 깨끗한 상태로 회수하는 게 제일 상책이라는 판단이 선다."

화향호리는 침묵했다.

그녀가 거부하고 자시고 할 성질의 것이 아니다. 자신이 사내와 어울리는 동안 대숲 밖에서는 무상 대사가 낙소엽을 칠 것이다.

두 사람의 싸움은 보나마나 뻔한 것이고…… 일을 진행시키려고 작심했다면 발버둥쳐도 빠져나갈 수 없다.

"다행히 악령환정대법을 쓰기에는 아직 시간이 있다. 나흘. 그동안 네가 먹은 서인은 간에 밀집되어 단단한 암석덩이가 될 것이다. 다행히 간이라서 고통은 없을 게다. 할 수 있겠나?"

"날… 산 채로……."

"미친 상태에서 진행시킬 수도 있다. 널 수중에 넣고 시작하는 것이니만치 결과는 그쪽이 더 안전하겠지."

"그런데 안 하는 이유는…… 내게 뭔가 더 바라는 게 있어?"

"없다."

"……?"

"난 낙소엽을 죽이자는 쪽이었지만 무상 대사가 한 번만 더 기회를 달라고 사정하더구나. 역시 핏줄은 달라. 후후후!"

"그 핏줄 이야기…… 한 번만 더 입에 담으면 네놈을 죽여 버릴 거야. 알았어?"

"호오!"

사내가 놀리듯, 비웃듯 눈을 동그랗게 떴다.

"일단은 악령환정대법을 시전한다. 사흘 안에 계야부와 관계를 가지면 무탈하겠지만 그렇지 않으면……."

"그렇지 않으면 뭐야? 호호호! 죽이기라도 하겠다는 거야?"

"죽이는 것에 더해서 무림 비사 하나가 중원에 널리 퍼지겠지. 아주 상세하게."

"너 이 자식!"

화향호리는 분노에 치를 떨었지만 사내는 무방비 상태로 다가섰다.

"악령환정대법을 시전하는 것이니 이해하도록."

그의 손이 앞섶을 헤치고 쑥 들어섰다.

가슴에 차가운 손이 닿았다. 꽁꽁 언 바윗돌처럼 차갑고 단단한 손이다.

푹!

손이 약간 움직인다 싶더니 작은 침 하나가 가슴을 뚫고 들어왔다.

화향호리는 이를 악물었다.

아픔을 고스란히 표현하자면 바락바락 악을 써도 모자란다. 하지만 자신이 한마디라도 비명을 지르면 낙소엽이 당장 달려올 것이고, 하면 싸움이 벌어진다.

결과는 놈이 원하는 대로 된다.

낙소엽은 죽을 것이고, 자신은 미친 여자가 되어 보약을 기르는 인육 덩어리로 전락한다.

“참을 필요 없어. 굉장히 아프다는 것, 알잖아.”

'네깟 놈…… 비명을 지르면 내가 개다!'

슈웃! 푹! 스슷! 푹!

사내의 손이 가슴 구석구석을 누볐다.

찌르는 혈은 겨우 다섯 개다. 다섯 개라고는 하지만 하나같이 지옥에 든 것 같은 고통을 안겨준다. 하나 고통보다 더 지독한 아픔은 개 같은 놈에게 가슴을 유린당하고 있다는 사실이다.

사내는 뱀처럼 차가운 얼굴을 하고서 가슴을 더듬었다. 혈도를 찌르기 위해서라지만 가슴을 희롱하는 시간이 너무 길었다.

한데…… 이상하다. 머릿속으로는 더럽다는 생각을 하면서도 꽃봉오리에서는 짜릿한 전율이 울린다. 차갑고 단단한 손길이 꽃봉오리를 어루만지자 두부 같은 가슴이 와르르 무너진다.

"으음!"
그녀는 가는 신음을 토하고 말았다.
"후후후! 후후후후!"
사내가 징그럽게 웃었다.

낙소엽은 의아한 눈으로 그녀를 쳐다봤다. 그러나 그의 눈길은 곧 걱정으로 바뀌었다.
"무슨 일이 있었어?"
"아니, 왜?"
"식은땀을 흘리고 있잖아?"
"오한이 좀 나서 그래. 가자."
그녀는 아무 생각도 하지 않았다. 무작정, 끝없이 밤길을 걷고 싶었다.

第四十八章
기녀(奇女)

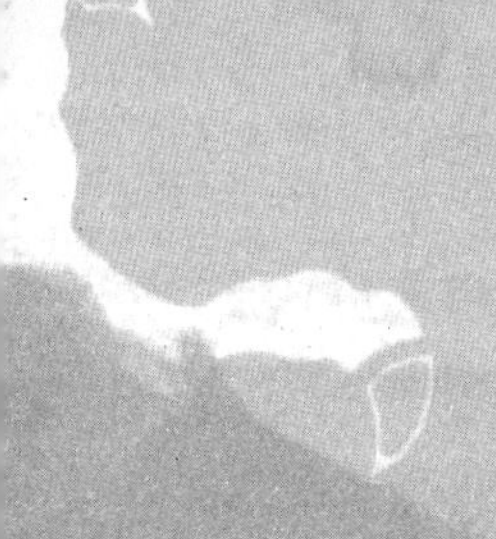

1

담위민은 도박을 즐기지 않는다. 여자도 멀리한다. 하지만 술이라면 사족을 못 쓴다.

그는 천문에 들어서기가 무섭게 주루(酒樓)부터 찾았다.

"이 집에서 내세우는 안주가 뭔가?"

"한 시진 동안 진흙에 감싸서 구워낸 오리가 있는뎁쇼."

"그걸로 가져오고. 술은 뭐가 좋지?"

"어느 선에서 말씀하시는지…… . 가격을 말씀하시면 골라 드릴 수 있습니다만…… ."

"여기에 맞출 수 있나?"

담위민은 황금 덩어리를 내놓았다.

점소이의 눈이 동그래졌다. 지금 자기가 보고 있는 게 진짜 황금인지 아닌지 모르겠다는 표정이었다.

"손님, 이만한 돈이면 고급 주루에 가셔도……."

"이곳 술 냄새가 좋아서 찾아왔는데, 아닌 모양이군. 나도 다됐나? 잘못 맡았을 리 없는데……."

담위민은 고개를 갸웃거렸다.

그는 술을 좋아하지만 두주불사(斗酒不辭)는 사양한다.

술을 취할 때까지 흠뻑 마시는 건 그의 주사(酒事)에는 있을 수 없는 일이다.

한두 잔이면 족하다. 많아야 네다섯 잔을 넘지 않는다. 술맛을 음미하는 데는 그 정도면 충분하다. 그는 말똥구리답지 않게 술에 대한 취향만은 단연 최고였다.

"술이 없다면 할 수 없고……."

담위민이 황금을 집어넣으려고 했다. 순간, 점소이가 재빨리 황금을 가로채며 말했다.

"손님, 없기는요. 최고급 죽엽청(竹葉淸)으로 죽여주는 놈이 있습니다요. 헤헤! 결코 후회하지 않으실 겁니다."

담위민의 눈살이 찌푸려졌다.

"죽엽청인가?"

"일단 드셔보시면 후회하지 않으신다니까요. 헤헤! 곧바로 올리겠습니다."

점소이는 황금을 내놓지 않았다.

죽엽청을 한 수레는 사고도 남을 거액인데 그걸 내놓는다면 바보 아니겠는가. 이놈도 미친놈이지, 허름하기 이를 데 없는 주루에 와서 덜컥 황금을 내놓고 거기에 술을 맞추라니, 그런 주문이 세상천지에 어디 있는가.

'오늘 재신(財神)이 강림했어. 크크!'

점소이는 기분이 좋았다. 그때, 한쪽에서 묵묵히 술독을 닦던 노인이 걸어왔다.

"이놈아, 황금을 어서 드리지 못해!"

"아버지!"

"어서 드리라니까!"

점소이는 마지못해 황금을 내놓았다.

담위민이 만도를 차고 있지 않았다면, 그의 전신에서 피비린내가 풍기지 않았다면 결코 내놓지 않았을 게다.

"손님, 실례가 많았습니다."

노인이 허리를 깊이 숙였다.

담위민은 예의니 뭐니 하는 것에 연연하지 않았다. 부자지간인 듯한 점소이가 내놓은 황금도 집어 들지 않았다. 대신 노인을 향해 재빨리 물었다.

"주인, 술 한잔 마실 수 없겠습니까? 술 냄새가 너무 좋군요. 이런 냄새는…… 흠! 하하! 실례가 안 된다면 한잔 주십시오."

"허허! 그리 썩 좋지는 않은데, 자부심을 가지고 있는 술은 있습니다. 많이는 못 드리고 술을 아시는 듯하니 한 잔만 드리겠습니다. 이건 넣어두시지요."

노인이 황금을 내밀었다.

한 잔, 딱 한 잔.

이빨 빠진 종지에 담긴 투명한 액체.

담위민은 눈을 감고 주향을 음미했다.

"흠! 흐음!"

맡으면 맡을수록 심신이 상쾌해진다.

사람들은 보약이라면 좋은지 나쁜지도 모르고 수천 금을 쏟아붓는다. 이런 술 한 잔이 천년하수오(千年何首烏)보다 좋다는 사실을 모른 채 영약을 찾아 심산산골을 헤맨다.

'이런 곳에서 이런 보물을 찾다니.'

그는 좀처럼 술잔을 들어 올리지 못했다.

싸구려 술은 술잔에 따라놓고 잠시 시간이 지나면 주향이 사라진다. 더 나쁜 술은 술맛까지 약해진다. 하지만 진정한 술은 맛과 향이 변하지 않는다. 만들 때부터 불순물을 깨끗이 걸러내기 때문에 순도가 매우 높으면서 향이 오래 지속된다.

'모태주(茅台酒)…… 적어도 팔십 년은 된 것…….'

주인은 한 잔만 내왔지만 이 한 잔이야말로 천금을 주고도 못 살 술이다.

김이 모락모락 나던 오리구이가 차게 식었다.

그는 수저조차 들지 않았다. 술을 쳐다보고 냄새를 맡는 게 너무나도 행복했다.

그가 내민 황금 덩어리에는 수많은 피가 묻어 있다.

시각랑들의 피, 적군의 피…… 서로 죽고 죽이며 다섯 해를 군에서 보냈다.

지겹디지겨운 군 생활의 모든 것이 황금 한 덩어리로 정산
되었다.
　'이거면 된 거야. 이거면 중원에 나온 보람이 있어.'
　그는 술잔이 놓여진 지 반 시진이 지난 후에야 술잔을 들어
한 모금을 마셨다.
　뭐라고 표현하지 못할 향기가 목젖을 촉촉이 적셨다.

　손님이 찾아왔다.
　먼 길을 걸어온 듯 온몸이 먼지투성이다. 해질 대로 해진 옷
은 넝마나 다름없었고, 머리에 쓴 방갓도 부서지고 찢어져서
안 쓰느니만 못했다.
　손님은 여인이다.
　작고 말랐는데, 어딘지 모르게 통통하다는 느낌도 준다. 두
손은 수투(手套) 대신 더러운 헝겊으로 둘둘 말아 감았고, 허리
춤에는…… 검을 찼다.
　그녀가 담위민 옆으로 다가섰다.
　"이 술, 내가 마시면 안 돼요?"
　그녀의 음성은 맑았다. 아직 앳되다고나 할까? 하지만 많이
지쳐 있는 음성이었다.
　"소저가 마시기에는 좀 독할 텐데."
　"참 좋은 술이네요. 모태주인가요?"
　"허!"
　"대략…… 칠팔십 년?"

“앉겠소?”

여인은 두말 않고 맞은편에 앉았다.

점소이가 냉큼 달려와 뜨거운 엽차를 놓고 갔다.

점소이는 황금 덩어리를 받은 다음부터 다시 싹싹하고 부지런한 점소이로 돌아갔다.

“이거 나도 한 잔뿐이라…… 궁색하지만 반 잔씩 나눠 마시는 건 어떻소?”

“좋아요.”

그녀는 자신이 주인인 듯, 승낙을 자신이 하는 듯 당당하게 말했다.

담위민은 술 한 잔을 두 잔으로 나눴다.

아주 조금씩 나눠 마시면 세 모금 정도는 마실 수 있을 것 같다.

노인장이 있으면 어떻게 한 잔 더 부탁해 보련만…… 이런 것을 예상했는지, 아니면 초저녁잠이 많은지 한 잔을 내준 후에는 어디론가 사라지고 보이지 않는다.

홀짝!

담위민이 한 모금을 마셨다.

여인은 술잔을 입가에 대고 주향을 음미했다.

술을 안다. 그것도 주도(酒道)라고 부를 수 있을 정도로 아주 깊이 안다.

“어디서 오는 길이오?”

지나가는 말로 물었다.

"산동(山東)이요."

"허! 소저 혼자 오기에는 꽤 먼 길인데."

"재미있게 왔어요."

여인이 홀짝 한 모금을 마셨다.

"이 집, 어울리지 않게 아주 귀한 술을 가지고 있네요. 탁기(濁氣)를 뺀 게 어제 같죠?"

"허! 나도 탁기 냄새를 맡고 왔는데, 소저도?"

"네. 이 냄새, 내일까지는 갈 거예요."

"혹시 집이 술도가?"

"아버님이 애주가셨어요. 네 살 때인가? 남들은 붓을 잡을 때 저는 술잔을 잡았죠."

"허!"

"그쪽은 어떻게?"

"나는 뭐 어중이떠중이로. 일곱 살 때인가? 냄새 좋은 물이 있어서 홀짝홀짝 들이켰는데 뱃속에서 불이 일더니 몸이 이상해집디다. 하하하! 꼬마 놈이 독주를 마셨으니…… 거의 반나절 동안은 뒈지게 맞았소."

"술 마셨다고요?"

"그게 이십 년인가 삼십 년인가 묵은 오량액(五粮液)이었지? 꿀꺽꿀꺽 몇 모금 먹고는 속에서 불이 치밀어, 아! 이거 못 먹는 거구나 하고 버렸지 뭐요."

"호호호! 맞을 만했네요."

두 사람은 거의 동시에 술잔을 들어 올렸다.

홀짝! 홀짝!

뱃속에서 따스한 불이 지펴졌다.

좋은 술은 목에서부터 느낌이 온다. 목이 아프지 않다. 머리도 상쾌해지고, 몸도 날아갈 듯 가볍게 느껴진다.

"휴우! 피로가 싹 풀리네요."

여인이 술잔을 내려놓으며 말했다.

"가시려오?"

"네. 좋은 술 마시고 가요."

"언제 기회 있으면 또 한잔합시다."

"하위미(賀偉美)라고 해요. 그쪽은요?"

"아! 하 소저였군. 난 담위민이라고…… 무림에 나온 지 한 달도 안 되었으니 무명소졸이나 다름없소."

"저도 무림에 나온 지 얼마 되지 않았어요. 무명소졸이죠."

"하하! 그렇군."

"다음에 인연이 되면 한잔해요."

여인이 일어섰다.

담위민은 술잔을 들어 보이는 것으로 인사를 대신했다.

'하위미……'

방갓을 눌러쓰고 있어서 얼굴을 보지는 못했지만 앳되고 복스러울 것 같다는 느낌이 든다.

귀여운 여인이다.

한 가지 신경 쓰이는 건 허리에 매달려 있는 검이다.

검에서 요사한 기운이 풍긴다. 뭐라고 할까? 전쟁이 시작되기 전에 느낄 수 있는 긴장감 같은 것이라고 할까?

피를 많이 머금은 마물(魔物)인 것만은 틀림없다.

착하고 순진한 여자가 왜 그런 요물을 지니고 다니는 것이지? 가전지보(家傳之寶)인가? 도대체 어느 집안의 규수이기에 그런 검이 전해지는 걸까?

그런 검은 시각랑에게나 어울린다. 죽이고, 죽이고…… 끝없이 죽이는 일만 반복하는 도살자나 지녀야 한다.

살아 있으면 그녀와 만날 날이 또 있을 것이다.

이건 장담할 수 있다. 그녀와는 반드시 만난다. 탁기만으로 명주를 알아보는 후각이라면 어느 동네에서든 반드시 만나 술 한잔을 같이하게 되리라.

'그러고 보니 나이도 안 물어봤군. 하하!'

담위민은 괜히 마음이 설레었다.

2

스슷! 스스스슷!

조용한 움직임이 천문을 에워쌌다.

그들은 날렵했다. 군인들처럼 일사불란(一絲不亂)했고, 어떤 속도로 움직이든 진식에서 벗어나지 않았다.

"엇!"

종루에서 사방을 지켜보던 부사영이 그들을 발견했다.

그들은 굳이 숨지 않았다. 당당하게 몸을 드러낸 채 천라지망(天羅地網)을 좁혀왔다.

저들은 누구인가? 안선인가?

이 시점에서 안선이 왜 공격해 온단 말인가. 그들은 계야부가 필요한데, 아직도 이용해 먹을 생각이 간절한 것 같은데.

비상이닷!

그는 신속히 종을 쳤다.

뎅뎅! 뎅뎅! 뎅뎅! 뎅뎅……!

말똥구리들은 군에 있을 때의 망나니들이 아니었다.

그들은 무림에 발을 디뎠다.

무림은 전혀 낯선 곳이 아니다. 자라면서 보아왔던 곳이다. 또 성장한 후에는 무림과는 이질적인 곳, 군에 들어가서 적을 죽여왔지만 항상 무림이란 곳을 말해왔고, 동경했다.

싸움을 좋아하는 사람들에게 무림은 한 번쯤 몸을 담글 곳으로 여겨졌다. 자신이 무공을 배우면 금방 절정고수가 될 것 같고, 잘하면 만세에 이름을 남기는 것도 불가능하지 않다고 생각했다.

그만큼 싸움에는 자신이 있었다.

다만 운이 없을 뿐이다.

빈한한 곳에서 태어나 문파 입문을 하지 못했다. 괜찮은 사람을 만나지 못해서 무공을 배우지 못했다.

흘러 흘러 말똥구리가 되었을 때는 무림을 포기한 후였다.

무림은 여전히 동경의 대상이지만 자신들과는 인연이 없는 딴 세상 이야기였다.

한데 뜻하지 않게 그런 곳으로 왔고, 무림의 저력을 온몸으로 느끼고 있다.

벌써 장위가 죽었다.

다음에는 또 누가 죽을까?

정신 바짝 차리고 있어도 코 베어가는 세상이다. 잠깐만 한눈을 팔면 목이 떨어지는 곳이다.

그들은 주루를 찾아 술을 마셨다. 기루를 찾아 기녀를 샀다. 도박판에 들러 골패를 만지작거렸다.

한데 흥이 나지 않는다. 예전처럼 자유분방하게 놀고 마실 수 없다. 계야부와 부사영이 차디찬 이슬을 맞으면서 길거리를 배회하고 있는데, 자신들만 따뜻하게 배를 채울 수 없다.

술을 마시면 답답한 마음이 싹 풀릴 줄 알았는데…….

그들은 자리에서 일어서고 있었다.

그때 예정된 신호가 왔다.

뎅뎅! 뎅뎅! 뎅뎅!

종루에서 삼십여 장 떨어진 곳에 작은 다리가 있다. 실개천을 가로지르는 나무다리다.

웬만한 다리 밑에는 걸개(乞丐)들이 움막을 짓고 사는데, 이곳은 폭이 너무 좁아서 걸개조차 없다.

흩어졌던 사람들이 나무다리 밑으로 모이는 데는 채 일다경도 걸리지 않았다.

그들의 입에서는 술 냄새가 풀풀 풍겼다.

밤을 밝히고 있었던 터라 눈동자가 피로에 젖어 있다.

"뭡니까?"

"적이다."

"몇 명이나 되는데?"

화향호리가 고개를 갸웃거리며 물었다.

안선이 공격해 올 리는 없다. 자신에게 사흘 말미까지 주었고, 악령환정대법까지 실시해 놓고 아닌 밤중에 홍두깨 격으로 밀고 들어올 리 없다.

"인원은 대략 삼백 명?"

부사영이 보고 들은 것을 정확히 말했다.

그의 말 한마디에 따라서 판단 착오가 생긴다. 이럴 때는 지레짐작을 하지 말 것이며, 정확하지 않은 것은 정확하지 않다고 분명히 말해야 한다.

부사영은 말똥구리들의 신화다. 그는 지금 자신이 무엇을 해야 하는지 정확하게 안다.

"포위망은 완벽해. 뚫고 나갈 구석은 없어."

단정적으로 말했다.

보고 느낀 것이 아니다. 보고 파악한 것이다. 뚫고 나갈 곳을 면밀히 살폈고, 충돌을 일으키지 않는 한 도저히 빠져나갈 수 없다는 사실을 알아냈다.

계야부가 침착하게 말했다.

"삼백 명으로 천문을 포위할 수는 없다. 완벽하게 포위당했다는 근거는?"

"진식(陣式)이야."

"어떤 진인지는 알아봤나?"

"내가 진에 대해서 아는 게 있어야지. 하지만 진인 것만은 분명해. 열 걸음을 옮기든 스무 걸음을 옮기든 서로 간의 거리, 위치, 노리는 방향이 일정했다."

두말할 것도 없이 진식이다.

계야부는 화향호리를 쳐다보며 말했다.

"안선이 공격해 올 이유가 있나?"

"없어."

"무림 동향에 대해서 들은 건 있나?"

"없어. 내가 아는 건 너희도 아는 거야."

귀신이 곡한다고 하는데, 지금이 딱 그 짝이다. 이토록 누가 왜 공격해 오는지 짐작조차 할 수 없는 건 처음이다.

"생각은 나중에 하고 일단 빠져나가자."

"방법이 없다니까."

계야부는 부사영의 말을 뒤로하고 또다시 화향호리에게 말했다.

"우리 모두 변장시킬 수 있나?"

"절반만 버리지? 그럼 해줄 용의가 있는데."

"필요한 물자는?"

"절반 버릴 거야?"

"네 목숨을 한 번 구해준다, 영단(靈丹)의 위협에서."

계야부는 몇몇 사람만 알아들을 수 있는 말을 했다.

"설마 네가 말한 게……."

"시간이 없다. 필요한 물자는?"

계야부는 화향호리의 입에서 세공단이라는 말이 나오기 전에 재빨리 화제를 돌렸다.

그는 진실로 말똥구리들이 세공단에 대해서 알지 못했으면 한다.

강해지고 싶다는 인간의 욕심은 끝이 없다. 한 계단을 딛고 올라서면 두 계단을 오르고 싶어 한다. 영원히, 목숨이 다하는 그날까지 오로지 오르기만 하려는 게 강자에 대한 욕망이다.

특히 죽음을 상시 경험하고 살았던 말똥구리들의 경우에는 그런 욕망이 말도 못하게 크다.

세공단에 대한 말만 들어도, 그것이 설령 지금 구할 수 없는 것이라고 해도 심하게 갈등하고 욕심낼 것은 자명하다.

"쟤들하고 노닥거릴 것도 아니고 겨우 스쳐 지나가는 것뿐이잖아. 그 정도면 별로 필요없어. 수염 좀 만지고 옷 좀 쓸 만한 것으로 갈아입으면 돼."

만변천자의 역용술은 멀쩡하던 사내를 꼽추로 만들어놨다. 단지 짚과 허름한 옷 한 벌로 만들어낸 결과다. 부사영은 중년인이 되었다. 개털로 수염을 만들어 붙였을 뿐인데, 누가 봐도 오십대는 넘어 보인다.

그녀는 주변에 있는 잡동사니와 아교(阿膠) 하나로 전혀 별

개의 세상을 만들어내었다.

"이게 모두 그 만변천자인가 뭔가 하는 사람의 역용술인
가?"

낙소엽이 활짝 웃으며 말했다.

"형님은 뭐가 좋아서 싱글싱글이우?"

여강강이 툭 쏘아붙였지만 그는 미소를 거두지 않았다.

그녀가 행동을 같이한 지 꽤 된 것 같은데, 오늘처럼 '우리
모두 하나다' 싶을 때는 없었다.

그녀가 일행과 섞이는 것이 좋다. 죽고 죽이는 이야기는 하
지 말고 이렇게 서로를 이상한 모습으로 바꿔가며 낄낄거리는
것이 좋다. 그녀가 만들어낸 현란한 요술의 세계가 아주 좋다.

반 시진이 흘렀을 때, 시각랑 일행은 흔적도 없이 사라졌다.

계야부가 물었다.

"어떻게 할까?"

"각개로 하죠."

고봉이 만도를 만지작거리며 말했다.

"그거 좋지. 오랜만에 각개 한번 뜹시다."

갈조기가 동조했다.

계야부는 피식 웃었다.

시각랑의 신 앞에서 반딧불들이 재롱을 부리고 있다.

고봉이나 갈조기의 판단은 확실히 옳다. 빠져나갈 수 없는
완벽한 포위망에 갇혔을 때, 그리고 변복(變服) 탈출로 생각을
굳혔을 때는 집단 행동보다 각개 행동이 이상적이다.

여러 명이 우르르 뭉쳐 다니다가는 주목받기 십상이다.

더군다나 이들의 변복은 모양새가 각기 다르다. 다 함께 어울릴 부류가 아니다. 흩어져야 하고, 또 그것이 순리다.

하지만 고봉과 갈조기가 각개를 주장한 데는 다른 목적이 있다.

변복 탈출에서 중요한 것은 적의 관심을 어디로 끌어당기느냐에 달려 있다.

변복이란 아무리 정교하게 해도 어딘가 흠집이 있게 마련이다. 또 그런 점들은 요상하게도 신경을 바짝 곤두세우고 있는 적에게는 유독 잘 보인다.

적의 신경을 한곳으로 묶어두는 일, 즉 미끼가 날뛰지 않으면 변복 탈출의 가능성은 절반 이하로 떨어진다.

고봉과 갈조기는 자신들이 미끼가 되고자 한다.

모두들 혼자 알아서 탈출하라고 냉정하게 말하지만 속으로는 ‘자식들아, 잘 가’ 하고 마지막 인사를 나누고 있다.

계야부와 부사영도 수천 번은 더 써먹은 수법이다.

“좋아. 각개로 한다. 넌 종루로 가. 맨 마지막에 탈출해라. 사단이 벌어지면 즉시 지원하고.”

계야부가 부사영을 보고 말했다.

“알았어. 그럼 나중에들 보자.”

부사영이 삼 척 장검을 들고 일어섰다.

엉뚱한 행동을 못하게 하는 방법은 단 하나, 명확한 명령 하달이다. 뒤에 남을 자를 정확하게 짚어줌으로써 자신이 일을 벌일 경우, 다칠 사람이 있다는 것을 알려준다.

고봉이 미미하게 고개를 저었다.

자신의 생각대로 움직일 수 없다는 걸 안 것이다.

"집결 시간은 내일 아침 인시(寅時)다. 인시를 넘길 경우 제이 집결지로 바로 와라. 제이 집결지 도착 시간은 내일 저녁 신시(申時). 신시를 넘길 경우, 전사(戰死)로 간주한다."

보통의 경우, 제이 집결지까지 쫓아오지 못한 자는 거의 대부분 전사한다. 하나 그래도 사는 사람이 있다. 악착같이 살아남아서 단독 귀대를 하는 사람이 종종 있다.

계야부가 그런 짓을 많이 했다.

남들이 모두 죽었을 것이라고 생각했지만 머칠이 지나면 피투성이가 되어 돌아오곤 했다.

쫓아오지 못하면 스스로 알아서 자기 자신을 챙기는 게 시각랑의 행동 방식이다.

그런 연유로 제이 집결지 이후의 명령은 당연히 내리지 않는다.

계야부는 한마디 더 했다.

"그래도 살아남으면 우리가 하는 이 짓을 다시 한 번 되씹어 봐라. 그런 후에도 할 만하다 싶으면 소문을 듣든 수소문을 하든 알아서 찾아와라."

"거참 무정한 말씀이지만 틀린 말도 아니니 반박할 수도 없고. 악착같이 사는 수밖에 없구먼. 어디 살아봅시다."

추위결이 만도를 들고 일어서며 말했다.

"봅시다아? 이놈이 점점 혀가 짧아지네?"

여강강이 눈을 부라렸다.

"거 같이 나이 먹어가는 처지에 너무 그러지 맙시다. 나이도 내가 더 많은데. 고향에 가면 내 동생도 형님보다 나이가 많소. 군을 벗어난 지가 언젠데 아직도 서열로 잡을 생각이오? 꼬우면 나가서 한판 붙던지."

"햐! 이 자식 이거 많이 컸네. 이거 나한테 도전하는 것 맞지?"

여강강이 살광을 토해냈다. 하지만 발광하지는 않았다.

부하들에게도 치받을 수 있는 유일한 기회가 있다. 지금처럼 탈출 직전, 그것도 탈출 방법이 각개로 결정된 후에는 어떤 소리도 용납된다. 그래서 이런 자리를 빌미로 삼아 평소에 하지 못한 말들을 쏟아내곤 한다.

서열을 목숨처럼 중히 여기는 시각랑이 하극상(下剋上)을 보고도 담담하게 웃은 이유다.

"너 지금은 좋은데 나중에 어떻게 감당하려고 그래?"

낙소엽이 추위걸의 등을 툭 치며 말했다.

추위걸이 씩 웃으며 말했다.

"너나 잘해, 인마. 너 하는 소리 들었는데, 그게 뭐냐? 창피하게. 그만 내려와. 하하! 그만 내려오래."

"너 이 새끼!"

"이 새끼는 뭐가 이 새끼야. 먼저 간다. 나중에들 와라."

추위걸이 좌중을 한바탕 뒤흔들어 놓고 쏜살같이 빠져나

갔다.

서악정이 슬머시 일어섰다. 그러자 여강강이 소궁에 화살을
재우며 말했다.

"너, 주둥이 놀리면 죽는다!"

3

계야부에게는 등짐 하나가 얹어졌다.

떠돌아다니면서 장사를 하는 장돌뱅이로 변복했는데, 묘하
게 분위기가 들어맞는다.

계야부는 터벅터벅 밤길을 걸었다.

"일 장 앞!"

십여 장 전부터 매복이 있다는 걸 알았다.

매복 솜씨는 상당히 좋다. 아니, 좋은 정도가 아니라 감탄이
나올 만큼 뛰어나다. 주변과 완전히 동화되어 버린 위장술(僞
裝術)에도 감탄이 터져 나오고, 숨소리조차 죽인 정적이 또 한
번 탄성을 쏟아내게 만든다.

매복한 자들은 고도의 수련을 받았다.

계야부는 그들을 향해 한 발 한 발 다가섰다. 그리고 드디어
일 장 앞까지 이르렀다.

'앞에 한 줄, 중간에 한 줄…… 뒤에 한 줄?

매복은 씨줄 날줄 엮듯이 촘촘히 짜였다.

비록 깊이는 삼진(三陣)밖에 되지 않지만 힘으로 뚫고자 한

다면 열다섯 명에서 스무 명 정도를 죽여야 한다.

참 묘하다.

힘으로 확 밀어붙이면 될 것 같은데. 첫째 줄과 셋째 줄에 있는 자는 무시하고 둘째 줄에 있는 자만 쳐내면 공간이 뻥 뚫릴 것 같은데, 다시 한 번 침착하게 쳐다보면 달려드는 순간 앞줄과 둘째 줄에 있는 자들에게 올가미처럼 감싸이게 된다.

어느 쪽에서 치든 같은 형태가 반복된다.

순간, 계야부의 눈빛이 흔들렸다.

어디선가 겪어봤던 진형이다. 뚫기가 쉽지 않았던… 결국은 포위되었고, 그래서 인질을 사용할 수밖에 없었던…….

'천악망!'

사약란을 납치할 때, 서지단 무인들과 격전을 벌였던 진형이다.

이들은 무총 서지단 무인들이다.

사약란이 빠져나오고 난 후에는 관심을 끊었지만, 이들이 펼치는 천악망까지 잊을 리 없다.

'뭐야? 이들이 왜?'

"잠깐."

관도 옆에서 불쑥 무인이 튀어나오며 앞을 가로막았다.

'고수!'

계야부는 한눈에 심상치 않은 자임을 알아봤다.

그는 낙엽을 밟으면서 걸어나왔지만 낙엽 밟는 소리가 일절 들리지 않았다. 농담 삼아 말하는 답설무흔(踏雪無痕)의 경지가 바로 이럴 것이다.

"오랜만이군."

무인이 딱딱한 어조로 말했다.

계야부는 눈을 가늘게 뜨고 쳐다봤다.

"아!"

탄성부터 토해졌다.

냉조검사 엽위상이다. 과거 서지단 천악망을 이끌었던 그가 다시 천악망을 가지고 천문을 포위했다.

그는 달라졌다.

싸늘하다. 웃음을 잃었다. 어설픈 농담 따위는 용납지 않을 것이다. 땅에 붙박혀 있는 바위처럼 무게감이 느껴진다. 몹시 빠르고 강한 쇳덩이다.

"언제 한번 만나보고 싶었는데…… 그새 장사꾼이 된 건가?"

"귀찮은 충돌을 피하고 싶었어."

계야부는 순순히 말했다.

"천악망에게 '귀찮은' 이라니, 아직도 건방진 건 여전하군."

언사에 거침이 없다. 전에도 그렇지만 강도가 훨씬 세졌다.

전과는 비교할 수 없을 만큼 무공의 진전이 컸다는 뜻이다.

예전의 그는 시각랑이었던 계야부조차 벅차했었다. 군에서 익힌 사검에 사전투광신보 하나만 더 수련했을 뿐인데, 그것을 이겨내지 못하고 쩔쩔맸다.

이제는 자신있다는 표정이다.

이대로 보내줄 수 없다. 이렇게 봤으니 네 콧대를 꺾어주겠다. 무림은 너 같은 자가 돌아다닐 곳이 아니다.

그는 눈으로 많은 말을 쏟아냈다.

"성취가 있었던 모양이군."

"조금. 한낱 시각랑에서 독심환마로 변신한 사람에게는 비할 바가 못 되고. 군사는 잘 계신가?"

"알고 있잖아."

무총 서지단의 정보망은 천하에서 일, 이위를 다툰다. 사약란이 있을 때는 그랬다. 그들이 모르는 것은 세상도 모른다는 소문까지 나돌 정도로 세밀하게 정보를 수집했다.

엽위상이 실소를 지으며 말했다.

"몰라. 관심 끊었거든."

"잘 있다."

"비궁 안에 틀어박혀서 말이지? 남만의 독인 따위나 불러들여서 뱀이나 지네 같은 징그러운 미물을 몸에 두르고 말이지?"

계야부는 피곤함을 느꼈다.

엽위상은 피곤한 사람이 되었다. 그와 말을 나누면 나눌수록 피곤함이 몰려온다.

"반가웠다. 볼일없으면 길을 비켜줬으면 하는데."

"후후후! 볼일이 남아 있다면?"

"원하는 게 뭔가?"

"너."

"……."

"잊었나? 아니면 멍청한 건가? 세상 사람들이 독심환마를 잡기 위해 동정호로 몰려든 것을 모른단 말은 안 하겠지? 그 사람들이 죽이고자 하는 건 비궁이 아니라 너야."

처음에는 그랬다. 하지만 지금은 상황이 변질되었다.

수많은 사람들이 영물에 눈이 뒤집혀서 비궁을 찾는다. 독충들 때문에 길이 막혔지만, 바로 그 독충들이 그들을 갑부로 만들어줄 것이다.

다른 목적을 가진 사람도 있다.

비궁이니 뭐니 하는 것은 관심도 없다. 무인이니 뭐니 하는 것도 모른다. 그들은 오직 천충만 본다. 천충이 자신의 천형(天刑)을 가져가 주기만 고대한다.

소문을 듣고 전국 각지에서 모여든 불치병 환자들이 무인들의 수보다 훨씬 많다.

사실 무인들이 전력을 다해서 비궁을 치지 못하는 것도 군중들의 이목을 의식해서다.

사람들은 독물만 걷어내기를 바란다. 그런 과정에서 혹여 천충이 소멸되면 어쩌나 염려한다. 그럴 바에는 아예 손을 대지 말았으면 하는 바람으로 지켜본다.

비궁을 잘못 건드리면 인망(人望)이 단번에 날아간다.

동정호는 사람만 모여들 뿐, 싸움은 좀처럼 일어나지 않는 기이한 현상을 보이고 있었다.

엽위상이 잔인한 미소를 지으며 말했다.

"너만 잡으면…… 비궁에 대한 악감정은 사라지게 되지. 네가 문제지 비궁이 나쁜. 건 아니라는 말인데, 알아들었나?"

엽위상은 자신을 보내줄 생각이 없다.

계야부는 등짐을 내려놨다.

변장은 훌륭했지만 아는 사람의 이목마저 속이기에는 너무 빈약했다. 아는 사람이 있을 것이라는 생각을 못했기 때문이지만 준비할 시간도 너무 짧았다. 솔직히 그만한 시간에 이 정도 한 것도 잘한 것이다.

"역시 넌 순순히 두 손 드는 법이 없어."

스릉! 스스스슷!

엽위상이 검을 뽑았다. 천악망도 움직였다. 계야부를 향해 서서히 진형을 좁혀왔다.

"처음부터 날 노린 것 같지는 않은데?"

계야부는 등짐 속에 숨겨놨던 검을 꺼냈다.

"맞아. 넌 운 좋게 걸려든 덤이야."

그가 검을 어깨 높이로 들어 올렸다.

사사사삿!

천악망이 또 한 번 움직였다.

순간, 계야부는 거대한 구렁이에게 걸려들어서 둘둘 휘감긴 것 같은 느낌을 받았다.

숨이 막힌다. 답답하다. 발버둥은 쳐보겠지만 빠져나갈 구석이 없어 보인다.

문득 다른 놈들은 어떻게 됐을까 하는 궁금증이 치민다.

무사히 빠져나갔을까? 자신은 전부터 아는 자가 지켜봤으니 발각된 것이고…… 천악망이 처음으로 움직인 건가? 하면 시각랑은 무사히 빠져나갔다는 말인데…….

엽위상에게 묻지는 않았다.

그에게 묻는다는 건 잡아야 할 사람들이 또 있으니 경계를 늦추지 말라는 당부나 다름없다.

여기서 자신이 할 수 있는 최선의 행동은 가급적 소란을 크게 피워서 천악망 삼백 명의 이목을 모두 끌어당기는 것이다. 그리고 무사히 빠져나가야 한다.

빠져나가는 것은 어떻게 될지 모르겠지만 소란 피우는 것만큼은 자신있다.

"내가 덤으로 걸려든 거라면 잡아야 할 사람은 따로 있다는 건데…… 궁금하군. 도대체 서지단 천악망이 직접 나서서 잡아야 할 사람이 누군가?"

"넌 알 것 없어."

츠츠츠츳!

그의 검에서 검기가 줄기줄기 쏟아졌다. 검기가 아니다. 살기이며 악기(惡氣)다.

그의 검은 정통 무가의 정검(正劍)이었다. 한데 이제 바뀌었다. 사검(邪劍)이며 마검(魔劍)이 되었다. 서지단에 몸담고 있으니 망정이지 무림 출도할 때부터 이런 검을 들고 나왔다면 진작 마인으로 낙인찍혔을 게다.

계야부도 삼진기를 끌어모았다.

파파파팟!

냉기와 독기는 다시 단전으로 돌아가고 본신진기만 검에 머물렀다.

일어나고, 주입되고, 회귀한다.

떨림은 없다. 진파가 일어나고 있지만 전처럼 심한 떨림은 보이지 않는다.

본신진기는 밖으로 쏘아져 나가려는 원심력(遠心力) 역할을 한다. 회귀하는 두 진기는 안으로 끌어당기는 구심력(求心力)이다. 구심력이 원심력보다 크니 떨림이 없다.

정적(靜寂).

계야부는 바람도 통과할 수 있을 정도의 무(無)를 보였다.

"흠!"

엽위상이 미미하게 신음을 토해냈다.

계야부는 살귀였다. 그래서 살귀가 되었다. 한데 이제 그는 무귀(無鬼)가 되었다. 말 그대로 아무것도 없는 텅 빈 공간이 되었다. 살귀를 훌쩍 뛰어넘는다.

"쳐!"

그는 하기 싫은 명령을 내렸다.

쒜엑! 쒜엑! 쒜에엑!

예검(銳劍)이 숨 돌릴 틈도 주지 않고 쏟아졌다.

인간의 몸은 한순간에 하나의 동작밖에 취하지 못한다.

다른 사람이 하나의 행동을 취할 시간에 두 가지 행동을 쏟아내면 빠르다는 소리를 듣는다.

하면 무인은 얼마나 빠를 수 있을까?

일류고수끼리의 싸움에서 정말 빠르다는 경탄을 받으려면 한 배 반 이상의 속도를 보여야 한다.

다른 사람이 한 번 움직일 동안에 한 번 움직이고 절반 정도 더 움직여야 한다.

그 정도 빠름이라면 누구와도 검을 맞댈 수 있다.

그렇다. 한 배 반의 빠름을 추구하는 게 그토록 어렵다.

해낼 수 없는 건 아니다. 쾌검이라는 말을 듣는 많은 무인들이 그토록 어려운 일을 해냈다. 내공심법이 각기 다르고, 수련 방법도 제각각이지만 결국은 빠름을 얻어낸다.

착월검법(鑿月劍法)이 대표적인 쾌공이다. 한순간에 달을 뚫어버리는 쾌검은 무공이라기보다는 한 폭의 그림이다. 분광검법(分光劍法)도 빠르다. 빛을 나눌 정도의 빠름이라니.

가히 상상이 되지 않는다.

하면 착월검법과 분광검법이 어울리면 어떻게 될까?

어느 검공이나 한 배 반의 빠름을 얻었다고 보면 손가락 하나 까딱하는 정도의 빠름이 승패를 결정짓게 된다.

양보하고, 양보하고, 또 양보해도 고수 간의 싸움에서 두 배 이상의 빠름을 선보일 수는 없다.

만약 그런 검을 얻은 자가 있다면 그야말로 천하제일인이라고 말할 수 있으리라.

여기서 쾌공의 파훼법이 생긴다.

양보를 듬뿍 해줘도 두 배 정도의 빠름뿐이라면 세 명이 나서면 된다는 무리(武理)가 성립된다.

세 명이 각기 다른 방향에서 동시에 검을 전개했을 때, 쾌검을 지닌 자가 쳐낼 수 있는 한도는 두 명뿐이다. 다른 한 명이 쳐낸 검은 피하지 못한다.

이것은 변할 수 없는 진리다.

한데 실전에서는 그렇지 않다. 삼 대 일이 아니라 오 대 일, 십 대 일의 싸움도 밀릴 사람은 밀린다.

속도의 문제가 아니라 변화, 환(幻)의 묘가 가미되기 때문이다.

세 명이 목숨을 내놓고 일시에 검을 찌르면 피할 수 없는데, 그렇게 하지 않는다. 완벽한 조화를 이룬답시고 유인하는 사람과 공격하는 사람으로 진형을 짠다.

유인하는 사람은 멀리서 건드리기만 하니 안전하다. 공격하는 사람은 배후나 허점을 노리기 때문에 안전하다. 모두가 안전한 가운데 상대만 공격당한다.

이것이 진식의 무리다.

진식의 변화와 검의 변화가 부딪치면 속도와는 무관한 싸움이 된다. 물론 속도도 가미되지만 그보다는 어느 쪽이 허점을 더 날카롭게 파고드느냐 하는 싸움으로 변질된다.

삼 대 일, 사 대 일…… 수적으로 우세하면서 진정으로 우세한 이점을 살리지 못하고 상대에게 기회를 주고 만다.

천악망은 그런 단점을 배제한다.

쾌검에 변화가 없다. 한 번의 공격에 세 사람이 동시 가담한다. 어느 쪽이 공격하고, 누가 공격당하느냐는 순전히 운이다. 검을 맞받는 쪽도, 배후를 찌르는 쪽도 최선을 다한다.

천악망은 맨 정신으로는 펼칠 수 없는 죽음의 진법이다.

계야부는 변화를 꾀했다.

세 명이 동시에 공격해 오면 맞받을 생각을 하지 않고 훌쩍 물러서서 공격받는 위치를 변동시켰다. 빠름의 한 수를 전혀 다른 방향으로 쓴 것이다. 그리고 나머지 반 정도 남은 빠름으로 공격한 자들을 역공한다.

천악망은 이 점도 계산했다. 그래서 공격받는 자가 튀어나오는 즉시 두 번째 공격이 진행된다.

물리고, 물리고, 물리고…… 끝없이 공격이 이어진다.

천악망 안에서는 쾌검이 제 능력을 발휘하지 못한다. 환검(幻劍)도 무식하리만치 단순한 공격에 무용지물이 된다. 파괴력을 바탕으로 한 패검(覇劍) 역시 한두 명 정도는 죽일 수 있을지 몰라도 결국은 당하게 된다.

천악망은 손실을 각오한다. 한두 명, 서너 명 정도는 내준다. 아예 죽이라고 면전에 들이민다. 그리고 그들을 죽이는 동안 다른 쪽에서 살을 저민다.

한 발을 땅에 고정시키고 두 손을 써서 좌우의 적을 상대한다. 남은 발은 뒤로 돌려 다른 한 축을 쳐낸다.

한 번의 움직임에 세 개의 초식이 쏟아져야 산다.

슛! 슈슛! 깡! 깡! 깡!

정신없이 검이 부딪쳤다.

전후좌우…… 아래, 위!

세 번의 공격을 피해 몸을 움직이면 또다시 세 개의 검이 짓쳐든다. 그 검을 막거나 피하면 또 세 개의 검이 지치지 않는 파도가 되어 들이친다.

숨 한 번 넉넉히 쉬면 목이 날아간다.

죽을힘을 다해서 부딪치고, 부딪치고, 또 부딪쳐야 한다. 끊임없이 계속 부딪치는 길만이 사는 길이다.

푸욱! 푹!

검이 팔에 상처를 냈다. 옆구리도 꿰뚫었다.

크고 작은 상처가 생기기 시작했다.

내공의 강약, 초식의 변화…… 모든 게 무용지물인 상태에서 오로지 본능에 충실해야만 산다.

다행히도 계야부는 이런 싸움을 많이 했다.

첨각침투를 하면 싸움이 벌어지지 않기를 학수고대해야 한다. 어떤 식으로든 싸움이 벌어지면 결국은 이런 싸움이 되고 만다.

개떼의 싸움, 개싸움이다.

먼저 무는 쪽이 이긴다. 인정사정없이 찢어발기는 놈이 이긴다.

죽이고 죽이고…… 끊임없이 죽인다. 그리고 한량없이 밀려드는 적군 앞에 결국은 무릎 꿇게 된다.

방법? 있다. 도주다. 어떻게든 틈을 만들어서 빠져나가야 한다. 이들을 모두 제압하겠다거나 어디 한번 해보자는 식으로 싸우다가는 개죽음을 당할 뿐이다. 그때다!

쒜에엑! 쒜에엑!

검음(劍音)과는 전혀 다른 이상한 파공음이 들려왔다.

'안 돼!'

계야부는 사방에서 검을 맞이하는 것보다 파공음이 더 신경 쓰였다. 결코 벌어져서는 안 되고, 벌어지길 원치 않는데……
일이 벌어지고 있다.

쒜에엑! 까앙!

파공음과 검이 맞부딪쳤다.

"활이닷!"

"저쪽이닷!"

천악망이 움직였다.

천악망을 구성하는 인원은 천 명이다. 부사영은 삼백 명만 봤다지만 다른 칠백 명도 함께 왔다. 단지 부사영이 보지 못했을 뿐이다. 그들 중 계야부를 옭아매는 데는 삼십 명이면 충분하다. 나머지 구백칠십 명을 다른 데로 돌릴 수 있다.

이 싸움에는 누구든 끼어들면 안 된다. 끼어드는 놈마다 당할 수밖에 없다.

"이 새끼들!"

추위걸의 강단있는 음성이다.

"이것들이 어딜! 오냐! 어디 한번 붙어보자!"

서악정의 음성도 들린다.

화살이 날아온 것으로 보아 여강강도 가세했다.

천문에는 부사영이 남아 있다. 그가 종루에서 사방을 주시
하고 있다. 하니, 싸움이 벌어진 것을 알 것이다.
그도 달려온다.
화향호리까지 열 명 중 다섯 명이 싸움을 하게 되었다. 그리
고 결과는 불 보듯 뻔하다.
'전멸이야!'

第四十九章
귀여운 마녀(魔女)

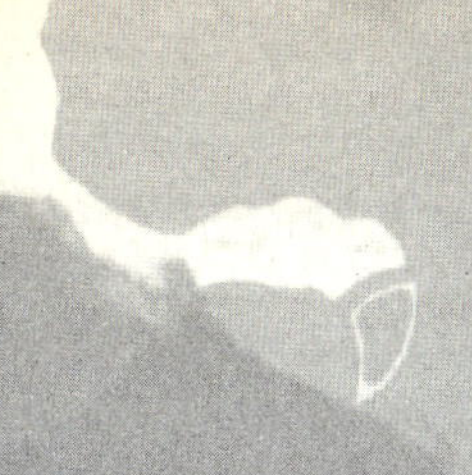

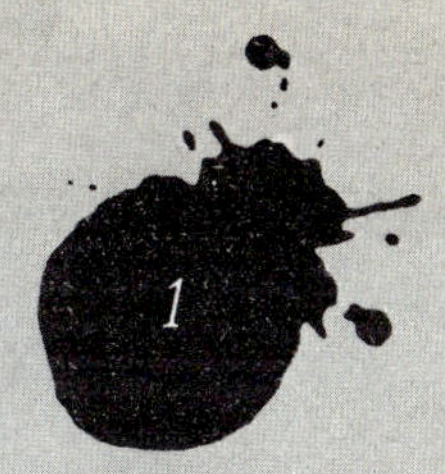

시각랑이 생각하는 '허공을 벤다'는 개념이 천악망에서는 통용되지 않았다. 성난 해일이 몰려오는 걸 빤히 보면서 무심을 유지하기란 보통 어려운 게 아니었다.

허공을 베려고 했으나 이것도 저것도 아닌 만도와 정확하게 계산된 검이 부딪치자 결과는 즉각 나타났다.

까앙! 깡!

서악정이 단 이 합 만에 만도를 놓쳐 버렸다.

"엇…… 쭈!"

서악정은 뇌려타곤(懶驢陀坤)으로 몸을 데굴데굴 굴리며 땅에 떨어진 만도를 주우려고 했다.

쉬잇! 척!

그의 목에 검이 대어졌다.

"움직여 봐."

검을 댄 무인이 씩 웃으며 말했다.

서악정은 움직이지 못했다. 손가락 하나 꿈쩍이지 않고 무인만 쳐다봤다.

다행히도 급히 죽일 생각은 없는 듯했다. 반항만 하지 않으면 싸움이 끝난 후, 일괄처리하겠다는 뜻이 보였다.

"제길! 일어나 앉기나 하자고."

말은 했지만 행동으로 옮기지는 못했다.

목을 겨눈 검이 빠지지 않는다. 날카로운 검기가 목에 은은히 압박을 가해온다.

"제길!"

서악정은 투덜거리며 큰대 자로 사지를 쭉 뻗었다.

예전의 천악망이 아니다.

엽위상이 달라졌듯이 천악망도 사기(邪氣)를 품었다. 전에는 광명정대함이 줄줄이 흘렀는데, 이제는 살기가 너무 지나쳐서 매순간 모골이 쭈뼛 선다.

계야부는 눈살을 찌푸렸다.

방법이 전혀 없는 건 아니다. 살계를 크게 열면 된다. 주변에 있는 사람들을 단숨에 내동댕이칠 비장의 수법이 남아 있다.

"갈!"

계야부는 쩌렁 고함치며 검을 거세게 쳐냈다.

"엽위상! 정녕 죽음을 원하나!"

그는 소리를 지르며 엽위상을 노려봤다.

엽위상의 얼굴에 득의만만함이 스쳐 갔다. 해볼 수 있으면 얼마든지 해보라는 자신감이 넘쳐흐른다.

천악망은 예전에도 무적이었다.

오죽하면 안선이 그를 시키면서 세상에서 한 번도 뚫린 적이 없는 무적의 진이라고 했을까.

지금 생각해 봐도 어떻게 그 일을 해냈는지 신기하기만 하다.

그야말로 하룻강아지 범 무서운 줄 몰랐다고나 할까?

그 당시 자신의 무공이라고 해봐야 서악정보다 조금 나은 수준이라고 볼 때, 거의 기적 같은 일이었다.

천악망 입장에서는 더욱 기가 막힌다.

서악정을 단 이 합 만에 사로잡았다.

계야부가 그런 자였다. 상대도 안 되는 비루한 자에게 목덜미를 물린 것이다.

"엽위상! 천악망을 물리지 않으면 정말 후회……."

쒜에엑!

계야부의 말은 날아오는 검 때문에 막혔다.

방법이 없다. 이들은 끝장을 보고자 한다.

여강강이 위험에 빠졌다. 추위걸도 쩔쩔맨다.

부사영은 안 나타났다.

이미 틀렸다고 판단한 것이다. 자신이 나타나서 이 상황을 벗어날 수 있다면 백 번이라도 나타나지만 괜히 도움도 못 되고 같이 사로잡히는 꼴만 벌어진다면 뒤에 빠져 있는 편이 낫다.

잡히지 않아야 구출이라도 한다.

"미련한 자식!"

계야부는 쩌렁 고함질렀다.

츠츠츠츳!

그의 검기가 변했다.

조용히…… 미풍처럼 살랑거리며 흐르던 검에서 무지막지한 한기가 쏟아져 나왔다.

"엇!"

막 짓쳐들던 무인 세 명이 손을 바르르 떨었다.

뜻밖의 한기에 몸이 얼어붙었나?

큰 호흡 한 번 몰아쉴 정도의 시간이 흐른 후, 그들은 검에 맞지도 않았는데 썩은 나무토막처럼 쓰러졌다.

쿵! 쿵! 쿵!

그것이 시작이었다. 여기저기서…… 계야부를 중심으로 가까운 곳에서부터 시작하여 먼 곳으로…… 속절없이 무너지는 사람들이 생겨났다.

"엇!"

엽위상이 놀라서 입을 쩍 벌릴 때,

쉐에엑!

검 한 자루가 날아와 그의 목에 대어졌다.

"움직이면 죽인닷!"

얼음처럼 차가운 음성, 부사영이다.

수장이 잡히면 전의가 사라지는 건 어느 집단이나 마찬가지다.

천악망은 생애 두 번째로 패배를 맛봤다. 전에는 운이 나빠서라고 할 수도 있지만 이번에는 정말로 참혹하게 패했다.

계야부가 독을 쓸 수 있다는 생각을 못했다.

그러고 보면 그의 주위에는 늘 독인이 들끓었다.

사사귀 중에 타사웅묘가 독곡의 곡주였고, 독심독의도 독에 관한 한 독보적인 존재다. 괴노독도 독심독의와 쌍벽을 겨루는 독인이다.

당금 무림에서 절정에 오른 독인들이 계야부와 모종의 관계를 형성하고 있다.

적인지 아군인지는 중요치 않다. 단지 주위에 독인이 있다는 사실만으로도 독에 관해 연구하고 깨우치게 된다.

계야부가 독을 쓰는 건 당연하다.

천악망은 독인도 잡는다. 물론 철저한 준비를 끝낸 후에 할 말이다. 피독이나 해약을 복용하고, 독에 대한 경계도 늦추지 않은 상태에서 진법을 구사한다. 하면 독심독의도 잡을 수 있다.

이번에는 당했다.

독이라는 걸 알기만 하면 당하지 않는데, 몰랐기에 당했다.

"이 새끼, 어떻게 할까?"

부사영이 엽위상을 주저앉히며 물었다.

말똥구리들이 모두 나왔다. 고봉도 갈조기도…… 낙소엽과 화향호리까지 떠난 사람은 아무도 없었다. 그들은 천악망을 벗어나자 멀리 가지 않고 주위에 머물면서 지켜보았던 것이다.

계야부가 이들과 싸우게 되자 몇몇은 싸움에 가담했고, 몇몇은 남았다.

누가 더 의리가 있느냐 없느냐, 아니면 누가 더 침착하느냐 아니냐 하는 문제가 아니다.

시각랑은 거의 본능적으로 계야부에게 도움을 줄 자와 남아서 탈출을 기도해야 할 사람들을 구분해 냈다.

여강강은 원거리에서 활로 공격하니 당장 큰 도움이 될 것이라고 생각해서 싸움에 가세했다.

여강강이 싸움에 가세하는 것을 본 갈조기는 뒤에 남았다. 마음 같아서는 싸움판에 뛰어들고 싶지만 여강강을 대신해서 고문과 처단을 할 사람이 자신이라고 생각했기 때문이다.

누가 시킨 것이 아니다. 스스로 판단했고, 결정했다.

여강강이 중독되어 쓰러진 자들을 살폈다.

계야부의 단전에 깃든 독은 독특한 성격을 띤다.

처음 시작은 괴노독이 독을 투여함으로써 시작되었다. 원래는 빙령초분의 냉기를 쫓아내고자 함이었다.

지독한 독이다.

한데 그것이 체내에 깃들면서, 삼기 분립되어 단전에 축적되면서 변화라는 과정을 겪는다.

생체진기의 영향을 받아서 사람들이 말하는 독기는 순화되기 시작했다. 그렇다고 냉기나 본신진기 어느 쪽과도 섞이지 않았다. 독자적인 영역은 계속 유지하면서 독기만 조금씩 순화시켜 갔다.

그의 독기는 몸 안에서는 여전히 맹렬한 독으로 작용한다. 하나 몸 밖으로 흘러나오면 아주 미약한 독이 된다.

여강강이 말했다.

"이놈들, 죽지는 않겠는데요? 하지만 급히 손을 써야 할 겁니다."

계야부는 엽위상을 힐끔 쳐다보았다.

"이유가 뭐냐?"

"……"

"내가 독심환마가 아니라는 건 너도 안다. 알면서 악착같이 잡고자 했던 이유가 뭐냐?"

"……"

"개인적인 감정이 있나?"

"우린 적으로 시작했지. 중간에 같이 동행한 적도 있지만 여전히 적이야. 서지단과 독심환마는 양립할 수 없어. 지금 어떻게 되든 앞으로 어떻게 되든 우린 적이다."

"그런가."

“……”

“가자.”

계야부는 그들을 지나쳤다.

“이대로 풀어주자고? 이 새끼들, 곧바로 쫓아올 텐데?”

부사영이 검을 치우지 못하고 말했다.

“오위반(吳偉盼) 장군이다. 벨래?”

“뭐…… 라고!”

계야부는 검을 찔러 넣고 걸어갔다.

“제길!”

부사영이 마지못해 검을 거뒀다.

“다음에는…… 죽인다.”

“후후! 나야말로. 아마도 그 시간이 그리 길지는 않을 것 같구나. 부사영, 너흰 예전이나 지금이나 암습밖에 모르는 쥐새끼들이야. 이번에는 물렸지만 다음에는 반드시 잡는다.”

“한 가지만 묻자. 우리 이 정도는 아니었잖아? 계야부 말대로 뭐냐? 뭐가 널 이렇게 만든 거야?”

“정마(正魔)가 섞이지 못하는 차이이지. 후후후!”

엽위상이 웃었다.

“오위반 장군이 뭡니까?”

서악정이 물었다.

모두들 궁금했다. 계야부가 오위반 장군이라고 하자 부사영은 어쩔 수 없다는 듯 검을 거뒀다. 자신들을 핍박한 엽위상과 천악망을 손도 대지 않고 놓아주었다.

"대랑(大螂)이야."

"네? 그런 사람도 있었나요?"

추위걸이 고개를 갸웃거렸다.

대랑이라면 시각랑을 이끄는 우두머리다. 한마디로 시각랑을 움직이는 장군이다. 한데 오위반 장군이라는 사람과는 같이 있어보지 않았다. 아마도 꽤 오래전에 시각랑을 움직였던 장군인 모양이다.

"한데요?"

담위민이 물었다.

"놈들에게 돈을 받아먹었어. 조건은 단 하나, 계야부를 넘겨줄 것."

"네에?"

모두들 눈을 부릅떴다.

그런 일이 있다는 소리는 들어봤다. 양쪽의 이해관계가 맞을 때 벌어지는 추악한 사건이다. 이쪽에서 죽이고 싶은 자가 있을 때 적진으로 넘겨 차도살인(借刀殺人)한다. 또 저쪽에서 죽이고자 하는 자가 있을 때, 조건이 적당하면 첨각침투를 시킨다. 물론 사전에 정보가 유출되겠지만.

어떤 경우든 대랑의 재량이다.

시각랑들은 그런 일이 벌어지는 줄도 모르니 넋 놓고 있다가 당하는 셈이다.

대랑에게 찍히면 죽는다.

"한데 대수님이 여기 계시니…… 오위반 장군이라는 사람
은 들어본 적이 없고…… 대수님께서 끽! 하신 것 아닙니까?"

추위걸이 손을 들어 자신의 목을 그어 보이며 말했다.

"아니. 그냥 당했어."

"네에?"

"그게 더럽더라고. 대랑이라는 직책 앞에서는 어떤 확증도
무효가 되는 거야. 당신이 나쁜 놈이라고 말하면 말한 사람만
나쁜 놈이 되는 거지. 첨각침투를 하라고 명이 떨어지거든? 그
러면 해야지. 안 하면 항명이니까. 한데 넘어가면 놈들이 기다
리고 있단 말이야. 그것도 오는 길목을 정확히 지키고 있어."

"햐!"

낙소엽이 탄식을 쏟아냈다.

"어떻게 빠져나오면 또 보내는 거야. 첨각침투. 너 이 새끼!
적에게 돈 먹었지! 하고 말해봤자…… 말하는 놈만 미친놈이
되는 거고."

"그래서요?"

"첨각침투를 한 여섯 번쯤 했지? 그때마다 혈투를 거듭했는
데, 저놈도 못 견디겠던지 다른 수를 쓰더군."

부사영이 계야부를 힐끔 쳐다보며 말했다.

계야부는 시각랑과 어울리지 않고 한참 앞서 나가고 있었
다.

꼴깍!

침 넘어가는 소리가 들렸다. 이어질 말이 무척 궁금했다.

"대랑이 계속 첨각침투를 시키는 건 저쪽에서 저놈 목을 정말로 원하는 적장이 있다는 뜻이잖아. 그놈을 찾아낸 거지. 그리고 첨각침투를 하기는 했는데, 명령대로 하지 않고 독자적인 행동을 한 거야. 그놈을 찾아서 끼익!"

"죽였군요."

"그놈을 죽이고 나니까 대랑도 찔리는 게 있는지 얼마 안 가서 보직을 바꾸더라고. 아마 저놈이 무서웠을 거야. 죽이려고 마음만 먹으면 죽는 거잖아."

"왜 안 죽였는데요?"

"마! 죽이면 말똥구리 짓을 못해먹잖아!"

고봉이 부사영 대신 고함을 빽 질렀다.

대랑이 암살당하면 그 순간부로 시각랑은 전원 교체된다. 부대가 해체되고, 다른 곳에서 전혀 다른 사람에 의해 시각랑 부대가 만들어진다.

사람 맛을 알아버린 짐승은 사람을 계속 죽인다.

시각랑도 마찬가지다. 대랑을 죽이기 시작한 시각랑은 그 일을 또 반복한다.

아예 부대 전체를 해체해 버리고 새로 만드는 것이 낫다.

그럼 엽위상이 오위반 장군이란 말인가?

그렇다. 엽위상이 서지단 무인이기 때문에 건드릴 수 없는 것이다. 그가 어떤 짓을 했어도 놔줄 수밖에 없다.

그가 계야부를 독심환마라고 부르는 것과 안선이 모함하는 것은 질적으로 다르다. 천악망 전부가 계야부를 악인이라고 말한다면 정말로 악인이 되는 것이다.

　어떤 짓을 하든…… 목숨을 위협해도 허허 웃으며 넘겨 버릴 수밖에 없는 게 현재 시각랑들의 운명이다.

　"가만…… 그럼 우린! 대랑이 대수님을 계속 첨각침투시켰듯이 우리도 계속 당한다는 말이 아닙니까?"

　"그러니까 물은 것 아냐. 왜 그러냐고! 한데 새끼가 대답을 안 하잖아! 왜 저 지랄을 하는지 알기나 해야지!"

　부사영이 성질나는지 소리를 질렀다.

　앞서 가던 계야부가 소리를 듣고 뒤돌아봤다. 그리고 피식 웃었다.

　"성질 죽이고 여기서 쉬었다 가자."

　계야부가 먼저 자리를 잡고 앉았다.

2

　"어! 이거 뭐야? 우리가 왜 이리 왔지?"

　낙소엽이 중얼거렸다.

　"이야기하는 동안 그냥 온 거잖아."

　화향호리가 풀 죽은 음성으로 말했다.

　그녀는 참 많은 것을 보며 살아왔다. 본인 스스로 산전수전 다 겪은 몸이라고 말한다. 하지만 계야부를 보면 숨이 막힌다. 지금까지 살아 있는 게 용한 사람처럼 보인다.

　정보를 알려주고 첨각침투를 시킨다? 그것도 한두 번도 아니고 예닐곱 번이나?

그런 일은 무인도 불가능하다.

한두 번은 어떻게 헤쳐 나온다고 해도 예닐곱 번이나 사지를 벗어날 수는 없다. 침투 시기와 경로를 알려줄 정도라면 침투하는 자들의 인적 사항에 대해서도 소상히 알려줬을 것이다.

적은 이쪽에 대해서 만반의 준비를 갖췄다. 그런 적을 어찌 이기겠는가.

계야부는 이겨냈다. 지금까지 살아 있다.

'저 사람과 싸우다가는 제명에 못 죽을 거야.'

처음으로 계야부가 무섭게 보이기 시작했다.

한데 그런 그가 휴식을 취하자며 일행을 끌고 온 곳은 엽위상과 천악망을 환히 내려다볼 수 있는 야산 정상이다.

그들을 뇌줄 수밖에 없다면서 왜 이곳으로 데려온 것일까?

"저놈들이 신경 쓰이면 베지 그랬어?"

부사영이 계야부 옆에 앉으며 말했다.

계야부는 엽위상을 뚫어지게 쳐다보다가 추위걸을 불렀다.

"추위걸!"

"귀 안 먹었습니다. 작게 말씀하셔도……."

"상황 파악해라."

"뭔 상황을……."

추위걸은 어리둥절해하며 되묻다가 엽위상과 천악망을 보고는 얼굴색을 고쳤다.

천악망에 서른 명 가까이 부상자가 생겼다.

죽지는 않겠지만 당장 손을 쓰지 않으면 무공을 잃거나 아니면 평생 불구가 될지도 모른다.

독에 중독된 사람이 가장 심하게 타격을 받는 곳은 역시 장기다.

뇌, 위, 심장, 폐, 간, 신장……

직접적으로 장기에 영향을 주기도 하지만 간접적으로 척추 신경 같은 것을 건드려서 하반신 마비를 불러올 수도 있다.

천악망 부상자들은 시급히 치료를 받아야 한다.

한데 움직이지 않는다. 계야부의 뒤를 쫓는 것도 아니면서 부상자들을 한곳에 따로 추려놓았다.

"천악망을 계속 유지하고 있습니다. 저놈이 한 말 중에 대수님을 잡은 건 덤이라고 했는데…… 우리를 찾아온 게 아닙니다."

"그건 나도 알겠고, 그다음을 말해봐."

고봉이 싸늘하게 말했다.

"서지단은 형수님께서 군사로 계실 때 총통기를 내걸었습니다. 원인은 투살진기. 서지단의 모든 인력이 총통기에 매달려 있다고 보면 맞겠죠."

"그럼 저들이 포위한 건?"

"투살진기를 쓰는 자입니다."

"흐음!"

계야부가 고개를 주억거렸다.

“갔다 올까요?”

낙소엽이 천악망을 훑어보며 말했다.

‘갔다 온다고? 어딜? 저기를? 방금 전까지 죽자 사자 싸워놓고, 천악망을 저렇게 망가뜨려 놓고 저기를 갔다 온다고? 미쳤어!’

화향호리는 내색을 하지 않았지만 속으로는 뭐 이런 놈들이 다 있나 싶었다.

계야부가 말했다.

“어느 선까지 알아볼 수 있겠나?”

“글쎄요. 천문이란 곳이 꽤 번화한 곳이다 보니 개방이나 하오문…… 분타주의 밀마까지는 찾아볼 수 있을 겁니다. 그들 정도 되면 투살진기를 쓰는 자가 누군지 알 수 있지 않을까요?”

계야부의 시선이 화향호리에게 향했다.

“개방이나 하오문이 마인의 정보를 캐내려고 한다면 어느 선까지 파악할 수 있겠소?”

“거의 전부요. 고향이 어디며 몇 살 때 첫 도둑질을 했는지까지 다 파악했을 거예요.”

계야부가 고개를 끄덕이며 말했다.

“갈 것 없다.”

“예?”

“이미 정보를 모두 파악했다면 그런 걸 밀마로 남겨놓을 리 없지. 기껏해야 어디서 뭘 했다는 정보일 거야.”

"아!"

"우린 여기서 천악망이 풀릴 때까지 있는다. 모두 다 눈 빠지게 쳐다볼 필요는 없고…… 교대로 하지. 우선 내가 한 시진을 지켜볼 테니까 모두 쉬도록 해."

"비키십시오. 제가 먼저 하겠습니다. 찬물도 위아래가 있다고…… 이런 건 막내가 먼저 하는 겁니다."

추위걸이 나섰다.

여강강이 그런 추위걸의 뒤통수를 냅다 후려쳤다.

따악!

"언제는 맞먹자며! 이제 막내냐!"

기다림은 길지 않았다.

"준동(蠢動)!"

추위걸이 짤막하게 말했다.

시각랑들은 그 말이 떨어지기가 무섭게 앞으로 달려나와 천악망을 주시했다.

과연 추위걸 말대로 천악망이 꿈틀거린다. 목표는 천문에서 걸어오고 있는 죽립인이다.

단 한 명, 그를 향해 천악망 천여 명의 무인들이 거리를 좁혀간다.

"엇! 저……!"

죽립인을 본 담위민이 깜짝 놀라 소리쳤다.

"왜?"

“나 저 여자 알아요. 나와 함께 술까지 마셨는데?”

“뭐? 여자?”

갈조기가 무슨 소리냐는 듯 되물었다.

“에이! 저 여자가 투살진기? 말도 안 돼. 하하하! 잘못 본 거예요. 저 여자, 하위미라고 하는데 검은 찼어도 초식이나 펼칠 줄 알려나? 아직 꼬마예요.”

담위민은 별것 아니라는 듯 손까지 휘휘 내둘렀다.

한데 화향호리가 눈빛을 빛내며 하위미를 쏘아보았다. 그녀의 눈빛은 강적을 만났을 때처럼 긴장이 가득했다.

“아마도…… 투살진기가 맞을 것 같은데요?”

계야부도 말했다.

“투살진기가 맞는 것 같다. 살기가…… 살기가 너무 진해서, 너무 커서 눈에 보이지 않는다. 보지 못하는 거지.”

“네엣?”

담위민은 여전히 믿을 수 없다는 표정이었다.

‘팔십 년 된 모태주를 냄새만으로 알아봤어. 술을 갈아줄 때 나오는 탁기 냄새로 거기까지 찾아왔어. 저런 여자가 투살진기를 쓴다니…… 말도 안 돼.’

말이 된다!

쒜엑! 쒜에엑!

여자는 양떼 속에 뛰어든 호랑이처럼 위맹스러웠다. 거침없이 밀어붙였다.

까앙! 퍼억! 까앙! 퍽! 까아앙⋯⋯!

검과 검이 부딪쳤다.

시각랑들이 경험해 봤듯이 자로 잰 듯 일정한 법칙과 계산 하에 정교하게 짜인 검진이 몰아쳤다.

여인은 검을 들어 막았다. 놀라울 만큼 빠르다. 빠르다, 빠르다⋯⋯ 빠르다는 사람을 숱하게 보아왔지만 여인처럼 빠른 검은 진정 처음 본다.

빠름에서 천악망이 밀린다.

더군다나 여인은 강력한 살수를 전개한다.

까앙! 퍼억!

검과 검이 부딪친 후에는 반드시 맨손 일격이 가해진다. 장심(掌心)을 활짝 펴고 따귀 갈기듯이 아무 곳이나 후려친다.

한데 그 일격을 받은 무인들의 움직임이 심상치 않다.

일단 석상처럼 멈춰 선다. 꼼짝도 하지 못하고 여인이 지나 갈 때까지 뻣뻣하게 서 있는다.

여기까지는 혈도가 제압된 경우와 똑같다.

그들은 검을 놓아버린다. 정확하게 말하자면 검을 들고 있 을 힘조차 없어서 놓쳤다고 해야 한다. 그리고 파앗! 오공으로 피를 쏟으며 무너진다.

일장을 맞고부터 피를 쏟기까지 아무리 짧게 잡아도 다섯 호흡은 걸릴 성싶다.

죽는 사람에게는 상당히 오랜 시간인데⋯⋯ 그 시간 동안 천천히 죽어가는 것이다.

"투살진기에 대해서 설명해 주겠소?"

화향호리를 보며 물었다.

"몰라요. 정말로 아는 게 전혀 없어요."

"약란은 투살진기의 흔적이 나타난 걸 보고 즉시 총통기를 발동시켰소. 그걸 보면 심상치 않은 무공 같은데……."

"서지단 군사는 세상이 알아주는 천재예요. 그녀의 천재성은 박학다식(博學多識)에서 나오죠. 모르는 게 없을 지경이니 수가 빤히 보이는 것 아니겠어요? 그런 여자와 절 같은 선상에 올려놓고 비교하시면 안 되죠."

"일상적인 무공은 아니군."

"어떤 무공은 마성이 너무 지나쳐서 언급조차 못하게 만든 게 있어요. 그런 무공 중의 하나라면 모른다고 해서 창피할 건 없죠."

두 사람이 이야기를 나누는 와중에도 여인은 천악망을 거침없이 유린했다.

일다경도 안 되어서 천악망이 뚫렸다.

시신이 관도에 즐비하니 늘어져 있었다. 대략 서른에서 마흔 구쯤 되어 보인다.

하지만 천악망이라도 순순히 물러서진 않는다.

이제 겨우 서른 명이 죽었을 뿐이다. 그들에게는 구백여 명이라는 말도 안 되는 대군이 있다.

여인은 벌떼를 헤치고 나오는가 싶더니 다시 휘감기고 말았다.

퍼엉! 퍼엉!

천악망 무인들의 시신이 백 구쯤으로 늘었을 때, 여기저기서 폭죽이 솟구쳤다.

"저건 소림이에요."

화향호리가 붉은 운무를 보며 말했다.

"저건 무당이고요. 푸른색은 도가(道家)의 상징인데 무당파가 선점했죠."

그녀의 손길이 푸른 운무를 가리켰다.

"개방도 왔고, 저건 황보세가군요. 제갈세가도 왔네? 우리 여기 계속 있을 거예요?"

처음에는 담담하게 말하던 화향호리의 안색이 짙은 흑색으로 질리기 시작했다.

사사귀와 정도무림은 별로 사이가 좋지 않다.

사사귀가 마인이라는 뜻은 아니다. 세인들에게는 정사 중간, 그러니까 개인의 이해관계에 따라서 정도인이 되었다가 마인도 되는 형체를 잡을 수 없는 사람들로 인식되어 있다.

그중 화향호리는 제갈세가와 악연이 있다.

화화곡과 제갈세가의 싸움은 모르는 사람이 없을 정도로 널리 알려졌다.

그들은 무조건 싫어한다.

아무 이유 없이 서로를 보면 으르렁거린다.

이유가 왜 없겠는가. 처음에는 이유가 있었다. 싸움이 시작되고, 보복전이 격화되고, 그러다 보니 어느 한쪽이 멸문하지 않으면 싸움이 종결되지 않을 지경까지 되고…….

지금 화화곡은 멸문했다.

제갈세가 입장에서는 손 안 대고 코 푼 격이다. 누구 손에 멸문되었는지는 모르지만 원수가 사라져 줬으니 백 년 묵은 체증이 쑥 내려간 기분일 게다.

제갈세가에서 사람이 왔다.

화향호리가 그들을 보고 안색이 변하는 것으로 봐서 보통 강한 무인이 아닌 듯싶다.

"이 정도면 투살진기가 아니라 투살진기 할아비라도 힘들겠는데요. 우린 알 것 다 알았으니 그만 손 떼는 게 어떻습니까?"

추위걸이 말했다.

시각랑들은 이제 걸음걸이만 봐도 무공의 정도를 추측할 수 있을 정도로 안목이 높아졌다.

본인들이 강해진 탓도 있고, 막강한 사람을 많이 본 덕도 있다.

그들 눈에 비친 무인들은 한결같이 강하다. 천악망조차 뚫지 못하고 단 이 합 만에 만도를 놓쳐 버릴 정도로는 감히 기웃거릴 생각조차 하지 못한다.

물론 싸우라고 하면 싸운다.

방금 전에는 이 합 만에 만도를 놓쳤지만 다시 싸우면 몇 명쯤은 죽일 자신이 있다.

싸움이란 그런 것이다.

한 방에 무너졌어도 다시 싸우면 수십 합을 싸워도 승부가 나지 않는 경우도 있다.

천악망을 몰랐기 때문에 겪은 모욕, 다시 싸우면 갚아줄 수 있다.

하지만 저 많은 사람들을 상대한다는 건 있을 수 없다. 죽으려고 환장하지 않은 이상은 무조건 피해야 한다. 새로 나타난 사람들의 면모가 천악망보다 훨씬 강해 보일 때는 더더욱 그렇다.

'이것이 총통기!'

계야부는 총통기의 위력을 똑똑히 봤다.

비궁 독림에, 수많은 독충이 우글거리는 곳에 갓 태어난 병아리 한 마리를 놓아두면 어떻게 될까?

무인들에게 둘러싸인 여인이 꼭 그렇게 보였다.

"담위민."

"네!"

"저 여자에 대해서 말해봐."

"별로 아는 게 없는데요?"

"처음 만났을 때부터 헤어질 때까지 손짓 하나, 말씨 하나 빠뜨리지 말고 말해."

"……"

담위민은 선뜻 대답하지 못했다.

다른 사람들도 표정이 침중해졌다.

계야부가 왜 묻겠는가? 상황에 따라서는 개입할 수도 있다는 뜻이지 않은가.

아무리 죽음을 향해 질주하는 광대라고 해도 이건 아니다.

총통기를 정면에서 받아칠 수는 없다. 저 많은 무인들을 상대로 싸울 수는 없다.

그들은 독심환마를 때려잡겠다고 몰려든 무인들이 동정호로 달려가는 걸 보고 내심 안도하고 있었다.

그 많은 사람들과 싸운다는 건 엄두가 나지 않는다.

이기고 지는 건 둘째치고 만도를 휘두르느라고 밥 먹을 시간조차 없어서야 되겠나.

지금 투살진기 사건에 개입하면 당장 이 순간부터 그런 일이 벌어진다. 오늘 밤부터 발 뻗고 자기는 틀렸고, 적진에 침투해 있을 때처럼 사람 그림자만 봐도 깜짝 놀라는 일이 반복될 것이다.

"내가 할 말은 아니지만……."

"부사영, 무슨 말인지 알겠다. 저 판에 뛰어들자는 게 아니잖아. 일단 어떤 여자인지 들어보기나 하자."

"내 말이 그 말이야. 들어보지도 말자고."

"겁나나?"

"뭐가? 저 사람들?"

"……."

"넌 겁 안 나냐? 괜히 허풍 치지 말고. 어떨 때 보면 넌 꼭 죽지 못해 안달 난 사람 같단 말이야.”

“그래요, 대수. 우리 일이라면 모를까, 우리와 관계없는 여자인데 끼어들 필요가 없잖아요.”

서악정이 머리를 긁적이며 말했다.

정말 저 판에 끼어드는 건 싫다는 표정이다.

계야부가 말했다.

“무슨 말인지 알겠다니까. 담위민, 이제 말해봐. 어떤 여자였어?”

담위민은 그녀와 있었던 일을 말했다.

거짓을 섞지도 않았고, 부풀린 것도 없다. 점소이와 나눈 대화는 물론이고, 노인이 어떻게 해서 모태주 한 잔을 내왔는지까지 낱낱이 말했다.

계야부가 어떤 판단을 할지 모른다. 하지만 모두의 우려처럼 여자의 사정을 들어보고 저 판에 끼어들지 말지를 결정할 생각이라면 판단에 착오가 있어서는 안 된다.

“네가 미친놈이란 건 알고 있었다만 정말 단단히 미친놈이구나. 군 생활과 바꾼 황금을 술 한 잔에 내놓아?”

고봉이 눈가에 비웃음을 매달았다.

“어차피 있어봤자 쓸 데도 없잖소.”

“누가 쓸 데가 없대? 술도 마시고, 계집질도 하고…… 그건 다 돈이 아니고 뭐야? 남들 실컷 놀 때 넌 손가락이나 빨래?”

“…….”

담위민은 대꾸하지 않았다.

그의 세계를 이해해 줄 사람은 흔치 않다. 술 한 잔에 전 재산을 내놓을, 소위 미친 짓을 할 수 있는 사람은 온 세상을 뒤져 봐도 한두 명뿐이다.

투살진기가 그중 한 명이다. 그래서 인상이 매우 깊다.

“사립파라(砂粒跛蘿)에 갔을 때…….”

“사립파라까지 다녀왔단 말입니까?”

갈조기가 놀라서 되물었다.

사람이 살지 못하는 동토(凍土)의 땅.

그곳에서는 입김을 불면 바로 얼음으로 변해서 우수수 떨어진다고 한다. 곰 가죽을 입어도 춥고, 호랑이 가죽을 입어도 춥고…… 온몸을 두꺼운 가죽으로 돌돌 말고 눈만 빠끔히 내놓은 채 엉금엉금 기어다닌다고 한다.

그런 곳에도 다녀왔는가.

계야부가 말했다.

“그곳 사람들은 복특가(伏特加:보드카)라는 술을 마시더군. 내가 마신 술에는 천고일제(千古一帝)라는 이름이 붙어 있었는데…… 천 년에 한 번 나올까 말까 한 술이라는 거지. 후후후!”

“아!”

담위민이 입맛을 다셨다.

“그쪽은 소주(燒酎)를 마시는 걸로 아는데요.”

“그래. 소주(燒酒)가 아니라 소주(燒酎)야. 술 중의 술이라는 뜻이지. 꼭 같이 마시자고.”

계야부가 담위민의 어깨를 툭 치고 일어섰다.

“준비됐지?”

그 말이 떨어지기가 무섭게 추위걸이 인상을 팍 쓰며 말했다.

“내 이럴 줄 알았다니까!”

3

“아까 오위반 장군을 말하면서 생각한 건데…… 모든 건 상대적인 게 있다. 동전의 양면처럼 같으면서 다른 게 있어.”

“대수, 애꿎은 싸움만은 피합시다.”

갈조기가 말했다.

“우리는 안선과 싸운다. 현재 제일 주적은 누가 뭐래도 안선이다. 왜? 안선이 날 판에 끌어들였다. 난 그들과 싸우기 위해서 너흴 끌어들였고. 우린 안선과 싸운다.”

“정말 다행스런 말씀.”

여강강이 박수까지 칠 기세로 말했다.

“한데 안선이 안 나타나. 계속 그늘에 숨어서 꼼지락꼼지락 잔수만 피워대. 난 솔직히 지금 어디로 가야 할지도 모르겠다. 어디 가서 뭘 해야 할지 모르겠어. 너희에게 왜 술 마시고, 여

자 품고 푹 쉬라고 했는지 알아? 기다린 거야. 안선이 입질을
해올 때까지."

"안선은 온다. 조급하게 생각하지 않아도 돼. 그놈들이 널
필요로 한다는 건 삼척동자도 아는 사실이니까."

부사영이 말했다.

"그래서 이번 일에 개입한다."

"……."

모두 말을 잃었다.

계야부가 '준비됐냐' 고 물을 때부터 싸울 준비를 했다.

그는 한다면 한다. 싸우자고 한 이상 싸운다. 지금 누가 무
슨 말로 말려도 그의 생각은 변하지 않는다. 그가 중언부언 말
을 하는 것은 왜 싸우는지 목표를 명확히 알라는 뜻이다.

"내가 투살진기와 행동을 함께한다면? 무총에 돌아갈 수 없
는 몸이 된다면? 무림과 척을 진다면? 영원히 약란에게 돌아갈
수 없는 마인이 된다면?"

"안선도 버리겠죠."

추위걸이 눈빛을 빛내며 말했다.

"서인은 필요없을 거고요."

화향호리도 말했다.

"난 그 반대라고 봐. 내가 개입하면 일단은 치열한 공방을
치르겠지만…… 시간이 지나면 저들 중에서 날 비호하는 사람
들이 나타날 거야."

"안선!"

"어떤 식으로든 날 무림공적으로 몰아세우지는 않아. 독심환마 정도가 딱 적당해. 자, 보자……. 독심환마가 무슨 짓을 했지? 죽일 놈인가? 정말 용서하지 못할 마인인가?"

그는 장룡문주와 문도 삼십여 명을 죽였다.

길을 가다가 마음에 들지 않는다고 때려죽이고, 여인을 간살하고, 노인과 아이까지 거침없이 죽였다.

용서받을 수 없다.

정말 그럴까?

모두들 다시 한 번 '정말 용서받지 못할 인간인가?' 하는 물음을 던지지 않는다. 워낙 악행이 지독했고, 소문도 직접 눈으로 목도한 듯 구체적으로 퍼졌기 때문이다.

한데 다시 한 번 물음을 던지면 의외의 결과가 나온다.

장룡문주의 살해 사건부터 해서 그가 저지른 모든 사건에 뚜렷한 공통점이 있다.

목격자다.

그들의 눈과 입은 계야부를 독심환마로 지목한다.

여기서 사건을 뒤집는 두 가지 방안이 나올 수 있다.

목격자 전부를 모함자로 묶는 방법이다. 계야부를 시기하고 질투하는 세력쯤으로 둔갑시키면 계야부는 순식간에 악마에서 영웅으로 부상한다.

물론 그를 영웅으로 만들 만한 사건도 준비되어 있을 터이다.

또 하나의 방법은 목격자 모두가 다른 사람을 독심환마로 지목하는 방법이 있다.

독심환마를 치려고 모였는데, 정작 그가 아니다. 엉뚱한 사람이다. 그가 자신의 입으로 계야부라고 말해서 그런 줄 알았는데, 얼굴을 보니 전혀 딴사람이다.

독심환마 사건에는 누명을 뒤집을 수 있는 단초가 준비되어 있다.

반면에 계야부가 투살진기와 어울린다면 사건은 전혀 다른 형태로 진행된다.

그때는 정말로 마인이 된다. 시각랑 모두 죽이지 않을 수 없는 사람이 되고 만다.

안선이 원하는 게 그게 아니라면 어떤 식으로든 사건을 무마할 게다. 그리고 이런 일이 또다시 벌어지지 않도록 단단히 조치를 취할 것이다.

"그게 뭐가 될지 궁금하지 않나?"

계야부가 일행을 보며 말했다.

화향호리는 계야부의 옷소매를 잡아끌었다.

"잠시만 이야기해."

"괜찮으면 나중에 하지."

계야부는 들뜬 표정이었다.

그가 싸움에 임하면서 어린아이처럼 들떠 있는 모습, 본 적이 없다. 그는 늘 침묵했고, 침착했고, 어쩔 수 없어서 손을 쓴다는 식의 태도를 보였다.

지금은 적극적으로 나서고 있다.

죽을지 살지 모를 싸움판이 그를 강렬하게 자극하는 것인가.

"아니. 지금 했으면 좋겠어. 싸우기 전에."

"시간이 없어. 나중에 해."

계야부가 등을 돌렸다.

투살진기는 매우 위험해 보였다. 그녀가 비록 절륜한 무공을 지녔다고 하지만 그를 포위한 사람들도 만만치 않다. 하나같이 내로라하는 무인들이다.

싸움은 오래가지 않는다. 시작되었다 싶으면 끝날 수도 있다.

거리도 문제다. 아무리 빨리 달려가도 그녀에게 도착하려면 시간이 반 시진쯤 소요된다.

지금 달려가도 늦다.

"그럼 좋아, 가면서 이야기해. 나 좀 업어줄 수 있지?"

그녀가 낙소엽을 보며 말했다.

그녀는 기이하게 업혔다.

정상적으로 업힌 게 아니라 등과 등을 맞대고 무릎을 가슴에 붙인 채 업혔다.

낙소엽은 허벅지 뒤쪽을 붙잡을 수밖에 없었다.

그는 달렸다. 계야부도 달렸다.

계야부가 낙소엽의 뒤를 쫓고 있으니 그녀와는 정면으로 얼굴을 맞대고 있다.

"내게만 급한 이야기가 있거든. 이번 싸움이 어떻게 될지도 모르고… 제갈세가 사람들도 있는데 저기 가면 난 어쩔 수 없이 싸움에 끼게 되고…… 지금 이야기해야 되겠어."

"말해."

"내게 서인이 있어."

그녀가 계야부의 얼굴을 쳐다보며 말했다.

"뭐라고! 흠! 서인은 짓뭉개 버렸는데 어떻게……."

"악령환정대법이란 게 있어. 간단하게 말하면 약즙을 사람에게 복용시켜서 단환으로 만드는 방법이야. 약즙은 간으로 모이고, 간에서 작은 돌멩이가 돼."

"그걸 어떻게 꺼내나?"

"죽여야지. 간을 쪼개는 수밖에 더 있어?"

"그랬나?"

"그랬어. 한 여자가 찾아왔더라고. 자신을 죽여달라고. 그래서 죽이고 간을 꺼냈지."

"어디 신화에서나 나올 법한 이야기군."

"믿지 못하겠지만 사실이야."

"그래서? 그 서인을 내게 준다는 건가?"

"그 서인…… 화향호리가 복용했어요."

낙소엽이 달리면서 말을 했다.

"너도 알고 있었나?"

"내일쯤 나와 관계 갖기로…… 화향호리, 너 정말!"

"조용히 해. 아직 이야기 중이야."

화향호리는 계야부의 얼굴을 빤히 쳐다보면서 말했다.

"나와 관계 가져줄 수는 없지?"

"당연히 안 되지."

"그럼 내가 죽어. 내 몸에도 악령환정대법이 펼쳐져 있거든. 너와 잠자리를 하지 않으면 애도 죽고 나도 죽어. 서인은 어떻게든 완성돼. 그리고 이거…… 내가 복용해서 문제가 됐는데, 악령환정대법으로 만들어진 서인은 물에도 녹아. 하니 앞으로는 물이나 술, 마음대로 못 마실 거야."

"……."

한참 동안 침묵이 흘렀다.

낙소엽은 달리기만 했다. 계야부도 침묵을 지키며 신법만 전개했다.

화향호리는 항상 자업자득(自業自得)이다. 그녀가 하는 모든 일은 그녀가 손대지 않았으면 벌어지지 않을 일이다.

그녀의 말을 빌리면 그녀와 동침을 하지 않으면 누군가가 그녀를 탈취해 갈 것이라고 한다. 그런 과정에서 십 장 이내에 있던 낙소엽은 죽을 것이고…….

안선이 손댄 일이니 그럴 공산은 매우 높다.

한참 만에 계야부가 말했다.

"시각랑들, 여자 한두 번 품어본 게 아니다. 이 여자 저 여자…… 그런 여자들에게 정을 주는 게 얼마나 미련한 짓인지도 알고 있고. 화향호리, 네가 그런 여자들과 다를 것 같나?"

"아니."

"그런데 이런 말은 뭐 하러 하나. 그냥 당하면 되는 거지. 어차피 목숨이란 거, 끊어지게 되어 있으니까.”

“그렇지?”

“그렇지.”

“됐어. 그건 그렇게 정리하고…… 실은 부탁 하나 하려고.”

“무슨 부탁인지는 모르겠지만 듣지 않겠다.”

“너무하잖아!”

화향호리는 말과는 다르게 활짝 웃었다.

계야부의 말에 전혀 상처받지 않았다는 걸 웃음으로 보여준다.

“무슨 말을 해도 너와 관계 갖는 건 안 돼.”

“아까 말했잖아. 안 된다고.”

“왜 안 되는 줄 아나? 제수와 동침하는 형은 없어.”

“……!”

“시각랑이 욕정을 풀고 버리는 여자들…… 그런 여자와 다를 바 없다면 마음대로 해. 죽든 살든…… 그런 여자는 우리도 신경 쓰지 않는다. 하나 그런 여자가 아니라면 이놈에게 서인을 넘겨.”

계야부가 낙소엽을 툭 쳤다.

“형제 일은 형제들이 알아서 한다. 이놈에게 서인이 넘어가면 악령환정대법인가 뭔가 하는 것도 풀리는 것 아닌가? 아니면 방법을 찾아봐야지. 후후! 안선이 참 곤란하게 됐군. 가만 있으라는 놈은 투살진기와 어울려 무림공적이 되고, 서인은 엉뚱한 놈에게 넘어가고. 하하하하!"

계야부는 할 말을 다 한 듯 낙소엽을 지나쳐 앞으로 나갔다.

"대수, 고맙습니다."

낙소엽이 스쳐 지나는 계야부에게 살짝 말했다.

화향호리도 그 말을 들었다. 그녀는 피식 웃으며 전음을 보냈다.

[다른 방법도 있잖아? 그래서 부탁하려고 했는데, 무정하게 거절하네. 서인은 사흘 후면 완성돼. 서인의 저주에서 완전히 벗어나는 길을 말해줘? 나를 죽여. 그리고 내 간을 꺼내서 반으로 갈라. 거기 붉은빛을 띤 보석이 있을 거야. 정말이야. 꼭 보석 같았어. 호호호! 그걸 물에 넣으면 흔적없이 녹아. 그다음은 알지? 그냥 시궁창에 버려. 아무리 안선이라고 해도 시궁창에 던져진 서인은 어쩌지 못해. 이로써 사약란의 정기가 담긴 서인은 안녕인가? 호호호!]

계야부는 달리면서 그녀의 전음을 들었다.

그녀의 제안은 모든 고민을 한 번에 날려준다. 그녀 말대로만 하면 두 번 다시 서인에 대해 고민할 필요가 없다.

'화향호리, 그 말이 널 살렸다.'

계야부는 화향호리에게 전음을 보냈다.

[만변천자가 죽은 자리에서 세공단 제조 비법을 찾았다. 소사월반하고 같이 있었는데, 병기만 취했더군. 절대 비밀로 한다면…… 누구에게도 세공단 제조 비법을 말해주지 않는다는 조건하에, 그리고 본인만 쓴다는 조건 하에 제조 비법을 말해

줄 수도 있다.]
　[저, 정말이야?]
　[죽음은 나중에 생각해도 늦지 않는다. 내가 말한 대로 우선 가족이 돼라.]
　[생각해 보고.]
　[좋은 놈이야.]
　[너무 뺀질거려. 그리고 내 취향도 아니고. 차라리 혼자 살면 안 되나? 그리고…… 그런 걸로는 안 돼. 넘겨서 어쩌겠다고? 낙소엽에게 빙령초분이라도 먹일 거야? 어림없는 소리. 네가 빙령초분을 이겨낸 것은 금강반야선공과 귀영십삼식이 있었기 때문이야. 다른 사람은 절대 이겨내지 못해. 꽁꽁 얼어 죽는다고. 결국 다른 여자와 관계해서 넘기는 수밖에 없는데…… 끝이 없어. 여기서 끝내.]
　[일단 눈앞에 있는 싸움부터 집중하자. 이야기 잘 들었다. 그리고 마음을 열어준 것, 고맙다.]
　계야부는 전음을 끊었다.
　무림 군웅들이 앞에서 진을 치고 있었다.

『패군』 8권에 계속…

武林君子
무림군자
장진영 新무협 판타지 소설

무림은 그를 영웅이라 불렀고,
그는 자신을 소인이라 칭했다.

"사람이 가져야 할 것 중 가장 기본은 인의(人義). 자신이 정한 바
를 흔들림없이 나아가는
것이 바로 군자의 도(道)다."

얽히고설킨 그들의 인연에 의해 시간의 수레바퀴가 돌아가고,
숨죽였던 무림이 풍룡과 함께 웅대한 날개를 펼친다!!

유행이 아닌 자유추구 -
WWW.chungeoram.com
Book Publishing CHUNGEORAM

검의 길을 걷길 원했지만, 태생적인 한계로
꿈을 접어야 했던 치유사 랑스.
그러나 결코 접을 수 없었던 지고(至高)의 꿈을 위해,
자신이 가진 모든 재능을 이용해 최강의 적과 맞서 싸운다!

총탄과 포탄과 마법이 난무하는 전장의 한복판을 지배하는 최강의 전력 기사!
그런 기사에 맞서기 위해, 랑스는 금지된 힘에 손을 대고야 마는데……

과학과 문명이 발달된 새로운 판타지의 전쟁!

THE PANDORA COMPANY

PANDORA

판도라

류승현 퓨전 판타지 소설

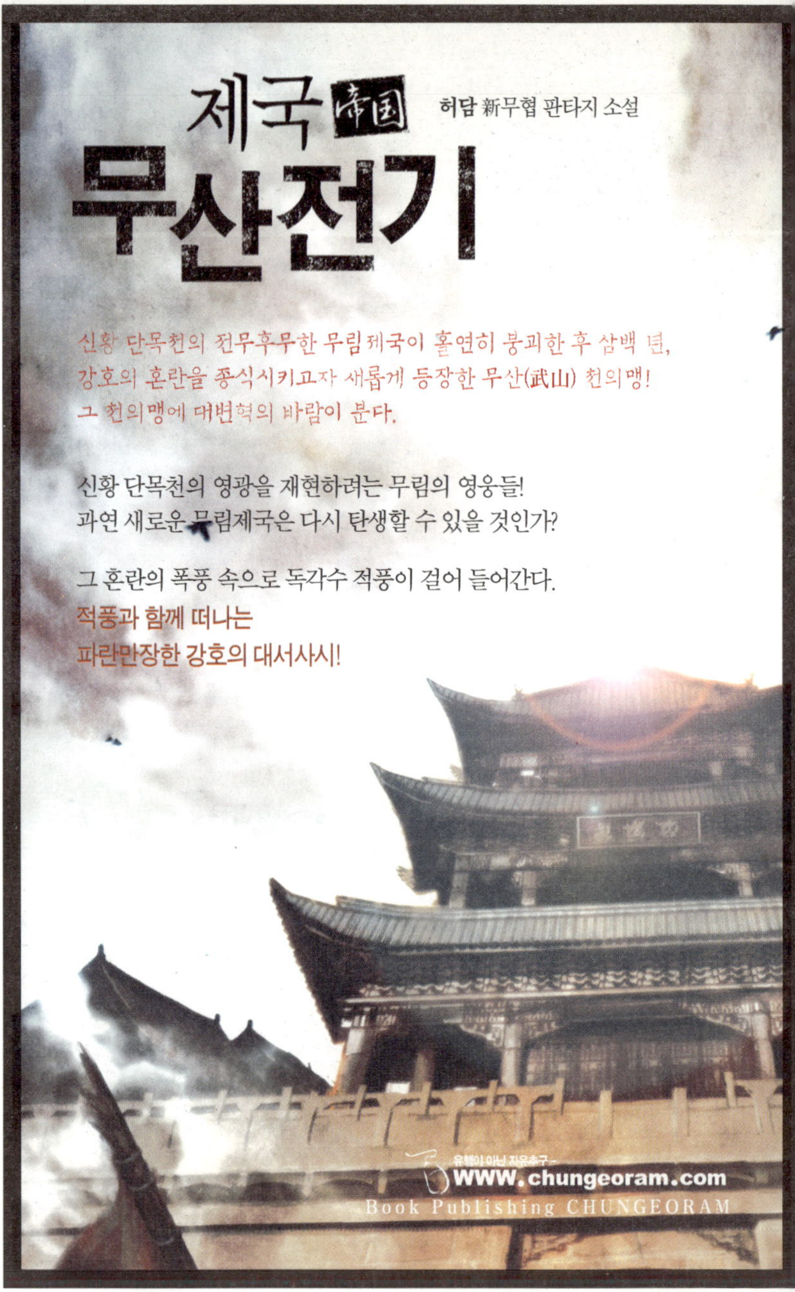

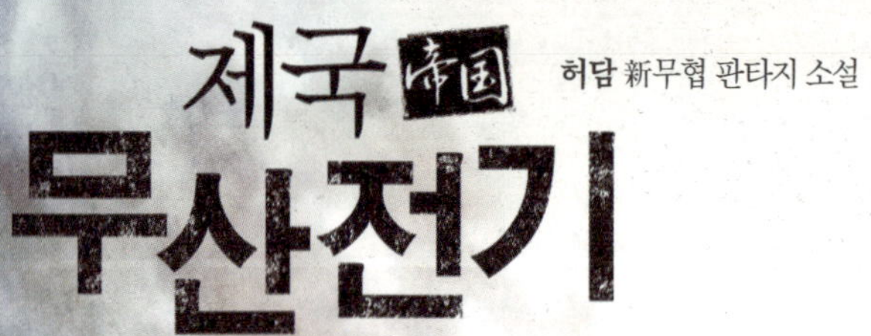

허담 新무협 판타지 소설

제국 무산전기

신황 단목천의 전무후무한 무림제국이 홀연히 붕괴한 후 삼백 년,
강호의 혼란을 종식시키고자 새롭게 등장한 무산(武山) 천의맹!
그 천의맹에 대변혁의 바람이 분다.

신황 단목천의 영광을 재현하려는 무림의 영웅들!
과연 새로운 무림제국은 다시 탄생할 수 있을 것인가?

그 혼란의 폭풍 속으로 독각수 적풍이 걸어 들어간다.
적풍과 함께 떠나는
파란만장한 강호의 대서사시!

유행이 아닌 자유추구
WWW. chungeoram.com
Book Publishing CHUNGEORAM